主　编

查伟峰

执行主编

葛　芳　叶　梓　施晓平

2017年《东吴》特刊

烟水漾中

苏州市吴中区文学作品选萃

查伟峰 主编

古吴轩出版社
中国·苏州

目　录

第一辑　小说

范小青　王曼曾经来过 / 003
叶　弥　香炉山 / 019
朱文颖　虹 / 035
戴　来　都去哪儿了 / 055
葛　芳　梦经 / 087
顾小英　十三号桥 / 099
蓝　月　神刀 / 109
李建荣　张小民的平凡生活 / 119
魏紫千　佟月的钥匙 / 127
汤　雄　越狱犯 / 135
金　泓　窗边的思念 / 145

第二辑　散文

曾一果　苏州客录 / 159
周菊坤　逃离漫山岛 / 171
叶　梓　东山杨梅 / 179
张志新　陪同沈从文先生参观紫金庵 / 193
邓　婧　江南三叹 / 199
黄霞君　又见"格斗橱" / 205

陆建强　茶汛 / 211
施美风　老墙·桂花树 / 219
卢月龙　一代才人唐伯虎 / 223
徐　凰　太爷的花园 / 229

第三辑　诗歌

长　岛　苏州我记（外二首） / 235
车前子　河（外二首） / 242
李德武　回到原处（组诗） / 247
果而默　斜坡（外二首） / 254
许　强　每走一步都是对这片土地缓缓的抚摸（组诗） / 258
贡才兴　禅境花山（外二首） / 263
徐海龙　月季（外三首） / 269

第四辑　非虚构　施晓平　追梦美丽岛 / 275

第五辑　评论　胡笑梅　当代儿童文学的相悖、交叉与融合 / 287

第一辑 小说

范小青

江苏南通籍,从小在苏州长大。1978年初考入江苏师范学院(现为苏州大学)中文系,1982年初毕业留校,担任文艺理论教学工作,1985年初调入江苏省作家协会从事专业创作。现为江苏省作家协会主席,全国政协委员。

1980年发表小说处女作。共出版长篇小说20部,代表作有《女同志》《赤脚医生万泉和》《香火》《我的名字叫王村》等。发表中短篇小说400余篇以及散文随笔等。短篇小说《城乡简史》获第四届鲁迅文学奖,长篇小说《城市表情》获全国第十届五个一工程奖,作品还获得第三届中国小说学会短篇小说成就奖,第二届林斤澜杰出短篇小说奖等多种奖项。有多部作品翻译到国外。

王曼曾经来过

因为第二天要出差,下午刘芸提前一点下了班,到家时钟点工已经打扫完卫生,正在拣菜,饭已经煮在电饭煲上了,一切都很正常。

刘芸不是有意提前回来查岗的,小许已在她家做了三年,基本上满足了挑剔的雇主的要求。再说了,保姆偷没偷懒,根本不用抓现场,平时稍留心一点就能察觉,比如随手往窗台上一抹,看看手上脏不脏,或者把马桶的坐垫板掀起来看看反面污不污,这都是一目了然的。当然这种方法也有不灵的时候,早几年刘芸曾经用过一个刚从农村出来的保姆,她会认为那种地方根本用不着清洁,你叮嘱盼咐,她嘴上答应,一转身就忘了。刘芸还记得她头一天来家的时候,看到地上有水,不用拖把和抹布去擦,却将簸箕里的垃圾倒在水上拌一拌,你看,干了,她高高兴兴地说。

刘芸只坚持了三天,就请她走了。

还有小许前面的那一个,到她家后就老看电视,而且她自己并不以为那是不对的。刘芸下班回家,她也仍然看电视,一点也不偷偷摸摸。刘芸问她,你在看电视?她说是呀,事情都做好了,电视蛮好看的。刘芸就拿手往窗台上抹了一下,一手的灰,伸到她面前,她也没有觉得这是给她看的,还笑了起来,是呀是呀，你们这个地方，看起来树蛮多，蛮干净，其实灰还是蛮大的。她说是这么说，但并没有觉得应该去拿抹布来擦。刘芸也就打消了跟她谈一谈的念头，这是教不会的。所以她又换了一个。不过刘芸还是比较照顾别人自尊心的，趁那位保姆请假回家的时候，换了小许，然后打电话给她，让她不用再来上班了。她在电话里一迭连声地问，为什么，为什么，我哪里做得不好？你可以说呀。她后来还专门来了一趟，刘芸不在家，她问小许，你是他们家的亲戚吗？小许说不是，她就很奇怪，反复说，那为什么要换呢，那为什么要换呢？

这会儿小许看到刘芸回来了，从厨房里走了出来，站在刘芸面前，有些尴尬，她犹豫了一下，下决心说，师母，我跟你说一下，我不做了。

刘芸一时有点懵，过了一会儿才反应过来，你、你不做了？为什么？

小许停顿，她似乎想要说出个理由来，但最后并没有说出来。

刘芸不想勉强她，但是小许的辞职来得太突然，所以刘芸还是勉强自己勉强了她一下，试探说，那你，打算做完这个月？

不做了，小许的口气坚决起来，我明天就不来了。

这让刘芸有点措手不及。她是个有条有理、凡事预则立的人，按说少个钟点工，也不至于有多严重，无非家里的事情马虎一点。可刘芸的个性是不允许马虎的，无论是工作还是家庭，她都是认真严谨，要做到尽善尽美的，更何况，目前她自己正处在事业重要转折关头，正处长调走了，要在五位副处长中提拔一人，这个人就是她。前些时已经经过了民主推荐、考察和单位公示这三关，情况报告表也已经填过上报了，大家都知道非她莫属了，但是只要任命文件一天不下来，事情都是不能保证的。何况，这后面还有许多步要走呢，情况表上报后，需要核查，核查无误后，班子先开会通气，然后再报上级开会研究，通过后，再公示，等等。步骤还不少，压力仍很大，但是再难，也得一步一步走过去。

所以这一阵的工作尤其马虎不得，所以她有些着急，希望小许坚持一下，至少再留几天,至少等到她出差回来。可是小许已经没有商量的余地了。刘芸回想了一下,前面小许也曾提出过一次,刘芸心比较细,当时她仔细分析了小许的态度,又侧面了解一下,才发现原来小许是有加薪的要求,因为当时市场上出台了一个家政工资标准,可能小许对照后觉得自己的薪水还有空间,但她又不好意思直接提出来,就采取了这样的方法。刘芸并没有责怪小许,觉得可以理解,就加了薪,问题就解决了。

小许虽然忠厚,但也不笨,她知道刘芸在想什么,赶紧抢在前面说,师母,跟工资没关系,这次跟工资没有关系,她的脸都红了,真的不是为钱,我是、我是——她终究还是没有说出理由来。

既然小许决心已下,而且如此决绝,刘芸也不会强留她的,她会重新再去物色人选,只是刘芸多少有些奇怪,有些怀疑。小许忙晚饭时,刘芸进房间关上门,把上了锁的抽屉和橱柜都一一打开来,仔细清点家中的细软,并没有缺少。

刘芸赶紧给家政公司打电话,急需一名五十出头的钟点工,最好当天就能到位。那经理说,这个年龄档次的,不太好找,问她为什么不要年轻一点的。刘芸没有回答,那经理还记得小许,说,你前面那个不是蛮年轻的么?刘芸仍然没有明说,前面这个小许,是她亲自到场当面挑的,她一向自信自己的眼光是锐利的,是识人的,只是现在急着要人,来不及去家政公司当面挑拣,唯一的办法就是年龄往上提一点。经理还跟她开了个玩笑,是不是你觉得年纪稍大的保险一点。经理还是很快就找到了合适的人选,当天晚上就可以见面。

晚上刘芸跑了一趟家政公司,见到了那个新保姆,感觉挺干净利索,问了几个问题,答得都靠谱,加上旁边家政经理一再推荐,说刘芸是老客户了,才把最理想的人推荐给她。

刘芸就和这位名叫王曼的保姆签了协约,家政公司自然也是要参与的,三方签字,这是有保障的。第二天早上刘芸出差前,王曼先到她家,由刘芸交代任务和交递钥匙，一切进行得都十分顺利。王曼收好刘芸家的钥匙，接下来她将和小许一样，每天下午三点钟来，先打扫卫生，再准备晚饭。

交代完毕，同事接她上火车站的车也到了。刘芸和王曼一起从家里出来，两人分头而去。

上了车，同事问她王曼是谁，刘芸说是刚请的钟点工，原来的那个，做得好好的，说走就走，让人无语。

同事"哦"了一声。

刘芸朝她看看，说，你"哦"什么，什么意思？

同事笑道，喔哟，刘处，你好顶真，我就是随便"哦"一下罢，还能有什么意思。

刘芸才不信，她可是有经验的，别说是同事的声音，别说是同事的眼神和脸色，即便是同事的一个背影，她都能看出今天和昨天的区别来。刘芸立刻说，不对，你是"哦"中有"哦"的，我听得出来。

同事说，刘处，你厉害，你厉害，我服的——我就是觉得，刘处做事一向超严谨，思维超严密，可怎么会在出差的这一天请新保姆呢？

刘芸说，你是不是看出她有什么情况？

同事说，那倒没有，人哪那么容易被看出问题来。

刘芸立刻说，问题？你觉得有什么问题吗？

一直到他们到了火车站，快检票了，同事见刘芸还没有放下心思，劝她说，你这样确实有点仓促了，你要是放心不下，这趟差你就别去了，我和小李可以的。

刘芸一听，忽然有些警觉，朝同事看了看，没有说话。

同事被她一看，立刻被闷住了，知道自己多嘴了，赶紧把舌头收回去。

三个人一起上了火车，坐定了，刘芸自言自语说，有第三方，家政公司会担保的。又说，这家公司我跟他们好多年的关系了。

火车开起来，虽然女同事闭了嘴，但是男同事小李并不知情，他只是感觉今天刘芸神色不太对劲儿,不过他也没必要打探,发现女同事在朝他使眼色,也看不懂是几个意思,正要琢磨一下,刘芸已经说话了,你们干什么呢,用眼睛在私底下议论我哦?

两个同事都笑,一个说,哎哟,刘处,你做事那么严谨,有什么可议论的哦。

另一个配合说,呵呵,刘处向来滴水不漏的,我们想议论也不知道该议论你什么呢。

这两人话一出口,刘芸像是被点着了,忽地站了起来,不行,不行,她急切地说,我不能出差了,我得回去。

二话不说,赶紧掏出手机网购车票,却被告知无法购买。同一个人的身份证,不能购买同一时段的两张票,她必须把手中的票先退了,才能再购买,但是手中的票已经用过,是不可能再退票的,也就是说,刘芸想立刻返回,坐火车是比较困难的了。

看着刘芸火急火燎的样子,女同事又忍不住了,建议说,那只有去坐长途大巴车了。

刘芸瞥了她一眼,你好像很希望我回去哦——这话她都用不着说出来,她的眼神已经说了。

火车到了前面一站,刘芸真的下车了,坐出租车赶到长途汽车站,遇上出行高峰,排了半天队,总算买了票,等到坐上车,感觉肚子饿了,才知道已经是中午了。

折腾到家,已快到下午两点了。刘芸开门进去,一个人影迎了出来,正是王曼。刘芸有些吃惊,说,你怎么这么早就来了,不是说好下午三点吗?

王曼说,今天第一天,我情况不熟悉,怕摸不着头脑,耽误事情,所以还是早一点来吧。又说,我还以为是先生回来了呢,原来是师母,师母你不是出差吗,这么快就回来了?

刘芸说,今天不出差了,改时间了。

王曼笑着说，师母是不大放心我吧，其实你尽管放心好了，我虽然到你家是第一天，可是我做保姆不是第一天了，我有经验的，不会搞砸的。

刘芸勉强地笑了一下，到几个房间四处看看，其实她也看不出什么，只是觉得心里十分不踏实，但又捉摸不透到底是哪里不踏实。是王曼有什么不对劲儿的地方吗？似乎也没有。她是几证齐全的，身份证、健康证、居住证，都提供给刘芸看过。还有什么没注意到的呢？

王曼开始打扫卫生，程序很规范，一看就是训练有素的，抹灰、扫地、拖地板。刘芸看着她的身姿和动作，忽然明白到底是什么让她不踏实了。

刘芸随意和王曼闲聊说，王曼，你看着很年轻啊，要不是你自己说你有五十二岁了，哪里看得出来，你很会保养哦。

王曼抬起身子，冲她一笑，说，哪里哦，你们城里人才保养得好呢，我们乡下人，哪里知道什么叫保养。

刘芸说，可是你真不像五十出头了，你比我还大四岁，但是看起来你比我小多了。

王曼说，师母，我真的五十二了，你不相信可以看我的身份证。她一边说，一边真的到包包里把身份证拿了出来。

刘芸说，我是随便说说的，身份证昨天不是都看过了吗，协议书上也填了，不用再看的。

但王曼还是把身份证递到刘芸眼前，说，师母，你看看，我的照片，土鳖吧？我们乡下人，就是土鳖呀。

刘芸笑了笑说，你还知道网络语言哦。

王曼说，我不知道的，我一点也不懂什么网络的，我们乡下人，不懂那些的，那个土鳖是我女儿说我的，嘿嘿。

很明显，王曼一口一个乡下人，一口一个不懂不知道，自己恨不得低到地底下去，刘芸觉得她完全没有必要这样，可没等刘芸再说什么，王曼又主动告诉她,她女儿今年上大学了。

刘芸又有些隐隐约约的感觉,不由脱口说,你女儿今年上大学,大一?十八岁?十九岁?

王曼说,十九岁,乡下小孩,读书晚。

刘芸犹豫了一下,忍不住说,我是觉得,我生孩子就已经算很晚的了,我三十一岁生了我女儿,大家都觉得我太迟了,没想到你比我还晚,你是三十三岁才生的吗?

王曼说,是呀是呀,不信你看我的身份证,上面我的出生年月,和我女儿的出生年月,就是差三十三年。

刘芸说,以前都以为,结婚生孩子,农村人要比城里人早的,你反倒比城里人还晚。

王曼说,哎呀,我这个人,命苦的,唉,幸亏我女儿蛮争气的,考上了大学,是蛮好的大学,现代科技大学。

刘芸愣了一愣,说,现代科技大学?有这么个大学吗?我怎么从来没有听说过。

王曼有些不好意思,脸红了一下,说,哦,我可能又说错了,我老是说不准她的学校,反正她那个学校蛮拗口,我一直说不准。唉,我们乡下人,没有文化,连孩子上的学校都说不清,真是丢人。

刘芸真是有一种哑口无言的感觉。

王曼又把随身带着的包包拿过来,一边翻一边说,我有女儿的录取通知书,我没有文化,不识字,给师母看一看,你就知道是哪个学校了。

刘芸更觉奇怪,录取通知书,难道新生报到的时候学校没收走吗?王曼怎么会留在身边呢?再说了,她把女儿的录取通知书给她看,算是哪回事呢,有这个必要吗?又再想,自从她们聊开后,王曼三番几次要让她看身份证,这会儿又是女儿的录取通知书,什么意思呢?

刘芸赶紧说，别看了别看了，时间不早了，你得做事了。

王曼"哎"了一声，赶紧打水拖地板。刘芸留心了一下，拖把的水分绞得不干不湿，恰到好处，确实是个有经验的保姆。

刘芸回到自己的卧室，过了一会儿，王曼敲了敲门，得到允许后，她进来拖地了，她一边干活儿，一边又主动说，其实师母啊，其实，我还有更丢人的事情呢，我都不好意思说，是我老公，不学好，先是赌博，后来是养小三，再后来，人都不见了。

失踪了？一个大活人失踪了，可是在王曼口中，似乎没怎么当回事。刘芸不由得说，你老公失踪了，那你怎么办？

王曼说，还能怎么办，只能耗着。我们乡下人，和城里不一样的。

刘芸说，你真是乡下人吗？我怎么记得你的身份证上的地址，好像是一个什么镇。

王曼说，是乡下，不过，也可以说不算太乡下，是乡镇，其实乡镇就是乡下。

刘芸说，乡镇不是乡下，是镇，有的镇子很大，抵得上县城呢。

王曼说，是呀，我们那个镇也蛮大的。

刘芸说，原来你不是乡下的。

王曼说，嘿嘿，基本上就是乡下的。

在她们问问答答的过程中，王曼把该干的活儿都干妥了，时间也到了傍晚，刘芸家的父女俩都到家了。

王曼进厨房炒菜，怕油烟出来，关上了厨房门。那父女俩一个德行，进门先往客厅的沙发上一倒，女儿说，老妈，你又换钟点工啦。

刘芸说，什么叫我又换，又不是我要换的，再说了，家里有个什么事情，你们两个会出面吗？还不是得由我来烦神。

那父亲赶紧朝女儿使眼色，女儿闭嘴，由刘芸继续说话。刘芸确实有话要说，有的保姆，可不是来做保姆的，是来钓鱼的。

女儿"扑哧"一笑,钓什么鱼?

刘芸还没说话,那父亲已经说了,钓男主人呗。

女儿又笑,老爸,你是一条鱼哦。

那父女俩只管傻笑,刘芸有点来气,说,你们笑得出来,要是真钓上了,就麻烦大了,不是家破人亡,就是身败名裂。她想说说自己对王曼的年龄的怀疑,还有其他的一些怀疑,一时却又不太好说出口,做父亲的感觉眼看快要引火烧身了,有点不自在了,轻声说,嘿,当着孩子的面别说这些啦,难听不难听。

刘芸说,孩子?还孩子?都高三啦,有什么她不懂的?回头对着女儿问道,对了,我转给你的那些微信,你都看了没有?

女儿说,没看,我才不要看。

刘芸说,你为什么不看?这都是让你提高警惕的,现在社会上太乱了,一切都值得怀疑,你要是没有一点防范心,那可不得了。

女儿笑道,老妈哎,首先,你转给我的那些东西才是最值得怀疑的、最需要防范的。又说,还有自打耳光的特别多,今天这么说,明天那么说,到底信谁的,到底要防范谁哦?

刘芸说,反正,你得看,多看看对你有好处。

女儿懒得和她争辩,说,好吧好吧,等我有空会看的。

那做父亲的说,嘿,比我还懒。

女儿笑道,老爸,你别和我比懒,我懒得和你比。

王曼做的菜,得到父女俩一致的好评,吃得嘴巴吧唧吧唧响。从打扫卫生和下厨这两项来看,王曼确实是个合格的保姆,刘芸总算暂时打消了再继续盘问王曼的想法。

第二天刘芸去上班,一到单位,另一位副处长老关就奇怪地说,咦,你出差回来了?

刘芸说,我家里有点事,小李他们两个人可以办好的,我就没去。

老关怀疑地盯着她看了看,说,你什么意思,你听到什么风声了,知道具体时间了?

刘芸知道老关什么意思,虽然正处长的人选已经没有悬念,但是老关也还没有到最后放弃的时候嘛,所以不免有些反常。刘芸不想和他提这个话题,老关偏揪住不放,穷追猛打说,是不是班子会的时间确定了,你知道了?今天?明天?所以你连出差都不出了。他见刘芸不接嘴,又说,你想多了,班子通气会,只是走过场嘛,你人在不在,有什么关系嘛。

刘芸盯着老关叭啦叭啦的那张嘴,忽然心里一动,说,哎,我想起来了,老关,你是江东人吧?

老关被她没头没脑地一问,顿时紧张起来,说,什么意思,你这时候问我是哪里人,想干什么?

刘芸说,老关,你才想多了,我家新找了个钟点工,我有些奇怪,她说是江东人,江东那不是和你老乡嘛,是江东渔湾镇的,可是我听她口音,好像不太像,我听过你跟你们老乡说家乡话,不是她那种口音。

老关说,就算是江东人,江东地方的方言也是各不相同的,乡镇和乡镇之间,都有区别,这有什么奇怪的——算了算了,我还不知道你,你是想转移话题吧?

刘芸要回避这个话题,老关却不依不饶,好像非要找出她的破绽,刘芸不由有些毛躁和焦虑起来,急着说,老关,我怎么转移话题啦,我真的请了个新保姆嘛。

老关笑道,嘿嘿,转移话题这样一点小心计,对你来说,还不是小菜一碟——他看刘芸有些着恼,赶紧又说,喔哟,你别紧张嘛,用点小心计怎么啦,用心计又不算是错误,连缺点都算不上,说不定可以算是优点呢。考察你的时候,我可没说你用心计,我要是那样说,他们会笑话我不懂规矩的。

老关见刘芸不接招,再又招惹她,嘻嘻哈哈道,刘处,你平时可是样样顶真,事事计较的,今天你左躲右闪,你失常了哦。

刘芸坐机关早已经坐出泰山崩于前而色不变的水平了,可今天不知怎么的,被老关一纠缠,居然惶惶不安起来,找了个理由,跑到别的办公室打岔去了。

等到下班回家,王曼已经在做家务了,有条有理,但是刘芸心里仍然是没着没落的,想了想,想出题目来了,跟王曼说,那天我看了一眼你的身份证,你好像是江东渔湾镇的。王曼说,是呀是呀,就是那个江东渔湾镇。刘芸说,恰好我单位有个同事,也是江东人,和你是老乡,但我听口音,却和你不一样,好像差别还蛮大的呢。王曼说,哦,其实我老家不是那儿的,我是后来嫁到那里去的,那是我婆家,所以我的口音不是江东口音,还是自己老家的口音,乡音未改鬓毛衰,呵呵。

刘芸愣了一愣,说,你会背古诗词,你蛮有文化的哦。

王曼难为情地笑了起来,师母,你抬举我了,我哪有什么文化,我连字都不认得几个,那是小时候听大人背的,就记住了。

其实从王曼的谈吐之间,刘芸早就发现,王曼并不像她自己说的那样,没文化,乡下人,什么也不懂之类,越回想越觉得王曼说的每一件事情,似乎都值得怀疑,想到协议书上是留下了双方身份证号码的,刘芸赶紧进房间开电脑登录身份证查询网,联系客服充值后,输入王曼身份证的号码,结果显示出来,此身份证不存在。

假的。

刘芸一直悬着的那颗心,忽然就放下来了,反而踏实了,自己的疑心并不是多余的。她从房间出来,没有直接问王曼,只是说,王曼,你的身份证,是丢失后补办的吗? 王曼也不慌张,坦白说,师母,对不起,我的身份证是假的。

不等刘芸回过神来,王曼就告诉她,她曾经被骗入传销,一进去身份证就被强行收走了,后来她设法逃了出来,但是身份证拿不到了,重办身份证必须回老家去办,很麻烦,有个老乡告诉她,在城里做事,弄个假的就行。她就弄了个假的，这几年，一直是用这张假身份证的。

刘芸气得一迭连声地追问，那，那你也不叫王曼是吧，那你的真名叫什么？那你到底是哪里人？那你家里到底是什么情况，那你的丈夫真的离家出走了吗？那你的女儿真的是大学生吗？那你——

看着王曼的微笑着的脸，她停住了。

连身份证都是假的，其他这些是真是假又有什么意义呢？

刘芸感觉被一个保姆玩了一把，虽然没有出什么大问题，但似乎有点咽不下这口气，于是气呼呼地说，你身份证是假的，你怎么一点不心虚，还老是要拿出来让我看，你拿着假身份证倒很硬气，你是欺我看不出真假？

王曼又笑了起来，师母，其实我知道的，你们城里人，是相信身份证的，我在前面的人家做，他们只要看到我有身份证，就相信我了，家政公司也是的——当然，如果反过来说，如果不相信身份证，那相信什么呢，只能相信我说的了，可是我说的话，你们是不会相信的呀。

刘芸一一回想她对王曼产生的所有的怀疑，又忍不住说，难怪我感觉你年龄不对，你的年龄也是假的吧？王曼说，师母，你放心，我虽然冒充了年龄，但是我没有坏心思，因为你跟家政公司说，需要五十出头的，我就说我五十出头，如果别人家需要四十出头，我也可以说我四十出头。其实年龄不重要的，重要的是我干活儿干得你们满意不满意，对吗，师母？

刘芸明明很生气，却又觉得完全无话可说，王曼说得有错吗，你请钟点工，不就是让她来干活儿的吗？她如果干活儿干得不错，又不做什么坏事，你还能说她什么呢？

但刘芸还是咽不下这口气，哪有拿着一张假身份证却如此理直气壮的，刘芸呛她说，那你的口袋里，恐怕有好几张身份证吧？

话一出口，才发现自己真的很傻很天真，几张身份证，一堆身份证，对他们这些人来说，不是很简单很正常的事情吗？

王曼说，师母，我知道你一开始就不太相信我，现在知道我的身份证是假的，你会更加怀疑的，那这样好不好，我把我的真实姓名、地址、联系方式都写了下来，你可以去核对一下。

刘芸没再说话，她实在是没什么可说的了，身份证都可以是假的，其他还有什么可说的？王曼肯定是不能留了，尽管看起来她还是蛮真诚，而且很适合做家务活，但是留下她实在太冒险了，安全第一，这是刘芸永远牢记的宗旨。

王曼很机灵，她也知道自己留不下来了，爽快地交了钥匙，只是略有些遗憾地说，师母，其实我没有问题的，我不是坏人，我只是身份证没有来得及补办。

最后她走了。

那父女俩回家时还问，保姆人呢？刘芸告诉他们，王曼是个假的，不能用了，走。又说，好险，所幸我眼睛凶，警惕性高，盘问出真相来了。

反正家里一切都是任由刘芸做主的，走人还是留人，那父女俩完全没意见，只是关心明天回家晚饭怎么办。刘芸说，明天再去家政公司呗。

第二天一大早，刘芸本想打个电话去请半天假，结果领导的电话已经先到了，让她立刻去单位，要谈话。

根据领导急切的口气推测，刘芸感觉是提拔正处的事情有进展了，情况报告表交上去有一段时间了，现在估计是审核过了，那就是铁板钉钉的事情了。

刘芸尽量保持平静的神态进了领导办公室，从副处到正处，她整整熬了十年，更何况这一回是五人争抢一个位置，容易吗？看着领导微笑的脸，她差一点就提前把感谢的话说了出来。

可是领导微微一笑之后，脸色却有些暧昧起来，说话也不那么直接了，转弯抹角的，但是刘芸太机敏了，机敏的她一下子就听出来，领导这是在让她做好思想准备，这个正处的位置，暂时不能考虑她了。

刘芸顿时急了眼，急得说，为什么，为什么，哪里出问题了？不都已经——难道因为那天出差途中我回来了吗？既然刘芸已经领悟到了，领导也就不再遮遮掩掩了，直截了当地说，跟你出差不出差没关系，是你填的表出了问题，我再三跟你们说，今后填表，一定要如实填写，一点都不能有差错，无论你家有多少房，多少钱，无论你家的人是干什么的，无论你有过什么样的经历，只要没有发现你违法违纪，组织上都不会找你麻烦的，但是如果你不如实填，就是对组织不忠诚，组织就不相信你了，你就OUT了，你看看，是你自己误了自己吧？

刘芸冤啊，急得说，我都是如实填写的，没有一项是虚假的，我保证，我向组织保证——你们觉得哪一项有问题，我可以说清楚。

领导唉叹了一声说，不是哪一项有问题，是好多项都有问题，而且都是关键性的大问题。领导见刘芸完全愣住了，又说，这么说吧，就是你这一回填的情况报告表，和你的实际情况，也就是你档案里的情况相差很大。相差太大，我们帮你说话也没有用，上面不认。

刘芸整个蒙了，怎么可能，她从来没有想在填表的时候向组织上隐瞒什么，怎么会和档案里的内容不符合呢，刘芸急得脱口说，有人改了我的档案？

领导反而笑了起来，说，你想多了，这怎么可能，你自己也做过人事工作，你觉得别人随随便便就能改你的档案吗？私改档案可不是一般的问题，搞不好触犯法律的，谁敢？

刘芸急着想解释，可是领导朝她摆了摆手，现在的话语权，在领导那里。

你的年龄，前后居然差了四岁，人家说了，有差一两岁的，组织上虽然不能认同，但多少还是可以理解的，可能是阴历阳历搞混了，差四岁，没见过。他们说，搞了这么多年干部工作，还是头一回见，你也太荒唐了，改年龄怎么一下子改四岁呢？

还有，你的家乡明明是江东，你明明是江东渔湾镇人，你为什么要填长平？我现在想起来，以前单位就有人议论，说你的口音像是江东人——你以为你普通话说得很标准，其实江东口音是很难藏起来的。

还有,配偶这一栏,也很滑稽,你自己难道不知道你老公是干什么的吗——你看看,这些内容,是作为一名干部——哦,哪怕不是干部,哪怕是个普通群众,也是最基本最起码的信息,这都搞错了,你这个人还值得信赖吗?你觉得冤枉吗?但是你说得清楚吗?你必须得说清楚呀。不光要说清楚,还得有人证物证来证明你说的是事实。所以说,这一次,恐怕是来不及了,肯定是来不及了,讨论人事的会议今天下午开,你只有小半天时间。确切地说,还有三个多小时,你来得及把这些都证明了吗?

领导真是恨铁不成钢啊,领导说,你的优点,大家都知道,也都承认,无论对人对己都严肃认真,一丝不苟,不允许差错,哪里想到,到头来你把自己都差错成了另一个人。

刘芸一直张着嘴,她是想说什么的,但却什么也说不出来了。

最后领导长叹一声说,真是老话说得好,知人知面不知心啊,我和你同事都二十多年了,我还不知道你有过曾用名呢。

刘芸说,我哪有什么曾用名,我一直就叫刘芸呀。

领导说,可是你档案里的第一份材料,也就是你的入团志愿书,那上面,你填的名字叫王曼,三横王,曼妙的曼。

原刊于《人民文学》2017年第1期

叶 弥

原名周洁,1964年6月生于苏州,中国作家协会会员,中国作家协会第九届全国委员会委员,江苏省作家协会理事,苏州市作家协会副主席,文坛关注的中青年作家,江苏省作家协会首届非驻会签约专业作家,江苏省委宣传部"五个一批"重点培养人才,苏州市作家协会创作室非驻会专业作家。累计发表作品200余万字,出版有中短篇小说集《成长如蜕》《钱币的正反面》《天鹅绒》等,部分作品译至英、美、法、日、俄、德、韩等国。屡获国家级和省级文学奖,其中,《香炉山》2014年8月获第六届鲁迅文学奖短篇小说奖。

香炉山

自从搬到白菊湾的花码头镇,我陆续结交了一些朋友:大道观的看门人老邬,花亚,旅行家江吉米,张小虎和他的母亲、乌兰、她的父亲老乌,罗汉芳……

近半年来,我没有再交朋友。原因是,花码头镇出了杀人案。一位性格孤僻的女士,在夜里被她的同居男友杀害。而且镇上的人都说她活该。没有结婚就同居,还引狼入室,这不是活该是什么?我虽说体格健壮,胆大妄为,但自从这件事后,我就谨言慎行,不太敢在夜里独行,也不太敢去结交他人。以免被人骂上一句活该。

今天下了一天的小雨,到了傍晚,雨停了。站在屋子西边的丝瓜架子边,朝北边望去,看到雨后的香炉山上,到处冒出白色亮丽的岚烟,轻如白纱。天空中拖曳着细沙一样的白云,白云之后,淡淡的蓝正在变紫。

今夜的月亮也是特别:粉桃色的一弯上弦月,清丽淡雅。它淋了一天的雨,化去了媚态和火躁,散发出蕙心兰质。

舍不得这个月亮。因我从未见过这样的月亮。花码头的人,对极美的事物是形容"俊",不说美丽,也不说漂亮,只称"俊"。

香炉山上看这样的"俊"月,应该是绝好的一件事。我穿上舒服的拖鞋和灯笼裙，拿了吃剩下的半袋原味葵花子，一面走，一面吃，仰面看着天上的月亮。我走的这条大路叫会稻路，还没有安装路灯，白天人来人往，通着600路公交车。乡下人没有夜生活，一到夜里，路上杳无人迹，白蒙蒙宽阔平整的一条空路，闭上眼睛也可以走路的。

一条路，一个人，一个月亮。路两边是稻田，还没显亮的萤火虫在稻田里飞来飞去，却不落脚。一望无际的稻田里，有几处聚拢着蛙，精力充足地大喊大嚷——大自然的声音，你不会觉得烦呢。

惬意地走着，还是看到了危险的东西：潮湿的路边，横躺着一只土黄色蝴蝶翅膀，有着咖啡色和淡黑色的波浪纹，比麻雀的翅膀略小一些。我心头一惊，朝前走了几步，又吓了一跳，路上又有躺着的蝴蝶翅膀，这回是一对，看来是从同一只蝴蝶身上扯下的。不知道为什么我想起镇上那个被杀的女人，杀害她的同居人说，并没有杀害她的念头，只是那天他心里不高兴，嫌她话多，掐着她的喉咙，直到她没有气息。她死了，杀人者先是痛快，过了一阵才感到害怕……至于伤心，那是再以后的事。

撕下蝴蝶翅膀的人，怕也是这种心理：并没打算杀死蝴蝶，只为了一时的痛快。

什么样的人寻求这种痛快？

但愿不是孩子！

我捧起这对蝴蝶翅膀，走回去把前面那只蝴蝶翅膀也捡起来。为了不再让路上人践踏，我用树枝在路坡上掘了一个小坑，把它们葬了。

身后忽然有一个人说："旁边不是有一棵橘子树吗？怎么不埋在橘子树下？"

我抬头一看，边上真的有一棵结了累累小果子的橘子树，刚才又是恐惧又是难过，竟然没有看到它。再朝身后一看，见到那个说话的人了，一位年轻男子，穿着白衬衫和牛仔裤，身材极好，浑身上下充满削薄硬健的线条。令人看了，不由得眼睛一亮。天已经凉快了，他的手里还捏着一把蒲扇，有意地显得闲云野鹤似的。

——也不过眼睛一亮而已。这种年轻人,花码头镇上多得很,他们很聪明,一眼就能大致掂量出别人的身份家境。他们只对家境富裕的女性感兴趣,愿意与她们交往,成为干姐弟或干母子。那个被杀的女人,就是在路上认识了今后杀她的人,认了这个人做干弟弟,后来又同居了。

这个世上,蝴蝶要当心自己的翅膀,女人要当心自己的喉咙。我的眼神里一定流露出警觉和不屑,他的神情立刻现出了局促不安,掉头走下一个坡,朝北边的村庄去了。

我定了定神,决定继续我的行程。我恐慌,但我不想示弱。

他去的路正是我要去的,香炉山就在会稻路的北面。我不想跟在他的后面,以免被他看到了又回头来搭腔。我碰到过这种事,不止一次。陌生的男人对你感兴趣,千方百计地找机会搭腔。我决定朝西一直走,然后再找通向北边香炉山的小路。

我一直走到了蓝湖边。发育良好的蓝湖,还保留着远古的些许风韵,虽然说没有了史书上所记载的珍禽异兽和香草奇花,更没有传说中围湖一圈的水石。但是作为现代人,我早已学会珍惜眼前的东西,因为蓝湖正在缩小,我担心再过若干年,也许连湖水也看不到了。

担心和焦虑正在成为我们生活的一部分,所以我对你说,我具有的享乐精神是积极的态度,弥足珍贵。当人类在恐惧世界末日时,我正在让我的愉快成为未来的回忆。

我在蓝湖边找到了一条通往东方的小草路。我早已走过了香炉山,现在我要向回走,走过这条草路,再找到一条向北的路,才能到达香炉山。

天穹中的蓝变成紫,紫们变了灰黑,不久都隐去。天黑了下来,上弦月明亮得就像宝石一样,它太细,它的光照不到路上。现在是七点半钟,它要消失掉,起码还有三个多小时。我有的是时间,并不着急。

这些村子我从没有进来过。每次从会稻路上隐隐约约地看到它们,总觉得它们的构成很简单,一模一样的屋子,种着菜蔬和稻子的田地,大大小小的树,无非是杨柳、香樟、白果、玉兰……今晚进来之后,才知道我小看了它们。它们是错综复杂的迷宫。村与村的转承口,路与路的交接处,没有任何文明世界的文字标志。它们隐藏的标志只有村里人才知道:谁家的白果树那边拐弯可以到达大路。转过谁家的那堵废土墙才能找到那座小渡桥。从什么样的竹林里穿过才会走进另一个村庄……它们就像一个万花筒,不经意地一碰,就换了一个样式。又像魔方,拼错了一个环节,就错了整个方向。你也千万不要小看了那个独木桥,一根又粗又短的大柳木,横放在小河两头,它在老金家的屋后,另一头连着老王家的屋后。从老金家这头,走到老王家那头,才能从南边的村子转到北边的村子,才能找到上香炉山的小路。

我很快就在村子里迷了路,这是我没有想到的事。有些屋子我看到了好几遍,有些僻静的路陌生得让人害怕。走来走去,我发现我一直在几个村子里面转悠,总也出不去。这其间,我敲开过六家村民的门,但是他们指出的路径都是一样的复杂,我走着走着又迷了路。村民们对陌生人都很冷漠,都疑心重重。当我敲开他们的大门时,他们都会朝我身后看一眼,确定我的身后没有可疑人物时,才搭理我的问话。……到后来,我没有了办法,对一位开门的中年妇女说:"我就住在花码头镇上,你带我到香炉山去,回头我付你一百块带路费。"中年妇女慢慢伸出手说:"行。那你把钱拿出来。"我摸摸灯笼裙的大口袋,里面只有瓜子和家门钥匙,别的什么都没有。中年妇女说:"没钱也行,你把手机押在我这边。"我只有苦笑。我是个享乐至上的人,在我享受生活的时候,身边从来不带手机。这个中年妇女并不像精明得冷酷的人,憨厚的黑脸,说话的声音小而胆怯,向我伸出的那只手不自然地微微晃动,像害着羞似的,但她最后对我说的话却那么斩钉截铁:"什么都没有,那谁会相信你?你去找别人试试看,没有一个人相信你。"

信任的基础只是一只手机或一百块钱?

于是就关了门。

现在的问题是,我找不着到香炉山的路,也找不着回家的会稻路了。我在迷宫一样的村落里迷惑不已:不是说白菊湾的村民们是很热情淳朴吗?谁说过这句话来?我想起来了,我奶奶说过,我妈也说过。现在轮到了我,我该怎样说?

如果不是迷路的话,今夜会是一个很好的享受机会。我心里焦急,所见到的事物尽成过眼云烟。但是到了现在,时过境迁,我可以从容地给你描绘一下这些村庄的美丽了。确实是美丽的村庄,每一个村子都被树木掩藏,路上铺着干净清凉的石块,村子里河道纵横,清澈的河水从每一户人家的屋前或者屋后流过,河水里穿行着一群群小鱼,在夜里唼喋有声。野菊花到处开着,竹林随风摇曳。所有的庄稼地都被辛勤的农人拾掇得秩序井然,棱是棱,角是角,田地里看不见杂草,就如干净女人的床一样。

我抬头看看偏西方向的月亮,从它现在的位置判断,应该有十点钟了。我迷路两个多小时了。

我的耳朵忽然听到歌声。有一个男人在唱歌,并且这个人向着我走来了。我掏出一粒瓜子,迅速地和自己打了一个赌:瓜子掉到头上,今夜的好运气来到;瓜子掉到地上,好运还没有来。我把瓜子朝头顶上方一抛,瓜子不偏不倚正好落在了我的头顶。哈哈,好运来了!我头顶瓜子,站在那里,微笑着迎接这个唱歌的人。

唱着歌的男人走近了,他停下步子。很显然,他看得出我不是村里人,有些明白我的处境。他等着我开口。我说:"请问……"刚说了两个字,我就不说话了,我认出来了,这个人就是我刚才在会稻路上看到的,一个我拒绝与他搭腔的年轻人。我不太信任他。他的手里还是拿着蒲扇。

这时候，他也认出了我，站在那儿不吱声。

两个人面对着面，样子难堪。

还是他打破了沉默。

"你有什么事吗？"他的语气里没有一点生硬的成分，看来他并没有为会稻路上的事感到不快。这使我的心里生出了警惕。我并不流露出警惕的样子，他也许是我今夜唯一的指路人。我轻松地说："迷路了。难道陌生人就要永远在村子里打转吗？"他笑了，声音轻而得体，自信地说："碰到我就不一样了。我认识这里所有的路。"

我喜欢这种自信的口气，但是自信并不说明什么。

我决定不回家，而是继续我的既定目标，这有些冒险，这位突然冒出来的带路人更是一个危险因素。我跟在他的后面，问他尊姓大名，他云里雾里地回答我："苏家庄人，姓苏。"

他没有问我的姓名。我有些奇怪。

为了预防危险，我做了一件事：在暗地里捡了一小块砖头，对他说，我要给丈夫打一个电话。于是就转身避开他的视线，大声地对砖头说："你先睡吧。我还是要到香炉山上去看月亮。……没关系，小苏陪着我，他年轻力壮。……他是苏家庄人。"

把砖头放进口袋里，我转身对苏说："苏，今天真悲惨。我碰了无数钉子，没有谁肯像你这样带路的，有的要钱，有的冷若冰霜，拒人于千里之外。"苏淡淡地说："你运气不好。你要是碰到我燕姐姐和我老干娘的话，早就到了香炉山了。"

我跟着他穿行在一个又一个的小村庄里。我心里保持着紧张，苏却轻松地向我介绍每一个村子里的秘密："这棵广玉兰树是老叶家的，有一百年了。夏初开花，半树白花，半树紫花。不是嫁接的，天生就这样。我们都叫它夫妻树。"

我心里一动：苏这么说，是有含义吧？

苏又介绍："你看到这家人家门口的葫芦了吧？他家的葫芦上了菜市场，

比别人家的贵一倍还不止——还供不应求,因为他家的葫芦每一只都是并蒂葫芦。真是少有。"

我的心里又是一惊:并蒂葫芦?暗示?

苏在一户砖木结构的屋子后停下来,用扇子柄指指它,神秘地悄声问道:"你胆子大不大?说实话,大不大?"

我把这句问话放在心里迅速地盘算一下,这样回答:"我胆子很大,我练过跆拳道,空手跟一到两个男人打架不会输。"

苏好像有些失望,一下子兴味索然。

我要的就是这种效果。

我马上来了精神,说:"你怎么不说了啊?你继续说下去啊。"

苏叹口气,一边走一边头也不回地叙说道:"这家人家的爷爷,十八岁的时候结了第一次婚。新娘子是镇上的大户人家闺女,很漂亮——就像你这样漂亮,结婚的那天夜里,男的起身上厕所,看见新娘在月光下梳头,新娘子头发很长,从梳妆桌上一直拖到地上——原来她把头拿下来了,放在桌子上梳头发。她个狐狸精,狐狸美女。"

这一次,我怀疑苏是在调戏我。我还从来没有被男人说成是一个漂亮的狐狸精,没有男人敢这么说我。

我装聋作哑,紧催着苏快点走。我不怕他使坏,我给我的"丈夫"打过"电话"了,他会有所忌惮的。

从迷宫一样的村落里转出来,走到一条向着香炉山的直路。路的两旁只有成片矮矮的野菊花,视野开阔。我这才轻松了一些,问苏:"你还有干娘啊?刚才说的燕姐姐是谁?"

我马上就要让他离开我,从这里到香炉山的路,我熟悉。这条开满野菊花的路,北头连着香炉山,南边连着会稻路。我有礼貌地等着苏回答这个问题,回答完了就和他告别。

苏的话出乎我意料，他没有回答我的话，而是说："我陪你到了这里。礼尚往来，你要陪我到前面那个村子里去一趟。顺路的。我去看我的老干娘。"

苏指着前面的那个村子，村子就在香炉山脚下，我必经的地方。村里的一座屋子里，隐隐地亮着灯。

我对苏说："不行。我到香炉山就是去看月亮的。你看，月亮马上就要落到天底下去了。"

苏说："是啊。月亮马上就要落下去了。你还没爬到半山腰的观云台，就看不到了，还不如陪我一下。"

我承认这一点。折腾了三个多小时，面临着打道回府，我心有不甘。也许苏已看出了我的心思，但是这与他是没有关系的，也不存在这样的礼尚往来。我绷紧了脸问他："那个村子里有什么有趣的东西吗？并蒂葫芦还是双色玉兰花？"我居高临下的口气没有打消苏的热情，他几乎是急切地说："跟着我，没错。有很好玩的东西。走！"他走了几步，看我还在原地不动，跺一下脚，催我："快走啊！你没听说过香炉山上今夜会出现神灯啊？我们去问问干娘，她知道神灯出现的时辰。"

有许多时候，我的好奇心会超过理性，就像猫一样。我真的跟着苏走了。神灯？香炉山上的神灯？我从来没有听说过这回事啊。如果真的存在这件事的话，为什么我从来没有听说过？也许是现在的人们有意地忽略这种事，只对杀人之类的事感兴趣；或者这种玄妙的事纯粹就是乡村的秘密——只属于乡村的秘密，只在乡里口口相传。

这些看似平淡的乡村还藏着多少的秘密？乡村的路是不是在夜里都会化成迷魂之路？

苏的干娘叫夏婆婆。村口那座亮着灯的土房子是乡村的小教堂。将近十一点，这个时间在乡里是躺在床上做梦的时间，但还是有许多人在里面虔诚地做着祈祷。

苏带着我走进小教堂，正好大家都跪着，他也跪下了。我站着不动，他扯我，把我扯得跪下了。我有些恼火。我对他说我不信教。他说他也不信教，不信教的人难道就不能表达一下对神明的敬畏吗？我没有理由相信他这句话，跪了几秒钟就跑到门外去了，苏刚才扯我的动作太亲密，我想让他知道我们之间的距离。

一会儿，苏和夏婆婆从小教堂里出来了，站在我边上唠嗑。

"今天是走来的？燕姐姐好些了吗？"满面起皱的夏婆婆问苏。她的脸真像一片脱了水的风干树叶。她的眼睛是亮晶晶的，吉祥温顺。

"好些了。刚才我去看了她。我一个星期没有去看她，她就是担心我变心，急出来的头晕。我去和她说说话，她也就好起来了。"苏回答。

"那你想不想变心呢？"

"想啊。"苏笑着说，听得出他是开玩笑。但是他瞄了我一眼，让我又气恼起来。真是见了鬼了！这种小土痞子。

"她那群金腰燕好不好？"

"一个个活得很开心呢。比她开心多了。"

"那你妈怎样呢？"夏婆婆换了一个问题。

"妈比去年的秋天好多了。她就是惦记增寿。今天晚上，原本是她差我来看你老人家的，顺便问问增寿的情况。我看时间还早，就先去看了燕姐姐，她要我多陪陪她。所以我就来晚了。"

"增寿好着呢。"夏婆婆说，"每天早上老早就起来了，到处玩。脾气坏，火性大。胃口大，什么都吃。啊唷喂，真是的。上次把我的小花瓶打碎了，被我追着打了几下，倒乖巧了几个时辰。"

夏婆婆笑起来。苏也跟着笑。他们这样愉快，我感受不到同样的愉快。我猜到那个"燕姐姐"定是苏的爱人，他有了爱人，还对我这个陌生女人有非分之想？

现在是夜里十一点钟了，我的恐惧还在，又增加了对一个人的厌恶。我考虑着回家的事。

我咳嗽了一声。

苏马上问夏婆婆："干娘。我听说今天夜里香炉山上看得见神灯呢，你会占卦，知道神灯什么时候出来。"

夏婆婆极为聪明地瞟我一眼，犹豫地说："可能年纪大了，算不准……多少年没算准，没人信我了。我昨天算出神灯是今天夜里十二点一刻出来……但是谁知道呢？谁知道它出不出来？啊哟，我知道了，现在天象气候都变了，它也就不准时了。"

这夏婆婆，她把失算推在天象气候的变化上。

这两个人极为严肃地讨论神灯的问题，不像是一个陷阱——至少有百分之八十的安全保证。我想。我略一踌躇，不去细究这百分之八十里到底有多少可靠的依据，下决心上香炉山一探究竟。

"燕姐姐是你的妻子吗？"在路上，我问苏。

"算是吧。但我们还没拿结婚证书。"苏说。

"男人就应对女人负责，不管有没有正式结婚。"我一本正经地说。这句话在我的耳边"嗡嗡"作响。为这句话，我一时倒怔住了：我什么时候变得这样软弱？也学会说这样的话了？

"增寿是谁？"我又问。

苏忍不住大笑起来。他笑得酣畅淋漓，看来他真是一个快乐的人。

"增寿是一只母鸡。"他说。

而后，我明白了一件事：增寿确实是一只母鸡，养着它是为了给苏的亲娘增寿，所以它就叫"增寿"。三年前，苏的母亲生了怪病，吃什么吐什么，连大医院也看不好。眼看着奄奄一息。后来，苏的父亲到花码头镇上的大道观去求签。去晚了,一个道士也没碰到。大道观的看门人老邬听了他的叙述,就对他讲,养一只"增寿"鸡也许有用。以前的人就这样做。男的用公鸡,女的用母鸡。这鸡一定要精心养护的,鸡死人也死,鸡活着,人也活着。于是,苏的父亲就到化码头镇的集市上买了一只健壮的小母鸡,回家的路上,交给了苏的干娘夏婆婆养着。苏的母亲从此没有了呕吐的毛病,活下来了。

苏讲完了这件温情的乡里故事,我心里有些安定:这些都是心地善良的人啊!

……镇上的人不是都在说,那个杀人的人,平时脸上总是笑嘻嘻的,杂货店林家的孩子,不是被他抱过?还亲了一下……前两天看到一篇故事,说以前与汪精卫一起做汉奸的褚民谊,就在本市刑场被国民政府枪毙的那天,还对记者说他的身体很好,可给医院作解剖用,心脏和骨骼尽数供给医学界研究之用。可见人是具有多面性的。夜深人静,荒郊野外,更要小心提防。

我不由得有些后悔起来。我是个女人,深知女性的弱点,爱吃后悔药就是弱点之一。现在到了山脚下了,来不及后悔了。

这时我又觉得苏有些怪异,他看得见夜里的一切东西:静悄悄藏在沼泽地里的白鹭,竹林里的野鸡,野苋菜下面的青蛙……甚至五六步以外的一株兰花他都看到了。他把他看到的悉数告诉我,因为我不相信,他还朝一根竹子上投去一个石子,结果惊起一只野鸡。关于那棵兰花,我坚决不信。他和我打了一个赌:赌一个拥抱。我的好奇战胜了提防心理,欣然应战。我们一起走下路沿,苏用手电筒光一照,真是一株野生兰花草。于是我们走回路上,苏也没提拥抱的事。他还算识趣。

夜里的这些东西我都看不到,我暗自羡慕他。

你是鬼吗?我心里问了一声。他当然不是鬼,是我今夜特别乱,我患得患失,怕他这个人,也怕他这人是一个鬼。神灯一定也是一个可怖的事物,或是某个不祥的信号,神灯升起时,苏会不会转眼变成一个鬼?

"你，你见过神灯吗？"我战战兢兢地问苏。

"我只见过一次，还是八岁那年，干娘带着我上山来看了。"

"什么样子的？"

他回答："小小的一个火苗，边上一圈光晕。从山下什么地方晃晃悠悠地升起来，快到半山腰时，不见了。当时看到有六盏吧，一模一样的，我觉得有仙女在暗里提着它们，上了山，就把它们吹了。"

苏的故事很有感染力，不管是真是假，反正我听了这个故事后，不再想入非非了。我得承认，这个世界确实有一些使人心旷神怡的东西，哪怕只是想一想它们，也会得到有力的安慰。

到了香炉山上的观云台，窄窄的上弦月一下子不见了。它不见以后，我更觉得四周的寂静，一丝风也没有。放眼从半山腰望下去，下面就如一条黑漆漆的大河。看久了，双脚恍如腾空，魂若离世。苏坐我边上，坐得很近，我听到他坐下来的时候，惬意地叹了一口气，这不是微妙，简直是明目张胆了。苏在地上扯了一根狗尾草，轻轻地哼起一首歌来，看来他真是很享受这一刻啊。离神灯出现还有二十多分钟，我必须安然度过这段时间。我问苏："刚才碰到你时，好像唱的也是这首歌。"苏回答我："正是。一把钥匙配一把锁，哥是钥匙妹是锁……"他还想唱下去，被我打断了："你去看过燕姐姐了？你干妈说她有一群金腰燕。"

苏在淡薄的夜光里微笑，语气里也弥漫着笑意："嗨，这个人，各别。"

"各别"就是特别，有个性的人就叫"各别"。这里的人都这么说。

"——她就是一个各别的女人。人家像她这样的，一定到城里去发展了。她读完师范学院，就回村子里当了小学老师，语文、数学、体育，全教，一是爱孩子，二是舍不得小学校里的那群金腰燕。那金腰燕关她什么事？有一百多只呢，住在小学校后山上的木房子里。她经常带着小孩子们去看燕子，给它们投食。燕子也经常到她上课的教室里去看她。……所以，人家叫她燕姐姐。其实她叫齐阿巧。我问她，齐阿巧，你到六十岁的时候，难道还让人叫燕姐姐吗？"

"哟。这是一个好人,你要好好珍惜她,早点结婚,让她安心。"我决不放过任何机会敲打苏。

"正是。"苏说,"你看,我本来有许多机会出去发展的,但她不让我走。我就留了下来。"

我问苏:"为什么不让你走?"这是我第一次对他产生出兴趣。

"她是怕我变心,——女人都这样的。但是我这个人,走也好,不走也好。我在什么地方都会让自己过得舒舒服服的。"

"你为什么会这样?"我忍不住又问。苏好像没有想过他为什么会在任何地方都过得舒舒服服的。此时他认真地想了一想,竟说了一个让我想笑的理由:

"我会唱情歌!"

这话乍听之下让人发笑,细想一下,确有道理。

二十分钟过去了,我们没见到神灯从山下飘升到半山腰上。我觉得应该再等一下,就建议苏唱一个。苏有些不好意思,走到山崖边,背对着我,脸朝山下,蹲着唱:"一把钥匙配一把锁,哥是钥匙我是锁。河水清清河水长,哥是橹来妹是船。春来满山鸟咕咕,秋来枫叶满山红。"

苏拖泥带水地唱完了,还是不见神灯。苏开始唱第二首情歌。他唱完后,我站起来向山下走去。苏追上来说:"再等等看。我肚子里的情歌唱不完,唱到天亮都行。"

我没有搭理他。很快走下了山,走到通向会稻路的直路。苏在后面跟着我。这条路我认识,我加快步子,一面走一面对他说:"你回去吧。谢谢你!我要快点走的,我丈夫在家里肯定着急了。"苏在后面说:"不用你谢的,我也要穿过会稻路,苏家庄在会稻路的南边。"

我一直保持着匀速的快步,苏也一直跟在我后面看得见的地方。我气喘吁吁,他悠然自得地唱着歌。会稻路临近了,他停止了唱,小跑着接近我,在我的身后,我几乎感觉到了他的鼻息。

我猛地回过头，严厉地问他："你想干什么？"

我感到旁边的树叶都一惊一乍。

苏不好意思地说道："我想送你回家。"

我看看这条路。我从没听说过这条路上出过什么事。我放缓了语气说："不必了。这条路很安全。"我真想对他说，他才是一个不安全的因素。

苏说："我送你，跟安全无关。"

"那和什么有关？"

苏说："跟一个男人的面子有关。"

显而易见，不是这个理由。但我想了一想，决定尊重他说出来的这个理由。

我依旧走得有些快，而苏一直落在后面，一会儿，他跑上来，递给我一只又大又沉的稻穗，该有一斤吧。说实话，我有生以来没见过这么大的稻穗，它匀称，散发着令人感动的气息。我的感叹还没结束，苏又递过来一支野菊花，黄色的，微微沾上些露水，显得润而沉厚。它枝叶繁多，放在手上成一大捧，每一朵花儿都光泽亮丽。我"啊"地发出一声，我感觉到我的内心就在此时轻松畅快了。哦，许久没有这样的心情了。

我把稻穗和花放在一起，两样不相干的东西在一起竟然如此和谐。

苏喜笑颜开，大声说："谢天谢地，你终于高兴了。"

这句话感动了我。"谢谢你！"我真诚地说。到现在为止，与苏待了四个小时，这是我对他仅有的一次真诚。

花码头镇上一片灯光，我看得见我住的地方了。我停下来，意欲告别。

苏说："其实是我要谢谢你。我去年夏天第一次在蓝湖边上看到你，你穿了一件绿色的裙子，像仙女一样。昨晚，我在这条路上看你埋蝴蝶翅膀，心里想，不愧是一个仙女。人家都说有学问的女人不漂亮，你是一个例外呢……所以就想着和你说说话。我实现了这个愿望，是我的幸运。"苏的言语里透露出一丝不自信,不多,但足够让我知道,他是因为爱,才显出不自信。

苏难道早就暗地里认识了我?

苏忽然调皮地说:"再见,艾我素老师。"

苏说完就走。远远地,我突然看见他在路上快乐地蹦跳着走路,那把扇子在他身边挥舞。……天,与他在一起,我也有了夜视的能力了?

苏知道我的姓名,他是认识我的,但我不认识他。他一定知道我许多事,譬如在大学里教书,写诗,写童话,独身,火爆的脾气……住在花码头镇后面的小区里……

那么,这砖头手机,给子虚乌有的丈夫用砖头打电话……

我想他早就看穿了我的把戏。

这个积极的人并不吹毛求疵,他实现了愿望,快乐了。而我呢?我怎么评价我度过的这一夜?他感到的是爱,我感到的是恐惧和厌恶。我自认为是一个很享受生活的人,却白白失去了一个享受愉悦的机会。

我是一个积极的人,我要重新享受一下昨夜风景。

回到家里,我开始给自己洗尘接风。我在院子里的瓷桌上放了三只酒杯,一只敬天地,一只代表苏,一只是我的。杂货店林家的花雕黄酒,五块二毛钱一斤,便宜而好喝,味道纯正雅致。苏给我的稻穗和黄菊花横放在瓷桌当中,在微微的晨曦里,它们各自显示出令人惊叹的对称之美。回想昨天一夜,浑身如沐春风:最初粉红色的上弦月,美丽的迷宫一样的村庄,苏的情歌和有趣的故事,乡村小教堂,干娘和燕姐姐,"增寿"鸡和金腰燕……我尤其感谢苏给我的一夜之爱。我知道,此夜之后,我会驱除怯懦,就像从前那样无所畏惧。

我端起酒杯碰碰苏的酒杯,说:"苏,祝你妈妈长寿!祝你和燕姐姐一生幸福和快乐!"

原刊于《收获》2010年第2期,获第六届鲁迅文学奖短篇小说奖

朱文颖

生于上海,中国"七十年代后出生"的代表性作家之一。近年介入艺术策展和批评领域。著有长篇小说《莉莉姨妈的细小南方》《戴女士与蓝》《高跟鞋》《水姻缘》,中短篇作品《繁华》《浮生》《重瞳》《花杀》《哈瓦那》《凝视玛丽娜》等。有小说随笔集多部。小说入选多种选刊选本,并有部分英文、法文、日文、俄文、白俄罗斯文、韩文、德文、意大利文译本。曾获《人民文学》奖,《作家》"金短篇"小说奖,《中国作家》奖,紫金山文学奖,首届叶圣陶文学奖,金圣叹文学评论奖,《人民文学》年度青年作家奖等,2005年由"中国青年作家批评家论坛"评选为首届"年度青年小说家"。2011年入选"娇子·未来大家TOP20"。部分作品被馆藏于法国国家图书馆,并多次入选夏威夷大学纯文学刊物MANOA"环太平洋地区最有潜力的青年作家作品专辑"。其作品在同辈作家中独树一帜,被中国评论界誉为"江南那古老绚烂精致纤细的文化气脉在她身上获得了新的延展"。现任苏州市作家协会副主席。

虹

一

❶

外婆在最热的一天住进了嘉玲家。

父亲开着半新不旧的老式城市越野车去接她——那是半年前在二手市场买的,与父亲"即将退休的二流大学哲学系副教授"身份倒是颇为吻合,彼时恰逢嘉玲一家乔迁新居。母亲在新开发的城区看中了一套连体公寓,背倚群山,护城河缓缓在门前流过,清晨与黄昏有黄鹂和白鹭在树丛、水波间鸣唱……或许,更重要的是,原先的旧屋离父亲任教的学校很近,女学生们常常坐在父亲的书房里,瞪圆了稚嫩的眼睛,问一些与她们外形极不相衬的沉重话题,譬如说:"灵魂究竟存在吗?"

嘉玲坐在副驾驶座上。每周六上午和每周日下午,嘉玲都会去父亲所在大学的函授部学习希腊语、德语、西班牙语和希伯来语。母亲认为这样的事几乎莫名其妙,荒唐透顶——"你学这些东西干什么呢?有什么用呢?……我真弄不懂,你脑瓜子里到底在想些什么!"

其实嘉玲母亲模模糊糊是有点懂的。现在,嘉玲的左手正轻轻搭在汽车保险带上,如果凑近了细看,手腕那里有一道不深不浅的疤痕,像冬眠的幼虫安静蛰伏。那是嘉玲十六岁的时候留下的。事情自始至终找不到顺畅合理的逻辑关系:那一年,嘉玲母亲动胆结石手术住院,邻床女人的丈夫是一位刚刚转业的海军军官,他带来一些会在夜间发光的生物化石,热带风情的漂亮披肩,甚至还有一种嘉玲从未见过的硕大无比的香蕉。后来,这对夫妻的儿子来了,大大的夹克,不太合身的牛仔裤,不羁却又忧伤的眼神……一个月后,嘉玲父亲在中缅边境找到了这对悲伤绝望的小情侣,押送回家的火车上,嘉玲紧闭双眼,一天一夜不吃不喝。再紧接着,就是那道触目惊心的疤痕……海军军官夫妇最终带着孩子去了大海的另一边,嘉玲手腕上的伤痕也渐渐淡了。然而,对于这件事情的看法,却显现出了哲学家与非哲学家的本质区别。

嘉玲母亲说:"总算是过去了,青春期的孩子呀。但不管怎样,这件事总算是过去了。"

然而嘉玲父亲的看法却略有不同。为什么不是所有孩子看到夜间发光的化石、看到异域风情的事物、看到忧伤不羁的同龄人都会产生这种敏感和冲动呢?有一些孩子是麻木的,他们很多时候表现得无动于衷……或许,嘉玲内心有一种危险的东西?

"危险?"

嘉玲母亲撇了撇嘴。

感谢老天,一切看来还算顺利,嘉玲平安地长大,没再有什么过于出格的事情。当然,偶尔的磕磕碰碰总是有的。嘉玲母亲为嘉玲设计的蓝图是机关公务员、教师、职业编辑或者处境优渥的家庭主妇,然而显而易见的是,这样的人生对嘉玲来说太缺少神秘性,无趣,不自由,毫无冒险精神——与那些闪着幽蓝光泽的化石相去甚远。

工作后的第二年，嘉玲辞了公职，游荡在各个门户网站的旅游版之间。有一次，嘉玲为一家旅游杂志社拍摄风光照片回来，讲到沿途的景色、风俗、食物以及轶事，嘉玲冷不防半开玩笑半认真地冒出一句："现在外面风气很差，但不管怎样——这适合我。"

母亲稍一犹豫，扬起手便扇了她一记耳光。

就在刚才，几个纯情而放荡的大学女生离开了父亲的书房，一路嬉笑着，脸上尚留着交谈时激动的红晕和内心的波澜。男人——此时的呈现物是嘉玲的父亲，倚立在窗口，努力向外探出大半个身子，面带微笑地向她们频频挥手。

母亲转过身，冲着嘉玲狠狠骂了句："小荡妇！"

母亲现在什么都恨。在她的生活里，一切都像断了发条的钟摆，或者松脱缰绳的野马。母亲现在什么都有点无所谓，随着年龄的增长，以前的逆来顺受演变成对于生活无可奈何的渐渐接纳，甚至甘之如饴。只有一件事情是让她恐惧的，并且与日俱增——她老了。每时每刻，她都觉得自己越来越老了。

现在，父亲开着车，嘉玲的身体稍稍向他倾斜过去。这显得他们的身体以及精神有一种轻微的、然而同时又绝不能被忽视的默契。

夏日的中午，车轮过处，尘土扬起，仿佛渐渐融化、最终在空气里消逝得无影无踪的水汽。

路边趴着一条黄白相间的大狗。脸朝下，四肢蜷缩，慵懒无力。嘉玲父亲按响喇叭，一下，两下，它没有动。嘉玲父亲转动方向盘，在它身边轻轻绕过去，它还是没有动。

嘉玲说："午觉睡得正香呢！"

父亲没有说话。

嘉玲突然想起了什么，回头又看了一眼，轻声问："它死了？"

父亲注视着前方的道路，说："不清楚……可能吧。"

❷

外婆今年八十八岁了。她拄着拐杖,颤颤巍巍地走进了嘉玲家。

一路上,她已经嘀咕了半天,就在上个礼拜,她收养了八年的一条大花狗死了。在花狗生命的后半段时间,它变得过于慵懒肥胖,以至于无法爬上通往阁楼小窝的狭窄楼梯。在生命的前半段,它同样经历了不少磨难。这其中包括,有一天傍晚,花狗站在路边,不知为了什么,眺望着远处树梢间的落日。它是如此专注出神,竟然完全没有听到远远传来的汽车喇叭声……这次遭遇让花狗的一条腿整整瘸了三个多月。还有一次,花狗接连让附近的两条母狗怀了孕,它的腿因此又瘸了三个多月——这次可不是因为被车撞飞的缘故。事情的高潮发生在一个暴风骤雨后的晴天,花狗从外面踱步进来,沿着墙角缓缓趴下,它低着头,无比温柔地回味着这个世界。

它被人阉了。却突然拥有了一种智者的神态。在郁郁寡欢和无辜的迷茫纠结在一起几个星期过后,它彻底安静并且重新快活了起来。自此开始一发不可收拾地发胖。

花狗在外婆家中度过了最后一段时光。

"我不想它死在医院里,"外婆说,"它会觉得孤独的。"

嘉玲妈妈叹了口气。脸色像窗外已经阴沉下来的天空。

"我在树下为它搭了个窝,它会觉得是在大自然中……那地方也很像当年我发现它的那片树林。"外婆抿了抿已经没有牙齿的嘴巴,神情坚定地说,"它其实走得很安详。"

嘉玲妈妈撇撇嘴。表示对于外婆所说的某些部分并不认同。

"最后那些天它只吃维生素。大家帮我在树下火化了它,天真蓝啊……"

"以后只要把我的骨灰扔进海里就行了。"嘉玲妈妈突然抢白了一句。

❸

  外婆是突然提出要来嘉玲家住一段的。
  自从嘉玲外公去世,外婆就一直在乡下过着独居生活。那是位于太湖旁群山中的一个小村落。后来,外婆偶然打电话来,嘉玲仍能听到电话那头雨水击打在屋檐上的声音。
  "一个人在家?"外婆问。
  "是的,"嘉玲说,"外婆也是一个人吧?"
  电话那头传来一阵咯咯的笑声。"外婆总是一个人。"突然声音又压低了下来,"我听不到这里的邻居说话,你知道这是为什么吗?"
  "为什么?"
  "因为他们说话很轻很轻,他们都很有教养。"
  外婆总是很幽默很快乐。不管怎样,外婆一点也不像孤独寂寞的样子。
  但是,外婆现在突然提出要来嘉玲家住一段时间。
  外婆来过两三个电话;临睡以前,嘉玲父母在房间里低声议论着什么。他们又能议论什么呢?外婆身体一直不错,头发花白但发量不减,圆润的下巴微微向前凸出,显而易见,年轻时是位不折不扣的美人。
  "外婆要来了?"坐在父亲车上时,嘉玲轻描淡写地问道。
  "是的,要来住上一阵子。"父亲的回答显得也有些轻描淡写。
  外婆今年八十八岁了,嘉玲母亲比她小三十岁,嘉玲比母亲小三十二岁。但不知道为什么,有时候嘉玲会突然觉得,在这三个人里面,自己仿佛却是最老似的。

❹

第二天是星期一。早饭吃到一半的时候,外婆放下手里的筷子,先问坐在桌子对面的嘉玲母亲:"最近,你要出门吗?"

嘉玲母亲愣了愣,有点没好气地说:"不出门,我出什么门,我有什么地方好去的。"她下意识地瞥了眼坐在旁边的父亲。

外婆微笑着转向嘉玲父亲:"你呢?"

嘉玲父亲解释说,他呢基本上也不会出什么远门,就是系里面有几个学术项目到了比较关键的阶段,其中一个他还是主要申报人。所以可能会略微忙一点。但也忙不到哪里去,只是不时要去学校里开开会……对了,父亲又补充了一句,还有几个学生的论文需要辅导。

嘉玲听到母亲鼻孔里发出很响的"哼"!她还猛地跃起身,用一种壁虎般的敏捷,张开双手,一巴掌拍死了一只正停在半空发呆的蚊子。这声音与动作是如此接近,嘉玲不由得神思恍惚,寻找起存在于两者之间的联系起来。

"好呵,这就好。"外婆重新又把筷子拿了起来,嘴里嘟哝着,"都不出门这就好,大家都在这里,这有多好呵。"

外婆一边吃饭一边注视着嘉玲,还不住地点着头,仿佛她确认嘉玲在这个阶段是不会外出的,这一点她是能确认的,是不用怀疑的。嘉玲突然很想问问为什么。

外婆经常会说一些莫名其妙的话,有一些莫名其妙的表情,做一些莫名其妙、却一半以上能够实现的判断。有一次,外婆紧紧拉着嘉玲的手,说道:"你这孩子,别人能轻易得到的东西,在你,难呵。"还有一回过年,外婆一个人慢吞吞喝下半斤陈年黄酒,两只手拿起来,十根手指伸出来,做起了算术,她说她的外婆是一百多岁走的,她的母亲是九十多岁走的,所以么……那天嘉玲的母亲非常生气,"大过年的!"她说。然而不管怎样,外婆常常让人脊椎骨那里升起一股寒气,与此同时,又浑身充满既悲壮又充沛的能量。随着年龄的增长,嘉玲渐渐认为,一半以上这是因为年龄的原因。

另一半么,外婆多少是不同凡俗的。

嘉玲记得,在她小的时候,五月的一天,外婆、父亲、母亲和她看马戏团演出回来,微雨黄昏,一行人在路边等公交车。

不知是谁提到了那个耍蛇的女人。

驯蛇人把三条蟒蛇从笼子里拎出来,放在脸色没有任何异常的耍蛇女人头上。突然,一条蟒蛇从她头上滑了下来,紧紧贴住她的脖子……嘉玲吓得惨叫一声,一下子扑倒在外婆怀里。

后来,外婆对她解释这个场景——"如果你觉得恐慌,头颈那里的动脉就会跳得非常快,而颈动脉跳得越厉害,蛇就会缠得你越紧。"

外婆还说:"唯一的方法就是忘掉恐惧,均匀呼吸,尽量放松。"

外婆对嘉玲描述那个她没敢睁眼观看的过程——蛇在那个耍蛇女人的身上游动,经过脖子、头、肩膀,再到膝盖、腿部……先是一条蛇,再是两条,三条。外婆还向她讲述当时嘉玲还完全无法理解的判断以及想象——外婆说,她相信蛇在那个女人头上和身上游动的路径绝不是随意的,外婆一本正经地说:"蛇能感觉到你身体的能量。"

"那是一条你自己看不到的线。"外婆把自己的眼睛眯成了一条线。

有很多次,当长大了的嘉玲回想起这个场景,经常会在自己的头脑里幻化出很多种景象。最多的一个则是:那条蛇,徘徊在外婆、母亲和自己之间。蛇同样能在外婆身上曲折蜿蜒地游动,接着,它僵硬地趴在母亲身上,最后,它经过自己——那条蛇突然昂起脖子,飞快吐出血红的蛇信。

5

半夜,嘉玲被父母压低了的争吵声惊醒。

外婆的房间在楼下,嘉玲的房间在隔壁,夜深人静——种种原因让嘉玲母亲克制着自己的声音与愤怒,但爆发出来的强度,仍然让嘉玲抓起一个枕头捂住了自己的耳朵。

嘉玲长长地叹了口气。她知道,或许,那是因为"虹"——父亲终于没有藏住这个秘密,或者母亲最终还是忍无可忍地爆发了。

嘉玲很早就知道这个秘密,而且,她还见过"虹"。

"虹"和嘉玲同年,是嘉玲父亲以前的学生,刚毕业不久。有一次,母亲去了外地,嘉玲去东北拍雪景……那场理应如期而至的雪没有落下来,于是,嘉玲提前回了家,于是,嘉玲意外地把父亲和"虹"堵在了床上——那原本应该是另一个女人见到的场面。

"虹"长得很清秀。她的眼睛让嘉玲想到雪地里奔跑的动物。

"你喜欢我父亲?"嘉玲问她。

"嗯。""虹"低着头,眼睛蒙在长长的睫毛下面。

"因为——他是你老师,是教授?"嘉玲问得咄咄逼人。

"不!……不是!""虹"如同受了惊吓,身体不自觉地往后退着。

"那——你不会告诉我,因为他是一个比你大三十四岁的男人?"嘉玲的声音恶狠狠的,充满怒气。

那天"虹"穿一件玫红色的羽绒服,在冬天的寒风里渐渐走远时,嘉玲觉得,自己的眼睛被那种颜色刺痛了。但同时,她也不得不承认,在一片暗败凋敝中,那一点红色,久久地、强烈地凝固在灰色的背景里。

晚上,嘉玲和父亲坐在客厅里。父亲一直在抽烟。嘉玲则久久沉默着。

明天是母亲回来的日子。

母亲平时很少出门,至于很少出门的原因,嘉玲暗暗觉得,母亲就像一个手里拿着猎枪、偷偷藏在门后的猎人。她的猎物是天然的两个——嘉玲父亲和嘉玲。

其实,自从嘉玲十六岁时出了那件事,嘉玲母亲一直很难接受。她觉得这几乎就像一个人缺了胳膊少条腿,永远不会再是完整的人了。一方面,嘉玲违背了这个家庭渐渐培养起来的中产阶级理想。另一方面,也彻底粉碎了作为母亲天经地义的期望。

她的女儿,嘉玲,是一个怪物。

至于嘉玲,有一次,则对一位朋友说:"我和我母亲没有什么共同点,我们无法谈论任何事情,她完全不了解我的生活选择。"

朋友回答道:"我母亲也是这样。"

只有唯一的一次,母亲旧伤发作,吃了好几天止疼片。急症渐愈的那天,母亲突然叹了口气,轻声对嘉玲说:"你有没有朋友,家里有院子的?"

"院子?"嘉玲问道。

"有个院子,偶尔有人会种几棵罂粟。"

"罂粟?"嘉玲愈发迷惑不解。

"唉,人老了,得为将来做点准备。其他倒不怕,疼这个东西……听说罂粟这东西止痛特别好……我已经零零星星藏了点……"

那天母亲背向着她说话,这话自言自语般讲了几句,其实并没有完全说完,但不知为什么,嘉玲突然感到一种从未有过的心酸。这之后有好几天,嘉玲对母亲说话变得轻声细语,但时间一长,慢慢也就恢复了常态。

而现在,母亲不在家,父亲和女学生睡了觉。被女儿嘉玲发现了。

"你……喜欢她?"嘉玲终于忍不住向父亲发问,眼睛盯着地板。

二

❶

从嘉玲父亲站着的讲台这边,左手第三排靠窗的位置,坐着的是"虹"。

开始的时候,他几乎没有注意到这个姑娘。他上的是哲学课,但班上四分之三以上的学生用现实主义方式对待这门课程。当他讲到"虚无"这个概念时,他们的眼睛茫然无神,毫无反应,倒是让他想到"虚无"这个词。只有在接近考试的复习周,他们才是活跃的,用各种眼神、提问、尖叫提醒他——千万不要忘记他们的希冀。

他烦透了,简直是失望透顶。

有一次,讲课时他提到日本哲学家中村元和他的东方研究会,坐在第一排的一个男生耷拉下脑袋——他怀疑那男生是睡着了,可能真是睡着了。

中间休息的时候,他叫住了那个男生。

"你们不喜欢日本?"他问。

男生点点头。

"你们恨日本人吗?"他突然问道。

"恨。"那个男生回答得飞快。

"你和日本人相处过吗?"他接着问。

"没有……没有……"男生想了想,回答说。

"那你为什么恨日本人?"

"因为书上说的,因为父母说,因为……"

他经常会有一种错觉,每次,他拿着一摞教材跨进课堂的时候,他想,其实他跨进的是一个空房间。里面坐满了人,但没有一个人真正需要他。

在家里,他的感觉要更复杂些。

有时候,嘉玲母亲会在他面前抱怨——关于嘉玲——"他们什么都不懂,"她提高了声调,"他们完全不知道究竟应该怎样生活,这代人里面谁都不知道这些,他们全都被宠坏了。"

他听着,不吭声。他觉得在他身体里面存在着两个部分。一个部分是与嘉玲母亲连接的,他们生在同一个时代,经历过很多相同的事情;而另一个部分则连接着嘉玲,父女俩有很多盘根错节的本质上的相似,就像孟加拉榕树的根部。而因为很多错综复杂的原因,他与嘉玲母亲相连接的那部分渐渐在游离开来,枯萎死去——他根本无法解释现在这个世界到底在发生什么,还将要发生什么——以他哲学副教授的头脑与眼光。至于嘉玲母亲,他根本就觉得,她看到的全都是些肤浅而最为表面的东西。当然,他暗暗地发笑,这也是挺难得的。他想。

他有一种感觉,只有这个女儿是可能懂得他的。从她十六岁的那次事件里,他就认出了她。他们是同类。

他甚至觉得女儿应该会懂得——他和她母亲之间那种微妙的、其实已经糟糕透顶的关系。他当然已经不爱她了,这和背叛、时光流逝之类的俗套完全没有关系。但更要命的是,很多时候,他受不了她对他的爱。她号称并且强调的这种人类情感。她为什么觉得这是爱呢?

他们早就没有性关系了。当然,他也知道,在道德这个领域,这并不意味着他可以和女学生发生这样的关系。他更没有想到,这件事情竟然被女儿嘉玲撞见了。

对于嘉玲的反应,他没有太大的把握。

和"虹"的开始,是嘉玲父亲完全没有料想到的。

那天是一个特殊的忌日。就在四十多年前的这天下午，嘉玲的祖父离开了这个世界，而在四十多年前的这天晚上，嘉玲的祖母紧随而去，也向这个世界作了最后的告别——实际上，他们几乎是在同一个瞬间跃出窗口，以一种现实生活中匪夷所思的梦幻姿态。

那年是一九六八年，嘉玲父亲刚刚十五岁。

那天，"虹"向讲台这儿走过来的时候，嘉玲父亲正想着下午去父母坟上扫墓的事。每年这一天，他总会独自一人去那个位于近郊的僻静之处。从十五岁或者更早一些时候开始，他心里总有那样一块僻静的地方。总是他一个人。后来他遇到了嘉玲母亲，但嘉玲母亲走不进那块地方，至于嘉玲——他相信这个孩子自己也有一块僻静的地方——所以他总是一个人，想着各种各样不同的事。直到最近这一两年，墓地旁边一棵老树旁枝逸出，树下石凳上盖上了浓浓的阴影。

有一次，他在那片浓浓的阴影下面，突然想到了死亡这件事情。不是四十多年前的往事，而是——他自己。

他六十岁了。

"老师……"

他听到一个细细的声音，把他从回忆中拖回来。

他抬起头。是"虹"。

"虹"的眼睛。

他们聊了一会儿，"虹"问他一些课外阅读推荐的事情，他很认真地倾听，然后给了一些建议。这样的事情他经常会遇到，有些是真的，有些则是借口，只不过想和他这个男性的哲学副教授走得近些，未必真有什么企图，或许在未必的下面藏着什么企图。但是——说来也怪，后来，好像是一瞬间的事情，他几乎有点忘了，究竟是这个名叫"虹"的女孩子的眼睛，还是声音，或者其他更虚无缥缈的东西，引导着他跟随她，去附近一家小茶馆喝茶，谈哲学，又喝了点酒……一个礼拜以后,她打电话给他,说了一个地址。

他早就不是一个忠诚的丈夫了。类似这样的事情很多年前就发生过了,而且不止一两次。他略微有一点点但绝不深刻的内疚。仅仅是为了性——他用这个确凿肯定的事实安慰自己,在那"猛烈但不表示感情的,把憎意的飞镖射进敌手的裸体中,在腿部和大腿的迅速盘绕的动作中扑向敌人"的过程中,他暂时忘记了人生经历的背景、哲学教授的身份,以及这两者纠结在一起而产生的越来越浓郁的虚无。

最近一两年的情况略微有些变化,他发现自己老了,不仅仅是鬓边的白发和额头渐渐如同哲学一样深刻的皱纹,即便是他反抗虚无的武器——性——他无比恐惧地发现,在这个方面,他也老了。

他看到了死神丰厚羽翼的阴影。旁枝逸出,笼罩在他看似体面美满的整个生活的上空。

"虹"就是在这个时候出现的。

❸

一般来说,在课堂以外,他们一个月见两三次面。

通常是他把她带到一个僻静的小旅馆——以前他也带过其他的情人来这里——房间不大,有些细节却颇有值得玩味之处;床单洁白,上面的细细格纹仿佛是种带有讽刺意味的忧伤情调。

"虹"坐在床单上,垂着头。"虹"的头发只能用这种无比俗套的方式来形容:就像瀑布一样倾泻而下的柔滑丝缎。

是什么时候他发现,"虹"的头发能给他带来如此巨大的快感?他喜欢让她在上面,解开发带,垂落三千青丝,像微风或者暴雨一样拂过他的身体。在那个时候,他看不见"虹"的眼睛,看不见"虹"脸上的表情,他甚至看不见自己。有时他把"虹"想象成一个淫荡的中年妇人,有时则是畏畏缩缩其实内心却极度渴求的青涩女子……当然,更重要的是,当"虹"的长发隔开了他和她的视线,同时也隔开了他深深的恐惧,隔开了垂头丧气的松懈肚皮,隔开了松动的牙齿,隔开了枝叶盘桓般的颈间皱纹……他咬着牙,闭上眼睛在一条幽黑狭窄的隧道里亡命奔跑——那是近年来常常出现在他梦中的情景,他大叫一声醒过来,满头是汗。

"虹"把披散的、汗津津的头发捋到耳后,裹起一条浴巾去冲澡;他随手抓过一条被单盖在身上。房间里燥热如夏,空调嗡嗡直响。他听到浴室里传来的水声。不知道为什么,他把身体淹没在那条皱皱巴巴的被单下面,流了一小会儿眼泪。

那天他没等"虹"从浴室里出来,就独自一人离开了旅馆。他觉得心脏极不舒服,一阵绞痛,钝钝地锤打他。医生曾经非常委婉地提醒过他,以他的年龄和身体状况,已经不再适合剧烈的性生活。他笑笑,心里则想着另外的事情。

有一次,他突发奇想,或许也是早有盘算,他小声地对"虹"说:"我把你绑起来,好吗?"

他从随身带着的包里拿出一段长长的布绳,那是一种深灰色异常柔韧的布料,散发出乡间家庭生活的气味。他手里拿着它,表情奇怪地走向"虹"。"虹"一直在笑,向墙角退缩着。就像一面镜子,他的表情在"虹"的脸上异常清晰地表现出来,反射出来——"虹"的笑容冻结了,凝固了,五官慢慢地迷茫,错乱,扭曲——他手里拿着绳子,逼近她,她害怕了。

那次,后来,他搂着"虹"睡了整整一个下午。两个人全都疲惫不堪。他在包的里层翻出一个小盒子,拿出救心丸。就在把"虹"捆起来之前,他已经偷偷地打开过另外一个小盒子,吞下半颗淡蓝色的药丸。和"虹"在一起的时候,至少有一半时间,他依赖这种蓝色药丸。有时候一颗,有时候半颗。他从不让"虹"知道。他迷恋于"虹"眼睛里一闪而过的讶然——他是强壮的!他竟然如此强壮！——他把她绑起来，一团新鲜的活生生的肉体，在绳索的捆绑下屈服于他，委身于他。即便只是止于这样的想象，也是让人无比兴奋的事情。

有那么一段时间，他与"虹"见面的次数变得异常频繁。可怕的是，有几次，他竟然还梦到了她。在梦里，就像旧时唐朝的宫廷妇女，"虹"那两道飞蛾触须般的眉毛涂成浅浅的绿色，额头则被铅氧化物黄丹染成黄色……"虹"穿着肥大的玫瑰红衣服，像一朵祥云般，缓缓飘向他。

"虹……"他迟疑地唤她。

她不说话，诡异地微笑着。

"是你吗？虹？"

他伸出手去拉她，扯住了袖子一角，又像无数细沙绝望地从指缝里滑走。仿佛被什么东西狠狠咬了一口，他听见自己大叫一声。他能清晰地看见，那个玫红色的影子就在他前面，晃得他眼睛生疼，要流出泪来。他像狼一样扑上去，掐住她的脖子，然后狗一般地跪下来，舌头上冒着热气——

"虹，你去哪里了？你要走吗？要离开我了？！"

在他两只手越来越强烈的节律下，她的脖子和脑袋无力地晃动着，就像那样的脖子和脑袋再也不属于她一样。

或许是这个梦里的什么东西惊吓了他，第二天，他穿过整整大半个校区，一小片樱花凋零的树林，两条面色苍白的走廊，在一座教学楼的拐角处，他拦住了她。

她手里抱着一大摞书和笔记本，正歪头和一个戴厚眼镜片的女孩子说话。她被他突如其来的出现吓了一跳。

一大群刚下课的学生从楼里涌出来，兴高采烈、慌慌张张地把他们冲散了。

在一棵樱花树下，他们又重新站到了一起。

那天，她把头发高高地盘在头顶，所以微风拂过时，并没有那种一低头的温柔。

他们约好见面的时间是在下星期,而除了这种具有规律、几乎从未打乱过的约会,很显然,她想不出他突然气喘吁吁出现在她面前的理由。当然了,一般来说,他零零星星会给她点钱,"自己去买点喜欢的。"他说话很轻声。通常他会把钱塞进她那个浅粉色的小包,但是有一次,他明显有些心绪不佳,他手里拽着一张报纸,脸涨得通红……后来,那张报纸被他揉成一团扔进了房间的纸篓里。那天她洗完澡出来,他扔了一叠钱在桌上,脸色很差。还有一次,他突然有意无意地说,他钱包里少了五百块钱。她心里一紧,没有吭声。他疏远了她一阵子,最终还是若无其事地恢复了。

"你……有事吗?"她低声问道,带着困惑。

他最终还是没有告诉"虹"冒冒失失跑来找她的原因,他简单地说了几句,只是顺便路过这里,又正好碰上下课的时间,就是这样,并没有其他的了。接着他问了几句论文的事情,正巧他同系的一位老师路过,点头和他打了个招呼……他点上一根烟,手微微地在发抖。

其实他自己也说不清楚为什么要来找她。为了告诉她,在梦里,他梦见她像一个陌生人?梦见她不认识他了?梦见自己狠狠地掐住了她的脖子?……这一切都是什么意思呢?

三天以后,他提前约了"虹"去那个僻静的小旅馆。出发前半小时,他打开那个已经有点磨损的小盒子,吞下了两颗蓝色药丸。

三

1

嘉玲下楼吃早饭时,外婆已经安静地坐在那里了。

"昨天晚上,我做了一个梦。"外婆显得很神秘。

"梦到一只喜鹊在月亮下面跳舞。"她把头伸到嘉玲跟前,"是那种大桂圆一样的满月。"

昨天后半夜下过一场透雨,现在,空气里仿佛有一丝挥刀即断的凉意。嘉玲坐在外婆对面,不知为什么,嘉玲突然想起了那条趴在路边睡觉的黄白相间的大狗。

外婆慢慢地吃了半碗小米粥,像是突然想到了什么。

"你爸爸妈妈呢?"她问嘉玲。

"他们……可能出门了吧……"确实,一大早,隔壁就传来了隐约的关门声。

"这么早?这么早就出门了?"外婆轻声嘀咕着,"这么早就出门了,什么时候才能回来呢?"她更像是一番自言自语。

"不知道。"嘉玲回答,接着又问道,"还要再添点粥吗?"

"不要了。"外婆站了起来,一只手撑着桌沿,轻微地摇晃了一下,"不要了,我感到有点累,想再去睡一会儿,再睡一会儿。"

"好的。"嘉玲也站了起来,"早上凉快,你再回房睡一会儿吧。"

外婆像是没听到似的,嘴里仍然嘟哝着:"讲好了都不出门,大家都在这里的……这么早就出门了,这么早……"她撑着那根老拐杖,渐渐消失在光影斑驳的走廊尽头。

快到中午的时候,远远传来了汽车喇叭声。

母亲气冲冲地先走了进来。

她洗了把脸,给自己倒杯水。餐桌边的矮橱里,放着整整两排属于母亲的各种常用药品、维生素补充片、各类抗生素以及国产、进口的保健用品,现在，她打开其中的三个药瓶，就着白水，一股脑儿吞下了一把药丸。

"今天你怎么没出去？"母亲冷冷地看着嘉玲。

"我……"嘉玲一时语塞。

就在这时，父亲垂着头出现在大门口，满腹心事。

母亲再次提高了声音："你们都出去吧！"她的脸朝向嘉玲："你不是又会说希腊语又会说西班牙语吗？你不是高中的时候就想退学周游世界吗？你们——"她又把头转向嘉玲父亲，"你和那些贱人睡觉去吧，去吧……你还不承认……你们都出去好了，都离开这个家，以后……只要把我的骨灰扔进海里就行了。"

说完这句，母亲伏在桌上，嘤嘤哭了起来。

父亲在屋子里踱步，母亲在哭，嘉玲穿梭于父亲与母亲之间，和他们说话，小声地吵了几句，然后沉默。最远的天边，大片大片的乌云又在堆积起来，像骚动不已的群马，令人心悸地啸叫着，呼唤着……暑天的烈日隐在云层后面，透露出诡异的万丈霞光。

在房子的这一边，能清楚地听到护城河的波浪声，鸟群叫成一片，夹杂着几声零星的狗叫。

也不知道过了多久，也不知道是谁，突然想起来了——

"外婆呢？外婆到哪里去了？"

在暴雨淋湿了窗台的房间里，外婆静静地躺在床上，像是心满意足却又略有遗憾地永远睡着了。她微微向着窗户那个方向侧睡着，风吹乱了她的头发，她脸上的表情仿佛告诉人家，对于这种来自于自然的轻轻地抚慰，她其实是非常享受的。

三天以后的葬礼上，嘉玲遇到了外婆太湖边旧居的邻人，一位满头白发、眼睛雪亮的老妇人。她和嘉玲攀谈了几句，她说你外婆可能预感到自己快要离开了，所以才去了你们那里。她说，你外婆去你们那里唯一的愿望就是：趁大家都在的时候,安安静静地躺在床上,等待死亡的降临。

她凑近嘉玲的耳朵,神秘兮兮地说:"唯一美中不足的,就是那个中午你们不在她身边,这打破了她最完美的计划。"

这时,嘉玲的另外几个亲戚走了过来,老妇人又加了句:"这只是我的猜想呵,只是猜想呵。"就走开了。

嘉玲从始至终没有说话,她看着遥远的天边,久久地想着什么。

原刊于《作家》2014年5月,获第二届《作家》"金短篇"小说奖

戴 来

1972年10月生，苏州人。

近年在《人民文学》《收获》等刊发表长、中、短篇小说二百余万字，作品入选多种选刊选本，部分被译成英、法、德、日等文字介绍到国外。出版有长篇小说《对面有人》《练习生活练习爱》《甲乙丙丁》《鱼说》等8部，小说集《要么进来，要么出去》《亮了一下》《把门关上》《一、二、一》等12部，随笔集2部。

曾获首届春天文学奖、《人民文学》年度短篇奖、第十一届庄重文文学奖等奖项。

都去哪儿了

上篇:2月21号

人近中年,在解决了和谁一起睡的问题后,尽快入睡成了困扰很多人的问题。经过长期摸索和多种比较,有的人找到了喝上两口小酒,借助酒精入眠的方法,比如我那早年间卖过肉所以总爱自称是操皮肉生意的朋友老刘。有人上床后习惯握着电视遥控器而不是枕边人的手,继而追随着剧情昏昏睡去,比如我的另一个据说在家说一不二的朋友罗大头。更有甚者,先要慢跑,而后喝牛奶,并且热水泡脚二十分钟,最后默念九九口诀表若干遍,准备工作甚是复杂但最终未必有效,搞不好还得加服安眠药,这个不幸的人就是我。

更为不幸的是,我的女儿在三个月大的时候被查出患有先天性脱发症,居然遗传自我满头浓发的老婆。结婚多年,我怎么也没想到天天与我同床共枕的老婆其实是个秃头。难怪我从来也没见过她洗头。

但是我那被欺骗的怒火很快被我救火般赶来的岳母源源不断的眼泪给浇灭了。我的岳母指着我岳父光亮可鉴的脑袋,以过来人的口吻劝我,没有十全十美的人,更没有十全十美的婚姻,关键是两口子要互相体谅,多看到对方的优点，如此这般，日子才能过好。言下之意，我老婆尽管先天没有头发，可后天条件不比我差，收入比我高，工作比我稳定，至于长相嘛，戴上假发还是很说得过去的。而我老婆这边，一改平日里强势的家长作风，变得温顺迁就起来，让我意外地找到了当家做主的感觉。平静下来后，我觉得自己的怨愤其实远没有我老婆估计的那么强烈，就算我岳父母不来道歉，我也会慢慢接受的，从来就是这样的。

好吧，日子还得往下过，上班下班，带着女儿寻医问药，每两周拖家带口回一次岳父母家，每个月和三个老朋友聚一次餐。此刻，老刘、罗大头、我，以及另一位身板有两个老刘那么宽的朋友袁胖子，就坐在我们常光顾的小饭店里，一瓶白酒的多半灌进了老刘的胃里，一桌饭菜的大部分进了袁胖子的肚子里，而这两个家伙还是一副意犹未尽的样子。

把盘子里最后几只虾仁扒拉到勺里并且送进嘴后，袁胖子终于放下了筷子，接过方才大家在说的失眠的话题。他说自己没戒烟以前睡前必定要抽上一两根烟，哪怕再困，这个程序也不能少，这之后才能带着满腔的烟草味踏实地睡去。就像国外的酒店一般会在床头柜内放一本《圣经》，待入住者沐浴清洁完，躺在床上翻上两页，和上帝接上头后方能安然入睡。

"算了吧，"罗大头白了他一眼，"我看你的习惯恐怕是睡前打一炮吧。"

从饭店出来，老刘执意邀大家再去喝点什么。我们都看出来他没喝好。方才罗大头阻止他再叫酒已经弄得他颇为不满，这会儿再反对，恐怕他要急眼。可通常的情况是，不喝大，老刘是不肯罢休的。在兴头上，谁要是拦着不让他喝大，他准跟谁急眼。所以，我们现在需要选择的是，让他马上就急还是晚些时候再急。

老刘抢先走下台阶，下了两步，转过身来问还站在饭店门口剔牙花子的大家，怎么样？怎么样？接下来去哪里？没有人接老刘的话。罗大头小声嘀咕，时间倒是还早，可老刘一喝就没个点儿，受不了。我不便反对，因为今天的聚会本来说好我买单的，可老刘不仅自作主张地订了地方点了菜还悄悄把单买了。而袁胖子不发表意见则是因为他真实的意见就是接着去吃。

"这会儿回去不也睡不着吗？"老刘讨好地朝各位媚笑着，"再说这么早回去干什么，和老婆一起看电视？"

就在这时，老刘的手机响了。这个点儿，十有八九是约喝第二场的，你们信不信？袁胖子小声但很有把握并且也不无遗憾地嘀咕道。老刘掏出电话，笃悠悠地"喂"了一声，同时扫了我们这边一眼，眉眼间有了得意。看来他的下半夜有着落了，他不用指望我们啦。罗大头不失时机地递过话去，你要还有下一场，我们散啦。但见这厢边老刘脸上的得意之色还没荡漾开来，瞬间就眉头紧皱神情凝重起来。他请对方再重复一遍，自己听得不很清楚，同时扬起左手冲还在劝说他就此散了的罗大头很有力地一摆，就是十字路口绿灯转红灯时交警做的禁止通行的手势，然后边听电话边往路边走去。走出去有十来步，他好像迟疑了一下，忽然疾步走了起来。我们还没反应过来，那个五短身材的老刘已经消失在街角拐弯处。

"他这是要干吗？"

"赶着去投胎。"说完袁胖子忍不住笑了起来，似乎很为自己的回答得意。他笑得一抽一抽的，而且看样子一时半会儿还停不下来了。你得原谅这个胖子，这几天他正在过节。平日里，老婆管得紧，出来吃顿饭都得连蒙带骗的，席间，还要不断接受老婆的遥控监督，旁边的人也要被作为证人连带骚扰。他老婆认定把她老公从家庭生活中拽出来的都是不好好过日子的。两天前，袁胖子的老婆随单位同事旅行去了，他就像是笼子里关久了放出来的鸟，满世界扑腾也表达不完他的喜悦之情。他决定要把这几天过出浓度来，以供今后在很长的一段日子里稀释了慢慢回味。

罗大头不搭理笑得停不下来的袁胖子，转向我，怎么弄？散了吧？罗大头和袁胖子是发小,不过这两个家伙遇到就掐,互不买账,当然主要是罗大头不买袁胖子的账。没有我和老刘,他们私下里极少联系,就算像今天这样凑在一起了,逮着机会,罗大头也不忘贬一下袁胖子,而后者大多数时候都欣然接受。

重新入座后,我们继续猜测老刘不辞而别的原因。之前我们在饭店门口站了五六分钟,不见老刘回来,袁胖子打过去的电话也都被拒接了。最后,只得给他发了条短信:不管发生了什么鸟事,望速回电,接着喝酒。袁胖子相信"酒"这个字可以把老刘的魂勾回来。老刘好酒,只要有酒喝,他不挑人,不挑地方,不挑酒,至于菜,他就更不挑了。只要酒杯在手,他的目光和筷子都很少落到菜上,经旁边人再三催促,他才象征性地夹上一筷子。因此大家都说老刘喝酒像我们吃菜,吃起菜来像我们喝酒。遥想当年,老刘为赴酒局不顾大雪路滑,途中摔裂了锁骨,依然忍痛喝完酒才去医院。老刘爱酒胜过一切,因而有关他的段子总是散发着酒精的味道。不过我提醒这位自认为抓住了老刘软肋的家伙,老刘扔下我们有可能就是去喝另一场酒。

然而,到底是怎样的一顿酒会让他走得如此的慌张?问题一提出,大家隐约有了不好的预感。

前一阵,老刘的一个酒量很好的初中女同学隔三岔五和老刘泡在一起喝酒。当然,喝酒不是目的,她是来找老同学吐苦水的。她并不爱喝酒,酒量却深不见底。对她来说,边倾诉边喝酒就如我们边聊天边喝茶一样。因为确定老刘对自己没什么企图,所以她倾诉得很放心。也有可能是不甘心老刘怎么能对她没一点企图,所以倾诉起来没完没了。叫老刘苦恼的是,这个女人的老公同样是他的初中同学,因而这酒喝起来老刘分外谨慎。另外这个女人有口臭,老刘对我们说,那味道扑灭了他所有的欲望,使得两人之间始终保持着一个过分礼貌的距离。每次见面,老刘都会仔细判断风向,务必坐在上风口。后来,老刘厌倦了这种没有任何具体的性方面期待的男女关系,可又抹不开面子拒绝。老刘就是这么一个黏黏糊糊的人。再后来,老刘终于等到了来自女同学丈夫的警告,离我老婆远点,否则后果自负。当老刘把男同学的话转告给女同学时,女同学明白无误地告诉他,自己已经离不开他了,他要是再像躲债似的躲着自己,她就去死。老刘一下子就蒙了。

尽管当时我们一致认为后一种威胁是老刘杜撰出来的,然而现在想想,这也不是没有可能。也许那个女人真的出事了,也许明天本地的电视台和晚报上就会有报道。可是我们等不及了,我们现在就想知道。

"你们说一男一女老在一块儿喝酒,可能一点事情也没有吗?就算一开头没有,喝着喝着也会喝出状况的。"罗大头分析道,"老刘这个人,黏黏糊糊的,老是让女人觉得他有意思在里头。其实老刘也未必真的有什么想法,不过机会真要放在他面前,他也总归是个男人吧。"

要我说,老刘是男人没错,但若把酒和女人放在一起让他选择一样,他一定毫不犹豫地选择前者。酒是他的挚爱伴侣,而女人好比是他的下酒菜,就算摆在他面前,他也是难得才夹上一筷子。当然完全没有,这酒喝得就有些寒碜,容易让人心生伤感。

"老刘不是说那个女人的口臭让他吃不消吗?"

"什么口臭!喝了酒,老刘哪还闻得出香臭啊。"

老刘抢先走下台阶,下了两步,转过身来问还站在饭店门口剔牙花子的大家,怎么样?怎么样?接下来去哪里?

"这会儿回去不也睡不着吗?"老刘讨好地朝各位媚笑着,"再说这么早回去干什么,和老婆一起看电视?"

就在这时,老刘的手机响了。这个点儿,十有八九是约喝第二场的,但会是谁呢?他隐隐有些担心,心里暗暗祈祷着千万别是那个要死要活的女同学。

可怕什么还就来什么，没错，就是那个女同学的电话。老刘不由得紧张起来，不过他还是佯装镇定地扫了大家一眼。电话那头的女同学直截了当地通知老刘，她已经开好房了，她给他三十分钟，就三十分钟，过期不候，你自己看着办吧。这样的邀请完全出乎老刘的意料，他简直不敢相信自己的耳朵。他请对方再重复一遍，自己听得不很清楚，同时扬起左手冲还在说着什么的罗大头很有力地一摆，就是十字路口绿灯转红灯时交警做的禁止通行的手势，然后边听电话边往路边走去。走出去有十来步，他迟疑了一下，犹豫着是不是回去和大家打个招呼。可是怎么说呢？算了，干脆一走了之。

"停，停。"我打断了袁胖子的情景再现，"我还是觉得老刘接到的电话和他的女同学没有关系。我记得老刘在接电话之前看了一眼上面的号码，如果是那个女人或者她老公的电话，老刘不会有那样的表情。"

"哪样的表情？"

"轻松，自然。真要是这个他躲还躲不及的女人打来的电话，我猜他菊花一紧，有可能都不敢接，就算接，也不会接得那么爽快。"

"那会是什么样的人和事能让老刘把老朋友扔下的？"罗大头问。

不等我回答，袁胖子抢先说道，女人呗！

会是老刘的女朋友吗？老刘有过两段婚姻，两任前妻都因为受不了和老刘的婚姻里还横亘着一位第三者——酒，选择了离婚。老刘目前有个女友，不过他始终不能让对方确信这会是他的最后一次婚姻，所以他们同居一年多了，还没结婚。难得的是，这个开出租车的女人尽管不赞成老刘喝酒，可每每老刘醉得没法收拾了，朋友一个电话，她就会尽快卸掉车上的乘客，然后像超人一样出现在老刘跟前。因此朋友们得出结论，老刘找这个肤色较黑、身材较胖、嗓门较粗的女人就是图个方便实用，至于这个女人是怎么想的，天知道。

说话间袁胖子已经把电话拨了过去。经常和老刘一起喝酒的朋友都有这个女人的电话号码,那相当于我们的常用便民号码。然而电话也被拒接了,袁胖子不甘心,用我的电话打过去,还是一样。我说,难不成老刘真的和她在一起?袁胖子补了一句,说不定已经干上了。

老刘抢先走下台阶,下了两步,转过身来问还站在饭店门口剔牙花子的大家,怎么样?怎么样?接下来去哪里?

"这会儿回去不也睡不着吗?"老刘讨好地朝各位媚笑着,"再说这么早回去干什么,和老婆一起看电视?"

就在这时,老刘的手机响了。这个点儿,十有八九是约喝第二场的,但会是谁呢?他隐隐有些担心,心里暗暗祈祷着千万别是那个要死要活的女同学。他看了一眼上面的号码,是他女朋友的,他松了一口气。

"喂——"。

"你在哪儿啊?亲爱的。"

"和朋友吃饭,刚吃完。"

"太好了,我这边也刚下了客人,我去接你吧。"

"为什么?"

"为什么,你说为什么呢?"

"可是我这边还没散呢,打算换个地方再喝。"

"喝酒什么时候不好喝啊,我让你吃更好吃的。"

"哦,你让我吃什么?"

"吃了不就知道了。"

老刘不由地兴奋起来,不过他还是佯装镇定地扫了大家一眼。电话那头又说了一句什么。老刘简直不敢相信自己的耳朵,他请对方再重复一遍,自己听得不很清楚,同时扬起左手冲还在说着什么的罗大头很有力地一摆,就是十字路口绿灯转红灯时交警做的禁止通行的手势,然后边听电话边往路边走去。走出去有十来步,他迟疑了一下,犹豫着是不是回去和大家打个招呼。可是怎么说呢,算了,干脆一走了之。

得承认,袁胖子的模仿惟妙惟肖,虽然略显夸张,可角色和语气的转换自然,流畅,尤其是对话中女司机那种调情的意味。

"照你这么说,老刘是被约炮的电话拉走的?"罗大头接过袁胖子的话,脸却冲着我,"老刘和那个女人好了没有两年也有一年半了吧,都睡出老茧了,还会有这冲动?一个电话就能把他的魂勾走?不至于吧。"

"老茧?有意思,哪个部位会睡出老茧?你倒说说看。"

"一种说法,一种说法而已。你想什么呢。"罗大头对袁胖子的问题很是鄙夷。

袁胖子还是盯着问,你总归是有所指的吧,到底是哪个部位?

"行啦,你一定想要知道,那我就告诉你,就是两个部位。"

"哪两个?"

"这个部位和那个部位。你自己想去吧,烦死啦。"

袁胖子叫的菜端了上来,是老板娘亲自上的菜。不等盘子放平稳,声称刚才只吃了七成饱的袁胖子已经举起了筷子。罗大头冷冷地斜眼打量着他,一副嫌弃的表情,嘴里嘟囔着,饿死鬼投胎。而袁胖子这边则吧唧着嘴发出很大的声响。不知道为什么,我觉得袁胖子就是为了让罗大头难受才故意做出这副吃相的。

袁胖子急吼吼的吃相连老板娘都有点看不过眼,暗中撇了下嘴,发现我在看她,她冲我做了个鬼脸。老板娘大概四十岁左右,以前老刘多次问过她年龄,反正每一次报出来的数字都不大一样,反正白天和晚上看上去能差个五六岁。生意不忙的时候她会过来陪我们喝一杯,顺便开几句玩笑。陪酒和开玩笑是老板娘附赠给熟客的服务。而玩笑主要是针对老刘的,老刘似乎很享受被老板娘的言语蹂躏。依我看,罗大头其实也很期待被老板娘蹂躏,只是碍于主角老刘在,他没有这个机会。老板娘应该是有点酒量的,酒量好的女人容易赢得老刘的好感。他表达好感的方式就是经常带朋友去捧场。

今天老板娘头上盘了一个发髻,有成人的拳头那么大,乌黑蓬松,像一朵就要盛开的芍药花,也像一只鸟巢。我不由多看了两眼。老板娘平常喜欢戴帽子,我老婆也是,但她的帽子比我老婆多,每次看到她好像戴的都不同。我从来没想到她竟然有一头如此浓密的长发。可是,它们是真的吗?

罗大头忽然凑到我耳边小声问我,老板娘到底有没有老公?怎么从来都没露过面。

"不知道,这个要问老刘。如果连老刘都不知道,那就是老板娘不想让别人知道。"

罗大头若有所思地点点头,他始终用眼角的余光在关注着老板娘。罗大头是这样一个人,对于他看得上和看不上的人,他都习惯不用正眼看对方。前一种人是他没勇气正视,对后者,他是要表明自己不屑一顾的态度。就像对袁胖子,明明是在和他说话,却总是把头偏向一边。我猜罗大头在家也是这么对老婆的。另外,他愤世嫉俗,看不惯一切,整天阴沉着个脸,好像全世界都欠了他的。朋友聚餐无一例外要迟到。迟到是为了表示他不是这次饭局的组织者,而且还早退,早退当然是为了不买单。我一点儿也不喜欢他,但我们还是朋友,因为在我不喜欢他之前已经是朋友了。

我的心思也在老板娘身上,只不过集中盘桓在老板娘头顶。我的目光追随着老板娘忙碌的身影,越过一桌桌客人的头顶,执拗地落在老板娘的发髻上。那只形迹可疑的鸟巢随着她走路的节奏微微颤动着,有那么一瞬间,我觉得再这么颤动下去里面也许会飞出鸟儿来。

忙前忙后的老板娘抬头间撞上了我热切的目光,我慌忙转向别处。罗大头一定以为老板娘是在看他,比我更慌乱地低下了头。为了掩饰自己的尴尬,他抓起桌上的筷子敲了一下桌沿,故作恼火地说,这个老刘,到底去哪儿了,真是见鬼了。

我们的注意力又重回到老刘身上。罗大头说,老刘离开得慌里慌张的,一定是有突发情况,而他连电话都不接,那就是在处理突发情况,不方便接。会不会是老刘父母那儿有什么急事,身体出状况了,我记得老爷子好像血压一直偏高,或者——,哎,是不是他妈终于把钱丢了。罗大头两眼发光,就像迷路者猛然间发现了一个通道。

老刘的母亲出门总是恨不能把一家一当都带在身边,哪怕去菜场买个小菜也是携带着家里的票据证件金银细软。老刘早就预言过这样带进带出的,总有一天非丢了不可。

"会吗?真要这样,那老太太都没法活了。"

老板娘快步来到我们桌,直接走到我身边,一只手搭着我的椅背,俯身问我,要加点什么吗?我能感觉到罗大头有些失落,一向面面俱到的老板娘竟然看都没看他一眼。

我随口要了两瓶啤酒,让她随便再加个凉菜。因为挨得很近,我闻到老板娘身上有很浓的酒气,应该是陪别桌的客人喝的。还有,她的头发黑得发亮,发丝看起来又粗又硬。

老板娘走后,罗大头问我,你刚才盯着老板娘在看什么?

"我在看老板娘的头发,你看她的发髻像不像个鸟窝?"

罗大头没好气地回了一句,什么鸟窝,我看就是个鸡窝。

"什么?"袁胖子正在和砂锅里的一只鸡搏斗,抽空问了一句,"你们在说什么窝?"

一顿饭吃下来,袁胖子基本是筷不离手的,当他在咀嚼的间隙需要发表意见时,那粘着菜汁和口水的筷子总是指东指西的。不巧的是,这次一滴汤汁刚好甩在我的袖子上。不等我说话，罗大头发作了，你他妈的能不能把筷子放下了再说。

袁胖子没有理会，继续说，这家的鸡不错，很鲜，很嫩，应该是一只处女鸡，你们尝尝，尝尝。也就是嘴上客气，他下筷子的速度一点没减。

"去你妈的！吃个鸡都能想到处女，有病。"

罗大头脸色难看。他也不是听不得"处女"这个词，而是听不得袁胖子跟他提。你不知道，罗大头的老婆最早是袁胖子的女朋友，不知怎么地，大家一起玩着玩着成了罗大头的女朋友。不过据袁胖子说，这个女人的第一次是给了他的，这也成了罗大头心头永远的伤痛。因而我们都认为袁胖子是罗大头不愿意面对的那么一个存在，也是罗大头斜眼看他不给他好脸色的原因。

"哎呀，处女鸡就是好吃啊！大头，来，尝尝嘛。"

袁胖子的声音提得没必要的高，要在平常，袁胖子如果在言语上占到便宜后，一般会迅速地放低姿态，就像为防同伴攻击而腹部朝上以示臣服的狗狗，今天他格外放松，有点人来疯。

罗大头的脸完全拉了下来，僵硬地坐在那里一言不发。服务员送啤酒过来的时候刚好他的手机响了，他看了一眼，拿起电话不由分说地先骂了句粗话，然后才恶狠狠地问，什么事，快说。服务员一边帮我们起瓶盖一边胆怯地偷瞄着罗大头。只见他满脸的不耐烦，听了没几句就打断道，什么破事，等我回去再说，而后生生地挂断了电话。看架势电话是他老婆打来的。当老公当得如此霸气真叫我羡慕，同时，我也觉得有些过分。我想电话那头罗大头的老婆一定不知道，此时她的身份是袁胖子的前女友，罗大头的火气是针对夺走了他老婆初夜的袁胖子的。

挂断电话后罗大头还有没表达完的怒气，他把电话重重地拍在桌上，震得桌上的碗碟都跳了起来。袁胖子刚夹起的一只鸡腿掉回了汤里，溅了他一手汤水,他颇为不满地看着罗大头。邻桌的客人不清楚这边发生了什么,有点被吓着了。

"看我干嘛!吃啊,多吃点,好好补补。过两天你老婆就回来了,你又得卖苦力了。这样的日子也不知道到哪天算是个头啊,我真替你难过。"

两年前,本不打算要孩子的袁胖子夫妇经不住双方父母的叨叨,决定给四个老人生个第三代,随即他和老婆投身于一场声势浩大的造人运动中。他们连孩子的名字都想好了,要是男孩就叫袁丁克,女孩的话叫袁丁珂,以纪念他们丁克家庭的理想。真没见过这样大张旗鼓的两口子,满世界地宣布准备要孩子了。为此,袁胖子戒了烟戒了酒戒了去路边烧烤摊吃地沟油的嗜好。谁要是硬逼他喝酒,他就拿出手机让对方看他老婆的排卵期。老刘说得好,这手机里存的哪是排卵期,分明是房事期嘛。

后来袁胖子两口一定后悔死了当初的高调,那么多双眼睛盯着他老婆的肚子,继而他的功能也连带受到质疑,他们倍感压力。但风声已经散出去了,只能加班加点,硬着头皮上。就在上个星期,袁胖子还在电话里跟我抱怨,床上那点事儿已经变得越来越无趣,如今老婆的排卵期已经变成了他的服刑期。同时他也怀疑老婆一直怀不上是暗中做了手脚,也许她并不是真的想要一个孩子,而只是为了骗他像个苦力一样没完没了地干下去,干下去。

罗大头和袁胖子互相瞪着对方,梗着脖子,如两只斗鸡。他们就这么瞪着,既没有其他动作也不说话,他们是在等我打圆场吗?每回聚在一起这两个人都要来这么一出,毫无新意。我心里一阵厌烦,起身径直往洗手间去。

经过收银台时,里面正在算账的老板娘喊住我,问,大头和胖子这俩人在干吗?我说在玩谁是木头人的游戏。是吗?看样子像是在斗气嘛。那老刘呢?他去哪儿了?晚饭的时候你们总共只喝了一瓶,他怎么就走了呢?他最近是不是在谈恋爱?

我耐心地一一作答的同时,变换角度观察着老板娘的发髻,越看越觉得这团乌黑是个假象。我探究的表情让老板娘暂时放下了她的问题,说,你今天有些不对劲啊。

"哪里不对劲?"

老板娘看着我,突然脸一红,说,反正是不对劲,刚才我就发现了。

"发现什么了?"

"你说呢?"

"你想知道是为什么吗?"

"为什么?"

"算了。"

"不行,你得说。"

我已经走到洗手间门口,老板娘小碎步追过来,在我身后问,到底是为什么?我闪身进入洗手间,并且锁上了门,动作迅捷得让我自己都有些意外,恍惚间,我觉得自己是一个在躲避追杀的人。听不到我的回答,她竟然敲了两下门,顶真地说,我最讨厌话说了一半不说的人,说完又用力敲了几下。

我摆好架势准备小便,猛然间,敲门声又响了起来。我一个激灵,差一点尿在脚背上。我闭着眼,却完全集中不到眼前这件事上。我悉心捕捉着外面的动静,老板娘应该是走开了,可我总觉得她还在门外,说不定下一秒钟她会破门而入。

从洗手间出来的时候,门外站着的一个女孩十分不满地狠狠白了我一眼,我待在里面的时间是够长的。在刚刚过去的半个小时里,伴随着时断时续的敲门声,我想好了,出去后就把单买了,顺便问一下老板娘头上那只鸟窝的真伪,然后像老刘一样不打招呼地一走了之。老刘不接电话总归是有他的原因的,我们在这里瞎猜是吃饱了撑的,而且我也不想看罗大头和袁胖子在那里较劲。更重要的是，今天到家无论如何我都要央求老婆把假发套拿下来，让我看看她的本真面目。

没想到的是，老板娘竟然在我们那桌坐着，架着二郎腿，和刚才还在互掐的两位谈笑风生。他们三人每人夹着一支香烟，袅袅烟雾下的三张脸一团和气。而且桌上多了一瓶白酒，打开了，平均地分在四个杯子里。四只杯子一并排摆在那里，正等待被认领。

"来，坐下，喝酒。"

我问袁胖子，你不是正在封山育林吗？怎么，开戒啦？

"快，快，别啰唆，就等你了。"罗大头拉开他身边的凳子招呼我坐下，一副急不可待的样子，一点都不像平常的他，就像是变了一个人似的。

我真是看不懂了。我离开的这一段时间都发生了什么？而老板娘也不说话，只是含笑带羞地看着我。

"怎么去了那么长时间，在里面干吗啊？"罗大头半真半假地问道。

"你说在那种地方能干嘛。"

"能干好多事呢。是不是，老板娘？"

老板娘不置可否，依然笑吟吟地看着我。

"是不是老板娘的鸟窝让你有冲动了？"

"什么意思？"

"我刚才还在跟老板娘说，你一直盯她的鸟窝，看了又看，大概是想把你的鸟放到她的鸟窝里。"

说完他和袁胖子一阵狂笑，快活极了，好像真的看见老板娘的鸟窝里有只探头探脑的鸟。老板娘佯装愠怒地骂了一声，十三点，还用拳头捶了罗大头的胳膊一记，这下罗大头更快活了。平日里有老刘在，老板娘再怎么开玩笑，罗大头都是一副不苟言笑的样子，有时候玩笑开过头了，他那副反三俗的表情真是扫大家兴。喝酒也是，坚决只喝二两，谁要是给他倒多了，他必定要倒给旁边的人。今天总算轮到他当主角了,一旦放开来,那副嘴脸简直俗不可耐。

"你们这些鸟人的思想真肮脏。"我还是没有坐下,倒也不是生气,不管怎样,这是我听到过的无趣的罗大头最有趣的一个玩笑,问题是我实在不想在这里坐下去,更不想再喝酒了。

老板娘清了清嗓子,很有兴致地建议,反正现在店里客人也不多,我们来讲笑话吧,轮着说哦,我先来,是个老笑话,不知你们听过没有。不过,你能不能先坐下来?老板娘作势要起来拉我,我只得坐了下来。

上山下乡的时候,有一天知青们集体到河里捞鱼。一个女知青摸着摸着摸到一个男知青的鸡鸡,激动地喊了起来,我摸到一条鱼了!男知青涨红了脸,小声说,那,那是我的……女的一听不乐意了,说,什么你的,谁摸着是谁的。

轮到我讲时,我故意讲了一个和头发有关的,想借此看看老板娘的反应。

有个男人只有三根头发,所以平日里特别仔细,一天,他到一家美发店准备要做个造型。

设计师问,请问你想要什么样的发型呢?

顾客说,我没什么意见,你拿主意好了。

设计师说,那我帮你绑个麻花辫吧,很时尚的。

结果设计师在绑辫子的过程中不小心弄掉了一根头发。

设计师说,先生,先生,有一根头发掉了,怎么办呢?

顾客说,哦,不要紧。那请你帮我梳个中分的发型好了。

结果设计师在梳头发的过程中又弄掉了一根头发。

设计师说,先生,真不好意思,又不小心弄掉您一根头发……

顾客叹了口气,唉,你怎么这么不小心呐,现在我只能披头散发了。

和老板娘的段子一比,我这个寡淡得几乎没引起什么反响,只有老板娘出于礼貌干巴巴地笑了几声。

各自都讲过一个段子后,差不多半杯酒下肚了,罗大头喝得更多一点。我从来没见过他这样喝酒的,显然他打定主意要给老板娘留个豪爽的印象。同时这家伙也逐渐进入了另一种状态,说话越来越露骨放肆,而且所有的话语都是指向老板娘的。连一向大大咧咧什么都不吝的老板娘都有点吃不消了,连骂了他几遍十三点。于是罗大头索性十三点起来,仗着酒劲一再盯着老板娘问她和老刘是不是有一腿。被问急了,老板娘反问,不管我是不是和他有一腿,听你的意思,你是想和我有一腿。

这话有些不好接,罗大头迟疑间,袁胖子已经替他回答了,那还用说,我们都有这想法,是不是?他朝我和罗大头分别递了个眼色,不曾想罗大头竟然赞许地甚至有些感激地点了点头。袁胖子一般要等吃到八分饱才会对女人有兴趣,十分饱也不行,那会儿困劲就上来了,现在刚好。他一边用餐巾纸揩着手上的油,一边说,老板娘要同意的话,我们就排队等你叫号了。怎么样,你考虑考虑。

老板娘沉吟了一下,说,行啊,就从他开始好了,她伸手一指我,谁怕谁啊。老板娘果然是个厉害角色。

"凭什么是他?"罗大头还不愿意了,"总得有个先来后到吧。"

"既然你这么急,就从你开始好了,我看也别找地方了,就在这儿吧,就现在,怎么样?"

"在这儿?"罗大头环顾了一圈店堂,用眼神向老板娘示意还有好几桌客人呢。

"怎么,不敢了?那这样吧,楼上的包厢我去打招呼,你把大堂的这几桌的单买了,我来清场。这样总可以了吧?"

罗大头愣了一下,端起酒杯,一仰脖把杯中剩余的酒灌了下去,然后嘭地站起来,充血的双眼挑衅地逼视着老板娘,足有半分钟。老板娘迎着他的目光,不仅毫不示弱,而且还在颇为戏谑地笑着,一副你敢放马过来老娘就陪你玩到底的架势。这也许是罗大头这一辈子最为难也是最有挑战性的一次抉择,我感觉他的眼睛里就快要滴出血泪来了,颇具悲壮意味。突然,罗大头就一屁股坐了下来,颓然地摇了摇头,抱拳冲老板娘拱了拱,败给你了,你厉害。

"还有你们两个,怎么说?"老板娘眉头一挑,用下巴分别指了指我和袁胖子,见我俩缩头缩脑的,她倒也没有得势不饶人,只是总结性地说了一句,没这个胆儿,就别起这种哄。

下篇:4月27号

接到罗大头让我去他家吃饭的电话,我以为自己听错了。认识这么多年,我只吃过他两顿饭,一次是他结婚,另一次是他儿子出生,都不是白吃的饭。他在电话里说有事情想和我谈,我没有多问,以我对他的了解,能在电话里说清楚的,他绝不愿意再搭上一顿饭。罗大头电话里略显生硬的语气让我有些紧张,我不确定他要和我谈的是否就是我一直在等待着的。

在我和罗大头做同学的时候,我们并不是朋友,也看不到做朋友的可能性。他是系里的活跃分子,在他忙着竞选团干部忙着入党的时候,我正昏天黑地地谈着一场无望的恋爱。大学四年,我们之间几乎没有交集点。后来我们应聘进了同一家工厂,被分配在同一间宿舍,不同的是,他是本地人,我是外地人。当他周末回家时,我一般就蒙头睡大觉,饿了随便吃一点糊弄一下。如果他周末不回去,袁胖子就来了。袁胖子那会儿没现在胖,给我的印象是,开朗,友善。他看看我桌上吃完没扔的快餐盒,还有我床底下整箱的方便面,立刻热情地邀我下个周末去他家吃饭。罗大头也在一旁用主人的口吻劝我答应。推了几次,后来我还是去了。从袁妈妈准备的饭菜来看,袁胖子的邀请是真诚的。那会儿罗大头的母亲已经过世了,所以当时我总觉得,倘若他母亲健在，他也会主动请我去他家的。这么一想，袁胖子的邀请也等同于罗大头的邀请，反正这两个朋友算是交下了。

满打满算，罗大头和我也只做了半年的室友，他嫌宿舍条件差，回家住了。工厂为期三个月的培训结束后，罗大头在他某个亲戚的关照下，和进入一线车间实习的我们分道扬镳，去了变电所。谁都知道那是个好地方，工作清闲，环境整洁，每天上班要做的工作就是抄抄仪表上的数据。懒得抄的时候，就依据上一班的数据造一串出来，一般大差不差的。虽然羡慕，但我不妒忌，谁让人家有关系呢。

实际上，罗大头在变电所待的时间也不长。在后来的两年里，每隔几个月，他就换个部门。那时我才明白，领导这是在锻炼他，让他熟悉厂里的各个生产环节，日后委以重任。在很长一段时间里，厂里的人都在猜测罗大头背后的靠山究竟是谁。开始他们还来问我，我哪会知道。那时候我已经很少能见到他，就算见到，那张意满志得的脸也让我不想多说话。倒是袁胖子偶尔还会和我联系，一如既往热情地邀请我去他家吃饭。

眼看着罗大头平步青云，仅仅用了四年的时间就升到了办公室主任，就在大家议论他会不会成为这个万人大厂有史以来最年轻的厂长时，再有半年就要退休的老厂长出事了。有人说是厂长老婆举报其在外面有人，然后查出他还贪污受贿挪用公款，有人说是单位的一个副厂长先举报他有经济问题，而后牵出了若干个女人。经济问题难免不和生活作风问题扯上关系，去搞清楚哪个在先哪个在后，在我看来没什么必要。

作为厂长的红人，罗大头连带被查了大半年，虽然没有大问题，然而跟头是摔定了，还粘了一身的泥土，从此没有站起来。为了安慰失意的罗大头，袁胖子张罗了一桌饭，七七八八喊了很多人，那回是我第一次见到老刘。

老刘是袁胖子的远房亲戚，年龄比我们都大得多。他当时已经结过两次婚，离了一次，还在起早摸黑地卖肉，不过已经开始筹划做冷冻生意了。他和两任前妻的关系都很奇特,与第一任离婚后还合伙做着生意,第二任一点也不介意,三个人经常会在一起探讨生意经。

席间,罗大头反复感叹,还是在朋友中间最温暖,什么名啊利啊,都是假的,都是阴谋,他算是看透了。感叹完了他提议,以后我们经常聚,好吗?对于一个正在走霉运的人的恳求,你怎么好意思拒绝呢?第二个月,刚好我、老刘、袁胖子和罗大头四个有空,就又聚了一次,这个传统就此保持了下来。这一保持就是六年。

我寻思去罗大头家吃饭是不是带点东西,他的饭可不是能随便白吃的。我这个人的做人原则是尽量不麻烦别人,不占别人便宜,也不希望被麻烦。要是谁无意间占了我便宜,我嘴上不说,心里会不爽。如果对方是有意占我便宜,那我会耿耿于怀很久。反过来,假使我不小心占了别人便宜,我也会不安,并且一定要找机会做点什么来平衡。

是罗大头的老婆夏梅给我开的门。她把拖鞋端端正正摆在我脚跟前,弯腰的时候,她那根长辫子的辫梢扫到了拖鞋,让我觉得脚底一痒。她顺手接过我手中的袋子,放在鞋柜旁。她接得是那么自然,仿佛我是她下班回家的老公,而后她就迅速消失在厨房里。

罗大头佝着背从卫生间出来,腋下夹着报纸,他缓慢地几乎是踽踽地走到沙发边。

"你这是怎么啦?"

罗大头暂时还回答不了我的问题。他手撑着单人沙发的扶手,一点一点放下他的身段。之前他似乎还暗中运了下气,即使这样,在半个屁股落到实处时,他还是禁不住倒吸了一口凉气。当他终于把涣散无力的目光聚焦到我脸上时,已经是五分钟之后的事了。

"痔疮发了。昨天贪嘴吃多了辣椒,今天给我颜色看了。"他侧着半边身子,面色黯淡,话中有话地说,"人呐,还是不能由着性子来,特别是到了一定年龄,就要学会节制,否则身体早晚会给你颜色看的。"

"咦,她怎么没给你泡茶?"说着他冲厨房方向喊了一声,"夏梅——,泡茶。"

话音未落,夏梅就端着两杯茶出来了。她既没说客套话,也没正眼看我们,把茶杯放在茶几上后,返身回了厨房。我注意到她的手是湿的,手背上粘着一片鱼鳞。

杯中的茶叶完全舒展开来了,汤色也泡出来了,看起来泡了有一会儿了,就等着罗大头这一嗓子了。我喝了一口,没错,茶泡好有一会儿了,杯口隐隐还有股鱼腥味。

喝了一口茶后,罗大头说,你应该知道我请你来我家是因为什么。他一副心事重重的样子,好像手边有着忙不完的事,和我谈完话还有一个棘手的问题等着他去处理,让我想起当办公室主任时的他,如果他能把屁股放平整了就更像了。我差不多知道他要谈什么,早在两年前我就知道会有今天这样一场的谈话。只是没料到罗大头会如此伤心,连下头都在滴血。在来的路上,我还在想,以后的聚餐,我恐怕要退出了,我这一退出,这个小圈子恐怕也就解散了。

"真是没想到啊,我们这么多年的朋友,你背后给我来这一手。"他停顿了一会儿,费劲地调整了一下坐姿,也就是把身体的重心移到另半个屁股上,这下他必须拧着身子才能看到我的脸。我两个胳膊肘撑在大腿上,头埋在胸前,开始接受他的谴责和审判。

"当你这么做的时候,你想过我们是朋友吗?你心里就没有一点不安吗?或者之后内心就没有过挣扎吗?"

我知道他在看我,等待我的反应,所以我点了点头。同时我也在心里回答,怎么没有不安,怎么会不挣扎呢?可这不能怪我一个人。这种事,是一只碗不响，两只碗叮当。

"那么你为什么还要这么做？"罗大头陡然提高了音量，"为什么？"

这可不好回答，对我来说，肯定不是蓄意要给他戴绿帽子的。一开始，只是两个在各自家庭中憋屈地隐忍着的人碰巧凑到一起，互相舔舐着对方的伤口，给予慰藉。夏梅不是那种能吸引男人目光的女人，相貌平平，胸脯平平，走在大街上，这样的女人我看在眼里就像没看见一样。但三年前，我还是在大街上一眼把她认了出来。因为她是熟人的老婆，常年梳着一条乌黑的大辫子，就是当年样板戏《红灯记》里李铁梅那样式的大辫子。这样的辫子如今已经极少能见到了。

那天夏梅一改平日里的矜持少言，站在路边，含着泪语速很快地数落了半天罗大头的不是。她刚在家里和罗大头大吵过一架，互相说了很多难听话，罗大头甚至动了手。委屈让一个女人不顾形象地当街抽泣起来，我能做的就是不停地给她递纸巾。淤积了多年的怨愤肯定不是一次能发泄完的，另外，我也有满肚子的委屈要说，只是夏梅完全沉浸在自己的悲愤里，没给我机会，所以临分手时我试着又约了个时间，没想到她一口就答应了。坦白地说，当时我已经有预感我们之间会发生点什么。

可真发生了我还是有点回不过神来，这一点也不像我和夏梅之间会发生的事。且不说我，无论如何夏梅是个正经人，端庄、少言，是我见过话最少的女人。就算做那事也不出声，闭着眼，咬紧牙关，面露痛苦之色，像是个被严刑拷打也不屈服的共产党人。到现在我都吃不准她是不是真的很难受。但是怎么会难受呢？

"而且还不是一次。"罗大头继续控诉道，音量明显地往下调了，还伴随着一声叹息，显得痛心疾首。

其实夏梅认为有这么一次就足以抵消掉多年来对罗大头的怨恨，而且还有盈余可以让她继续隐忍下去，可我认为至少需要两次才能平衡我老婆一家人蓄意欺骗我带来的愤怒，最终夏梅妥协了。我在想，是不是这多出来的一次让她不平衡了，因此她向罗大头坦白了。

罗大头又在费劲地调整坐姿，这一次大概没控制好动作的幅度，只听得一声呻吟，之后是粗重的呼吸声。我在心里默默背着九九口诀表，就像我睡不着时做的那样。我和他一起在等待这一阵疼痛的过去。我第二遍背到八八六十四时，他说，你这么做，不厚道啊。

我觉得罗大头措辞还是挺客气的。这么看来，他应该是知道有些日子了，他已经用时间消化掉了不少怒气。即使这样，他这样说还是过于温和客气了。

"别低着头不说话啊。"

他是在等我开口忏悔吗？我抬起头，对面墙上挂着一台液晶电视，没有打开，只有右下角的待机电源亮着一个红点。我嘴唇动了几下，还是不知道如何开这个口。

厨房里传出"刺啦"一声菜下热油锅的声音，然后是锅铲快速翻炒的声音，听动静像是爆炒螺蛳。眼下已经过了吃螺蛳最好的季节。俗话说，清明螺，赛似鹅。清明之后，螺蛳开始产子，肉就不那么肥美了。不过螺蛳有清热、利水的功效，对痔疮患者有益。原来这螺蛳是烧给这家痔疮发作的男主人的。

"好吧，其实这也没什么大不了的。我今天这么直截了当地跟你摊开来说，还是因为我们是朋友，以我对你的了解，你肯定也不是有意要坏我的名声，是有人在背后捣鬼，挑拨你说的吧？"

我慢慢把脸转向右首边，我不明白这个头戴绿帽子的男人在说什么。罗大头很肯定地点了点头，好像突然自己就把自己给开导通了。

"我猜也猜出来了，一定是那个死胖子，是吧？"他还是在等待着我的反应。我更听不懂了，怎么扯到袁胖子了，但好像又有点明白了。我的脑子飞快地转着。

我没有马上否认在罗大头看来就是默认。他继续说,我给他打电话,这家伙竟然不承认,发誓赌咒说这事要是他讲出来的就让他生出来的儿子没屁眼,我看他根本就生不出来。

"说开了就好,说开了就好。这一笔翻过去了,以后谁也不许再提了,不说了,不说了。对了,老刘那儿你们最近有联系吗?"

对于那晚的去向,老刘一直也没给我们个说法。打他的电话,他总是说电话里讲不清,等见面了说。可事实上两个多月过去了,他老是以没时间为由往后推聚餐的时间。连从不主动张罗饭局的罗大头都按捺不住了,他说,老刘,你忙个屁,你的生意又不用你管,你不就是个闲人吗?

老刘的确是个闲人。虽说他现在和第一任前妻共同做着冷冻生意,生意越做越大,人却越来越闲。真正在忙活的是他的前妻和她的现任老公,老刘早就退到了后台,坐吃年终分红。据我所知,老刘的一天是这样度过的,白天窝在家里喝茶醒酒,晚上出来找人喝酒,这一喝有时候就连轴喝到天亮了,第二天再用一个白天来醒酒。他说自己吐出来的痰的酒精含量比啤酒的度数都高。

罗大头建议我们去老刘家堵他一次,刚刚消除掉的误会让他有些激动。这个点儿,他指指墙上的钟,他应该还没开喝,我们立刻出门,再晚了就不好说了。

我的思绪还停留在刚才那个意外解决掉的误会上,究竟我在背后说了什么有损于他名誉的话呢?我承认,以前自己的确和同事议论过他,一个如鱼得水的人难免遭人嫉恨。自从和夏梅有关系后,出于对罗大头的歉意,对他再有不满我都放在心里。那么他到底指的是哪件事呢?

不知道什么时候,罗大头已经站了起来,手托着腰部,招呼我,别愣着了,走吧。夏梅从厨房探出上半身,不在家吃啦,我都做上了。罗大头一摆手,不容置疑道,不吃了,你自己吃吧。

"你那个不要紧吗?"

"没事的,走慢一点就好了。"

一路上,罗大头对那晚没有买单后悔莫及,他悻悻地说老板娘是吃准他会退缩才那样说的,他真要把单买了,那最后告饶的就该是她了。可我不认同他的假设,以我对罗大头的了解,身边的朋友没有谁白吃过他的饭,就像今天,我离他家饭桌足够近了,饭菜的香味都闻到了,末了还是没吃到,更别说给不相干的人买单了。就算他真买了,老板娘也未必会退却。但凡他罗大头真敢把裤子脱下来,老板娘绝对当仁不让地迎上去。她是个厉害的角色。

出租车司机不断从后视镜打量后排坐姿怪异的罗大头,完了再看看坐在副驾的我,"买单"、"老板娘"、"脱裤子"这些字眼一定让他一边开车一边在心里暗暗串联着其中的情节。

傍晚六点,老城区内没有不拥堵的机动车道。在征得我们同意之后,司机绕进了一条小街,尽管会绕一点儿远路,路窄,也开不快,可走起来还算顺畅。快到老刘家时,一辆从后面窜上来的电动车差一点剐到了我这一侧的车门,司机一个急刹车,与此同时,后排一声惨叫。

车子开不进老刘家的那条小巷,只能停在巷口。罗大头咧着嘴艰难地跨出车门后,示意我赶紧看一眼他的屁股。天哪,血迹斑斑。我劝他把衬衣脱下来系在腰间,他说,难不成我只穿个汗背心?

往里大概还要走两百来米才到老刘家,虽然罗大头已经在尽力像个正常人一样走路了,可在我看来,他还是像一只拔光了毛的鸭子。在这样的季节里,一个把衬衣系在腰间只穿个背心的人,就算走路正常本身已经足够奇怪的了。

对于我们的突然来访,老刘似乎并不太意外,他苦笑着说,没见过你们这样的,好像讨债鬼一样。

进门后,罗大头直接进了卫生间,当务之急是要处理他鲜血淋漓的下半身。过了一会儿,他从卫生间探出脑袋,问老刘,你这里有卫生巾吗?

"卫生巾?你要卫生巾干吗?怎么,你来例假了?"

听完我的解释,老刘给罗大头拿来了一条长裤和一条内裤,他对卫生间里的罗大头说,卫生巾没有,创可贴可以吗?罗大头哭笑不得地说,可以是可以,但要那种加长加宽加厚版的。

等我去街上的小超市买回卫生巾,老刘和罗大头已经隔着卫生间的门商量定了,等后者内裤上贴好卫生巾就一起去吃饭。袁胖子那边也电话通知过了,这会儿他应该已经在去饭馆的路上了。

老刘和罗大头身高差了近十公分,老刘的裤子穿在后者身上短了一截,像时下流行的八分裤。我担心罗大头再央求我去替他买条裤子,我想,即使他提出了,我也能做到断然拒绝。

推开203包厢的门,里面烟雾腾腾的。袁胖子背对房门坐着,见我们进来,猛吸了一口指间的烟,掐掉,起身和我们打招呼。

"你又抽上了?"老刘问。

"解禁了。妈的,我老婆怀上了。"

"那你今天可以喝酒喽,太好了!"老刘只顾着高兴今晚多了一个酒友,完全没意识到袁胖子是用"我老婆流产了"的口气愤愤地说的。

罗大头拉开老刘边上的椅子,并且往老刘那边挪了挪,尽可能离袁胖子远一些。老刘点菜的时候,我们齐刷刷地看着他,等他赶紧点完菜,好老老实实地交代那晚的去向。

老刘慢条斯理地报着菜名,间或关照一下服务员,叮嘱厨师这个起锅淋点麻油,那个需小火慢蒸。他点菜通常不看菜单,几只店里的招牌菜,再随口即兴点几道时令菜,后厨若是做不出来,说一声,他也不生气,再换一个。

老刘知道大家在等着什么,但他似乎还没做好回答的准备。他点了根烟,抽了一口,突然想起来,从烟盒里抽出一根,扔给对面的袁胖子,并且把烟盒分别往左右两旁让了让,问我和袁大头抽不抽。四个人都抽上之后,他好像没什么多余的事可做了,他咂了咂嘴,说,想来想去,还是和你们说实话,大家都是弟兄,说给你们听,你们不要往外说就好了。

老刘抢先走下台阶,下了两步,转过身来问还站在饭店门口剔牙花子的大家,怎么样?怎么样?接下来去哪里?

"这会儿回去不也睡不着嘛,"老刘讨好地朝各位媚笑着,"再说这么早回去干什么,和老婆一起看电视?"

就在这时,老刘的手机响了。这个点儿,十有八九是约喝第二场的,但会是谁呢?老刘掏出电话,看了一眼号码,是个陌生的固定电话号码,本地的。他隐隐有些担心,心里暗暗祈祷着千万别是那个要死要活的女同学。

接通后,是个男声,先确认了一下老刘的名字,然后自我介绍是公园路派出所的。老刘不由得紧张起来,不过他还是佯装镇定地扫了大家一眼。电话那头紧接着又报了老刘父亲的名字,询问是否是父子关系。这下老刘更紧张了。罗大头不失时机地递过话去,你要还有下一场,我们散啦。

电话里的人一副公事公办的口气,让老刘立刻去派出所一趟,他家老爷子在他们那里,因为嫖娼被抓了。老刘简直不敢相信自己的耳朵。他请对方再重复一遍,自己听得不很清楚,同时扬起左手冲还在说着什么的罗大头很有力地一摆,就是十字路口绿灯转红灯时交警做的禁止通行的手势,然后边听电话边往路边走去。走出去有十来步,他迟疑了一下,犹豫着是不是回去和大家打个招呼。可是怎么说呢,算了,干脆一走了之。

简而言之,2月21日晚,正试图说服我们换个地方再喝的老刘接到派出所的电话,让他去领其年逾八旬因嫖娼被抓的老父亲。

对于他家的老爷子,老刘真是满腹牢骚。他小的时候,父亲远在宁夏工作,每两年回家探亲一次,与其说是回来看他们母子的,不如说是回来播种的。因为每次他离开不久后,母亲就怀孕了,趟趟都不落空。十年里,老刘的母亲马不停蹄地生了五个孩子,而后叫苦连天地把孩子们拉扯大。

几杯酒下肚,经年往事涌上心头,老刘慨叹了一句,我这大半辈子,过得苦啊。

老刘不是家里的长子,他上面还有一个脑子不太好使的哥哥,因此他虽然是老二,还是被家里当作老大。长子就得负起长子的责任,家里没钱的时候,他放弃了学业去赚钱,等他有钱了,家里摆不平的事都由他花钱摆平。如今他想穿了,钱是挣不完的,他也到了知天命的年纪了,烦不了那么多了,总之以后他要过以自我为中心的生活了。老刘的生活中心当然就是酒了。

可是家里的老爷子不让人省心啊。好不容易,父亲后来从宁夏调回来了,一家人团聚了,可让一家人觉得他还不如不回来。父亲每天除了上班和睡觉,剩下的时间不是找人打牌,就是找老婆孩子的茬,弄得家里每个人都躲着他。五十来岁的时候,还搞过一次婚外恋,和母亲鸡飞狗跳地闹腾了很长一段时间。也就是近几年,安分了不少,依稀有了想和老婆老来伴的意思。但老刘的母亲已经对这个男人彻底失望了,每天烧香念经,皈依了佛门,若不是放心不下脑子拎不清的大儿子,早就出家了。

我们安慰老刘,老爷子这把年纪还能硬起来,说明身体不错,哪怕没有真正硬起来,还时不常能在意念里勃起,也实属不易了,做子女的应该高兴才对。我们还想顺便了解一下这个行业里时下老年组的市场行情,被老刘骂了回去。

你们这帮家伙,是站着说话不腰疼,要是你们家老爷子,你们就说不出这样的话了。

一瓶酒快喝完的时候,老刘想起来还没有祝贺袁胖子。他提议大家一起敬袁胖子一杯,完了又单独敬了一杯。叫第二瓶酒的时候,他看了一下我们的脸色,重点是看罗大头的脸色。每次叫酒,不管是不是老刘买单,都会遭到罗大头的反对。

眼下罗大头管不了这么多,屁股和卫生巾之间的那团息肉让他心神不宁。他身体前倾,胳膊撑着桌子,好使其尽可能多分担一点屁股所承受的重量。灯光下,他鼻翼两侧的法令线异常深刻,使得那张脸看起来阴郁,刻薄,憔悴。他不时端起面前的菊花茶喝上两口,大概是希望这败火的茶水能让那团来势汹汹的息肉安静一点。

老刘再一次建议我们敬一下袁胖子那颗成功着床的精子。它肩负着众多前仆后继的精子们的遗愿,从某种意义上说,这是一颗游了两年多才游到目的地的精子,劳苦功高。这一次罗大头没有勉强自己端起茶杯,他把脸偏向一边,紧抿着嘴,一副坚决要把自己置身于这个欢乐的小群体之外的架势。他让大家觉得我们的寻欢作乐是对一个正在承受痔疮之苦者的冒犯。也许我们也该敬他的痔疮一杯。但在这之前,我觉得刘老爷子该先领受我们的敬意。

袁胖子今晚喝得猛,举杯频繁了菜就吃得少了。他已经喝到了临界点,还在喝,话也多,他大着舌头说,老婆怀孕后除了禁止他在家抽烟,其他诸多禁忌全部解除,他甚至可以在家小酌上两杯。他昨晚壮着胆子试了一下,老婆只是撇了下嘴,什么也没说。

"一个男人做什么都要看老婆脸色,活得这么窝囊,你说他要老婆干吗?"罗大头自言自语道,他的目光停留在面前的菊花茶上,因而这些话更像是对那杯菊花茶说的。

"一个男人上蹿下跳,累死累活,忙活了两年,老婆没怀上,可是老婆出了趟门,回来就有了,你说他这边还欢天喜地的,唉……"罗大头摇了摇头,不再往下说了。

尽管不是针对我的,我也认为罗大头讲得不无道理,可还是觉得他太恶毒了。老刘显然也是这样认为的,面露不悦之色。我对罗大头说,你是不是该去换条卫生巾了。罗大头一点儿也不生气,真的站了起来,往下扯了扯他的八分裤,然后这个头上顶着绿帽子屁股下垫了卫生巾的男人开门走了出去。

袁胖子就像没有听见一样,一点反应也没有。他起身,给老刘的酒杯里倒上酒,又过来帮我满上。他的手抖得厉害,洒出来不少。我和老刘迅速交换了一下眼神。老刘骂了一句粗话,说,这个缺德玩意儿,我看他嘴上也需要贴块卫生巾。

老板娘风风火火地推门进来,立即带来了不一样的氛围。已经微有醉意的她情绪高涨地和我们每人都喝了一杯,之后才在罗大头的位置坐下,问,罗大头呢?

"去洗手间了,如果再不回来,可能就是走了。"

"老刘,你这个朋友真有意思。前一阵天天来,来了就问你来过没有,好像你是和他约好要在这里见面的。"老板娘压低嗓门,眼睛密切关注着门口,以防罗大头随时推门进来,"一个人,也不吃东西,就是坐在那里,板着个脸,像个特务一样看东看西的,搞得大家都很不舒服。还有客人问我,这个人是不是我老公,坐在那里是在监视我。"

我明确无误地告诉老板娘,他哪是来等老刘,他是想泡你。

"泡我直说啊,搞得这么清纯。我看你们几个,数他最闷骚。"

老板娘今天没戴帽子,也没盘头,是那种清汤挂面的披肩直发。有一阵子,我老婆也是这样的发型,我还由衷地赞美过。我装作随意地问,你这头发留了多久才这么长的?并且顺手撩起一缕来,放在手心,定睛分辨着它和我老婆的假发可能存在着的不同。

是我这个动作太唐突了吗？还是老板娘心虚？她的脸竟然红了，一甩头，那一缕头发从我的手心滑走了。

"我一直都留长头发，你问这个干什么？"

连老刘都好奇起来，问我，就是，你问这个干什么？

一直怔怔地坐在那里的袁胖子忽然站了起来，相对于他肥硕的体型，这个动作过于迅猛了，他身体晃了两晃，才站稳。

"你干吗？"

袁胖子没有理会老刘，转身往门口去。老刘不无担忧地看着那个步伐踉跄的背影，又一次和我交换了一下眼神，起身跟了出去。

我的酒已经喝到嗓子眼了，脑子还算清醒。我跟老板娘解释，胖子好像喝多了，老刘不放心。老板娘说，不管他们，我们接着喝。我知道自己的酒量，再喝就该吐了，可架不住老板娘再三地劝，又喝了一杯。当她再次给我倒满时，我无论如何也不肯再喝了。老板娘觉得无趣，把酒杯往桌上一顿，说了一句什么，自顾自走了。

老板娘走了以后，我有些后悔，怎么不趁着没人问问她头发的真假。豪爽的老板娘也许会一把揪下她的假发，给我看一看她的本来面目，或者允许我用力扯一下，以证实它的真实性。而不像我老婆，自从我提出要看一眼她不戴假发的样子，不但动了气，还搬到了女儿房间，睡前必定落锁，防止我夜里搞突袭。

不知道过了多久，我感觉眼皮发沉，阵阵睡意袭来，身体一点一点在往下出溜。我双手撑着椅子把身子往上挪了挪。此刻要是已经在床上就好了，我对自己说，不过今晚应该可以睡个好觉了，没问题的。桌上的酒瓶里还有一点酒，看到酒，我胃里一阵翻涌，赶紧把目光移开。桌边的三张椅子上一个人也没有，我缓缓地环顾了一下，的确一个人也没有。

我记得黄昏的时候，自己明明是去罗大头家吃饭的，坐在他家沙发上时都已经闻到了饭菜的香味。我甚至可以确定其中一道菜是爆炒螺蛳,还有鱼,或清蒸,或红烧。但是为什么此刻自己会坐在这里,而刚才还坐在我身边的那些家伙们都去哪儿了?

原刊于《花城》2015年第1期

葛　芳

1975年出生，中国作家协会会员，江苏省作家协会签约作家，苏州市吴中区作家协会主席。获紫金山文学奖和冰心散文奖。鲁迅文学院十九届中青年作家高研班学员。著有散文集《空庭》《隐约江南》《读城 行走苏州·古镇乡村》《南极之南，远方之远》、中短篇小说集《纸飞机》。现居苏州。

梦经

胡维总是一副文质彬彬的样子,蓄些小胡子,戴金边框圆镜片,像是民国走来的人物。眼镜换过四五个,但他就是喜欢这种款式,躲在后面,把世界打量得清清楚楚,而自己可以藏得很彻底。

他刚从天津回来,手提箱扔在门后面。火车上一个湖南妹子似乎十分中意他。他有自己的判断,握手时感觉女孩的手太硬,不柔软——这样的女子最好不要勾搭太久,她身体里克星味太重,会把生活搅扰得鸡犬不宁。譬如像什么香港的张柏芝,五官精致,但顶个屁用,就是因为手摸上去太硬。胡维虽然没有机会摸张柏芝的手,但有相面术。他通常不把这本事显露出来,也没必要,人心叵测,研究研究即可。

胡维下动车前打了个盹。才十分钟时间,他夹着黑皮包竟迷迷糊糊做了场梦。隔壁女人老公死了,哭声震天,林洛街道上铺满了白花。一只水晶棺材在白花中浮动,像只精致的船,遗像上的男人太年轻了,最不能容忍的是,男人穿着警服,十分帅气,但就是死了——被歹徒捅死英勇献身了?不是,吊死了——当了回真正的屌丝。女人喉咙哭哑了,可挣扎着拼命要发出声音,结果发出了嘶嘶极微细的气流声。

猛地一声锣鼓敲，胡维嘴巴一牵，醒了。醒来对面的湖南女子弯着眉毛笑看着他。胡维摸摸嘴巴，幸亏哈喇子没有流出来。胡维急匆匆回到家。一路走一路想，那哭哑喉咙的女人像是林洛镇上的秀珍，他同学的妹子，小时候到他家玩过，爱跳牛皮筋，爱看小人书，梳个马尾辫，怎的她落了一堆事？

胡维三年没回林洛镇，林洛镇老早发展成了郊区街道。盖了不少建筑，中不中，洋不洋，看着别扭。幸好街道两侧的银杏树没变，泼泼洒洒落了一地金黄的叶子，踩在上面咯吱咯吱响。那声音，好听，和小时候的一模一样，就像他在天津吃老娘腌的萝卜干，一样原汁原味。

老娘问："我孙子呢？"

胡维说："孙子去地球的南半端了，长大了，甭去管。"

老娘又问："我儿媳呢？"

胡维说："跟别的男人过日子了，她不是你儿媳了。"

老娘想号两句。

胡维赶紧堵住她的嘴："你儿子这个状态最好，钻石王老五，不愁没女人。"

老娘不吱声了。胡维问："我爹呢？"

老娘说："在花圈店。一天到晚，屁股上用胶水粘住了。"

胡维挺佩服老头子的，八十年代起，在林洛镇前前后后开过照相馆、五金模具店、内衣小作坊，后来又开了寿衣花圈店，殡葬一条龙服务，生意火爆得很。他手下有个团队，军乐队吹唢呐的、道士念经的、给死人穿衣化妆的、火葬场运输的，一应俱全。老头子只要守住花圈店的电话机，生意就源源不断。其实电话机不用守，手机联系方便得很——但老头子很固执，手机不能随便留给死人用，不吉利，他非要亲自坐在花圈店才安心。

花圈店里一间有张麻将桌，隔三岔五有熟人来玩玩麻将牌，老带新，新变熟，人脉越来越广，因此哪个小区死了人，就自然而然会被推荐到胡维老头子的花圈店。老头子只要一接到报丧电话，立马像打了鸡血的大统帅，把手下人马指挥得有条不紊，最终鸣钟击磬花好月圆。

胡维用热水让自己舒舒服服修了个面。这年纪，能自己料理好自己不错了，不矫情，不客套，不委屈自己，镜子里的自己两鬓生白。他需要空间，和前妻办离婚的事情是在去年解决的。她有相好，他心里也有几个女人，两不相欠，倒也干脆，犹如冬天里的白萝卜脆生生掰一下。他厨艺不错，心情好的时候，炒点虾煮两只蟹，黄酒一喝就是两瓶，热乎乎的身体飘起来，也有些欲望——这不碍事，如果有凑巧的电话过来，小情人熟悉的软绵绵的声音，那是最最理想的状态了。

胡维有个怪癖，做完爱后，必定要和女人分开睡，否则日脚难过一夜无眠。这也让小情人恼羞成怒，你火急火燎召我过来，结果舒坦了自己睡去！没良心的骚男人——胡维做好爱要洗漱得端端正正，金边框圆镜片戴上，小胡子梳理好，仿佛要出门洽谈公务。是的，那时他思维敏捷，生意上的事情一件件一桩桩雪片一样飞来，他可能还要打开手提电脑接收几份邮件。爱的情趣已经荡然无存，小情人嘬着嘴巴抱着被子到另一张床上去，或者含恨退场，往往下次不吃教训照样赴约。也不晓得胡维身上哪里来的魅力，把女人们弄得五迷三道。

胡维熟睡时喜欢抱着一个松软的圆枕头。圆枕头仿佛施了魔法，让胡维进入一个又一个梦境。最近的梦十分别扭，他抱着皮肤如陶瓷般光滑的女人，他们一起消失在怪异的黑洞里，女人成了男人，喷出的恶气让他难以忍受——仿佛活火山喷烟。他无以言说的焦虑，找不到释放点，醒来时头皮上冷汗一层——

胡维忽然想到秀珍。

他把刚点着的烟掐灭了。

他没有秀珍的手机号码。梦中的她哭得十分伤心，披头散发，形象也全然不顾了。他也晓得她男人真出事了。殡葬仪式是他父亲一手安排的，父亲说："惨——真叫惨，白发人送黑发人，这么俊的小伙儿——"

他问父亲，"怎么个吊死法？"

父亲手一摊，"派出所办公室里，老式吊扇，皮带往上一抛。凌晨五点钟清洁工阿姨送水来，只看见派出所所长伸长舌头吊死鬼的模样，吓得热水瓶也摔得粉碎。"

他问为什么要选择这种方式。父亲搜集了许多资料，对此外界人士众说纷纭，有人说他黑白两道通吃，被人逼上绝路了。也有人说他太争强好胜，因为没有升职一直憋屈在林洛镇当个破所长心不甘情不愿。还有说他染上了艾滋病，时日不多了——总之，吊死在办公室，可以最后获得一个因公殉职的称号，家属能获得100万抚恤金。

可怜的秀珍！胡维擦掉眼镜片上的水蒸气。他印象中的秀珍，是大学刚毕业时的她，一脸清纯地偎依在男朋友怀里。秀珍据说是校花，男友费了好大的劲才采摘成功这花。男友体格魁梧品学兼优，只是家境一般也不想回老家发展，于是秀珍央求父亲花足钱财并动用了不少社会关系，男友最后被公安部门看中成了一名警员。可谁能料想人生本就是祸福相依呢？

胡维穿过林洛街道的一片市民广场。夜色漆黑，偶有几颗星孤寂微弱地悬挂在天幕。这片广场紧邻运河，白天里货船呜呜而过，夜晚不能鸣笛，但河泥水泛着腥气，散在芦苇叶子中，让走过的男女有种空荡荡的焦躁之气。八点模样的广场人山人海，男的女的老的少的哄在一起跳广场舞。三步、四步、探戈、恰恰舞，这些九十年代流行的舞曲仿佛吃了还魂药，如今越来越受到部分市民青睐。一部分市民是深恶痛疾的，恶俗的舞曲声音分贝太高，严重扰民——孩子要做作业啦，想打盹清净一会儿啦，都抵抗不过这些恶势力，只能摇头叹息。

九点以后的广场安静多了——像个疲惫不堪的良家妇女终于要好好歇息了。胡维夹紧双臂,风吹得耳朵有些冷,他想起秀珍的鹅蛋脸,嘴巴里嵌着两颗极有特色的虎牙。有一次,在他家,他离她的脸,那么近,都能触摸到她浓密的眼睫毛。他大她十岁,她还是青春期的女孩子,她噗地咯咯笑,口水都喷到他脸上。他愕然,真实、笨拙、尴尬地把内心的情欲压制下去,带她去镇上顶好的馆子吃了一顿。

有女人走过他身边,香水味像胡椒粉的味道,很刺鼻,女人蹭上去,胸脯几乎顶着他的肩膀,脸上雀斑十分明显。女人期期艾艾地问:"要吗?"要什么?他还没反应过来。女人三十来岁,女人指指五十米外的树林。他明白了,鼻子里喷出一口气:"那会把我的风衣弄脏。"女人悻悻地朝广场上另外一个身影移动。他哑然失笑,没有想到还真撞见了这类人——风传公园里有专门供老头乐的女子,捏一把,摸一把,甚至草地上睡一把,价格便宜实惠。他也不看老,但女子把他归类了——他还不谙风情,无聊吧。他忍不住回过头重新打量林洛镇。运河边上景观灯花花绿绿,把运河水映照得斑斓多色。而不远处的电视塔闪烁着五颜六色的光芒,仿佛埃菲尔铁塔昂然屹立在不夜城巴黎之巅。

胡维和迎面走来的女人撞了个满怀。那女人走路完全是心不在焉的样子,撞上后不合时宜地发出一声恐怖的叫喊,胡维心想这女子属于神经质一类的,他能宽容,或许想让她快快不乐、惊惧的情怀得到缓解——他张开手臂,做了个抱歉的姿势,女人苍白的脸庞在夜色下仿佛梨花簌簌抖动。"——秀珍!"他讶异地惊呼出声,人生就是这样充满着巧遇。

秀珍明白过来后,怅然若失地叹气,鹅蛋脸消瘦如运河边随风吹动的芦苇。

"走走吧?"

她点头,没走几步,她立定,手指向不远处的黑影,和胡维很严肃地说:

"那些不要脸的臭婊子，看见了吗？是鸡，十元钱也愿意让人搞——她们夜夜出来，出没、游荡，我的老公，就是被她们逼疯的——扫黄，扫黄，哪扫得尽？我恨不得用一把火把这广场附近所有树林烧毁！"

胡维默默相随，听她倾诉。

"那晚已经十一点，他洗好澡，准备睡觉，可是该死的电话又来了，说什么林洛街道夜总会有人打群架闹事——他亲吻了我一下，叮嘱我，关好门，说他去处理下，然后睡在派出所，让我锁好家门，别等他了——哪晓得——"秀珍情绪有些失控，眼泪水如开了闸的水流出。

胡维找了个温暖的地方请秀珍坐下。他说不清秀珍身上散发着一股什么异样的味道，鱼腥气？青草味？百雀羚润肤霜？还是和死者相关的陈腐气？但她就是他多年前的一个妹妹，在不知所措地摇摆着发抖的身体。胡维说："我前几天做了一个梦，居然梦见你坐在我家屋檐上，和你哥哥一起，摘了很多柿子，往下抛。柿子打中我的头，红彤彤烂灰灰砸得我满脸都是。你淘气地笑，死活不肯下来。"秀珍停止了哭泣。"二十几年了吧？我是摘过你家的柿子，偷偷放在你书包里，你一屁股坐上去，全烂了——"胡维轻抚她的肩膀说："梦里你的叫声有种引擎呼啸的感觉，短粗的小型飞机升上天，要撞到山脉了，差一点！差一点！"

秀珍很怪异地笑了，忽然捂住脸，慢吞吞地说："你知道吗？那该死的拆迁工程也把他逼疯了，他负责和八户人家谈判，也算他倒霉，那些个个是钉子户，软硬不吃。他睡不着吃不香，每天大清早七点钟还要赶到街道开什么狗屁汇报会，因为没有及时完成任务，那书记把他骂得连狗都不如——"

胡维推了一下他的金丝边框圆眼镜，他发现刚刚还是漆黑一团的夜，不晓得哪里钻出了一轮残月，悲切又孤苦地悬挂在天幕上。秀珍身上的百雀羚润肤霜味道钻到他鼻子底下，他熟悉这种气息。

他问，"你和他做爱多吗？多长时间一次？"

秀珍神经质笑了,说:"关你屁事。"

胡维柔声说:"我很真诚,没其他意思。我觉得应该不多——嗯,少,很少。"

秀珍不响了,沉默很久说:"我们分床睡一年多了。"

胡维开始掏出烟盒,慢条斯理点着。

秀珍说:"他最后三个月竟会整夜睡不着,身体暴瘦,我也很奇怪,总觉得是他要想的事情太多了——我其实挺怕他的,他眼睛一弹,我不敢多问。有什么好追根究底的?我一个女人把孩子带好也不错了。他总是工作,工作,双休天也没时间陪孩子。"

胡维的烟喷在秀珍头发上,秀珍像是在梦境中。秀珍哭了,说:"二十年前的今天,我们在大学相遇,那时军训,他穿着橄榄服装,站在队伍中特别神气,我们第一眼就对上了。哪晓得二十年后他成了一张遗像?"

胡维问:"难道你从来没有和别人约会过?从来没有?"

秀珍吃了一惊,嘴巴抿紧,许久才吐出两个字:"没有。"

胡维温和地笑,宽厚的手掌想抚平秀珍内心的惊惧。他做得不露骨,慢慢地,轻轻地拍秀珍的背,就像一个兄长在无私地爱着一个妹妹。秀珍的背部柔和,起码不突兀,不像火车上的湖南女子给人线条坚硬的锐利感。他手淫过,皮肤贴着床单,不同寻常的感觉激起他的探索欲。秀珍的背就像床单,紧致、新鲜、开放。当然,他不能再继续打比喻了——残月跌落在远处运河中,机帆船的声音像粗鲁的撒尿声,他的感官通道几乎都要被打开了。

秀珍说话了:"有,约会过,还和别人睡了。"

胡维一点也不意外。

秀珍说:"我有一段时间害怕得要命,怕被他晓得后,会一枪把我的脑浆都打飞出来。谁能猜想到,这个秘密只能永远不被他知道了。"

胡维说:"那个别人现在还和你保持联系吗?"

秀珍叹了一口气:"男人,都是花花肠子,他早就又和别的女人勾搭上了,不止一个,三四个五六个都说不准,放射性发展男女关系。"

"哦,"胡维慢悠悠地发表意见,他的说话节奏一向是比较缓慢的,"所以你觉得不值。"

秀珍有点怨恨他的多管闲事,她蠕动着嘴唇想要抗议时,她尝到了某种暖乎乎且略带咸味的东西。胡维自己也觉得不明所以,他把火车上搁置很长时间的湖南妹子想要极了的吻给了秀珍。秀珍的舌头懂得推送,他想要吸食她口腔里所有的东西时,她给得很彻底,差点让他窒息过去。他有些错乱感,机帆船像只怪兽昂首前进,张开大嘴仿佛要吞噬他和秀珍。芦苇发出沙沙干枯的摩擦声,秀珍苍白的鹅蛋脸上有一半是悲伤,一半是喜悦,还有一些少女情怀的羞涩。这个事情,不算什么,真的,不算什么,没上床,即使上了床很多细节也会像烟灰缸里的烟蒂被清理掉。运河一侧种着的荷全都萎谢了,只剩枯枝败叶。

——可怜的秀珍,他喉咙里呜咽了一声,如同他养着多年的猫发出柔弱的呼叫声,这不顶用,很快他被秀珍摁翻在干枯的草坪上。

胡维回到家的时候,老娘十分奇怪地瞅他好几眼。

老娘说:"有骚婆气。"

胡维说:"勿要瞎讲。"

老娘从他头上拔了一些草屑子。

胡维嘿嘿笑了声,说:"就学小时候在草地上打了个滚。"

老娘不满,说:"越活越不正经了。"

老头子也回来了。老头子长着一对兔牙,年纪大了尤其像只成精的兔子,眼珠滴溜乱转。老头子将帽子挂到衣架上,走过胡维身边时,重重地哈出一口气。

胡维一惊，这气味太像秀珍身上的鱼腥气，不对！是她前夫身上的陈腐尸气。幽幽的，暗暗的，往前窜，向整个空间弥散。他不晓得该怎么开口，额头上顿时有了层细密的汗珠。

老头子泡了一杯老浓茶，折回，又在胡维身边坐下。

老头子说："那小子被评过市里十大警察，上了电视台，好好干的话说不定能一路提拔。"

胡维又一惊，没料到老头子开口就提到有关陈腐尸气的人。

老头子说："小子心理容量太小。也怪他倒霉，据说他负责的派出所，在他上任期间查出有小金库。其实小金库啊派出所之前就有的，一个单位，靠它吃吃喝喝也正常。可现在风向变了，说中纪委都在盯着了，他就吓得得得瑟瑟，连小命也搭上了。"

胡维硬着头皮问："入殓时是你给他穿的衣服？"

老头子点头，说："嗯，那晚入殓师恰好家里有事，我就熟门熟路把活儿揽下来。给那小子穿袖子时，他特别配合，关节柔软，好像自己在用劲。哎，想不通，年纪轻轻——"

胡维脸色煞白，那陈腐尸气像白骨精施了妖法向他团团逼来。老头子也看出他不适，扔了茶壶来扶他，越是靠近，越是让胡维呼吸维艰。他只能气喘吁吁地喊："爹，远些——你离我——远些。"

胡维当夜就迷迷糊糊发起了高烧。他好像十多年没有感冒没有发过烧。这一回是真正撞上了。

黑夜里他的脑海中锣鼓喧天，许多人物在你方唱罢我登台逐个亮相。

他也成了一个白发老人，一口假牙，一抹稀稀朗朗的灰白胡髭垂在他嘴巴。前妻容光焕发来了，捏他的生殖器，嘲笑起它的无能。他曾经和前妻一起到过北方隐僻的一个山庄，越过田野，看到农夫们在谷仓附近工作，树木森然。他的前妻快活地脱掉了上衣，他就在森然浓荫的草地上和前妻来了一场酣畅的天地之合。前妻大汗淋漓。他有些讶异前妻的狂躁和激情，这是他在婚姻几十年长河中罕见的一次。也仅此一次。后来就不阴不阳、不奇不怪地生活了几年——他也厌烦透顶了，但不主动出击，总是拎一个皮箱，他说他要出差，其实就是去会外面的女人。

胡维在梦境里腾挪跌宕，人仿佛上了过山车，不由自主被抛出去收回来，心脏也不知被砸到哪个角落，总之痛得他艰于呼吸视听。

秀珍向他看来，她像自由女神像，高傲、冷漠，又孤独，她端来一杯烧糊掉的牛奶，走路不稳，牛奶一半泼在胡维身上。她神秘兮兮地说："你晓得吗？他身上在溃烂，先从他的生殖器烂起，再到腰间，然后蔓延到腋下，我才不愿意多去操心呢！他手脚重，当派出所所长打人打出瘾了，回家就打我。把我逼在墙角抽皮带，害得我身上青一块紫一块。他还喜欢拽着我的头发，像甩个萝卜一样。"

"哼！"秀珍使劲抽了下鼻子，"你知道他十佳警察怎么得来的？那是他把公安局长儿子抓到局子里痛打一顿让他交代吸毒经过。结果，人家不买账，反过来把他打得半死不活——这事收不了场了，怎么办？公安局长老大亲自出面，评给他荣誉，并答应他会一路提拔。他想倒是因祸得福了——可惜，这世界乱了套了！他死了，自个找了条死路，悄悄地半夜三更死了——网络上把所有有关他的信息屏蔽了，局长开会主持局面，好，不追查了，有关他的事情一笔勾销。哼哼，他是身上的烂处已经烂得不可收拾了。儿子他还是疼着的，就用那种方式给他争取了生活抚恤金——遗嘱上写得清清楚楚。"

秀珍做了个表示恶心的手势，可是她的眼角处也在溃烂，很快如同金属被腐蚀，青绿色的霉烂姿态从眼角扩散到脸颊到耳朵到嘴唇，秀珍仿佛一个风化多年的木乃伊，直挺挺压上胡维的身体。

胡维全身的冷汗密密匝匝不知出了多少层。梦境里闪现的人物和话语他只有零碎的片段记忆。倒是秀珍少女时代的容颜他清晰无比，小小的端庄的脸,唇上的绒毛,清纯柔和的胸部轮廓——她真算得上美女,否则入大学后就不会被评为校花,也不会被那个苏北来的穷酸但仪表堂堂的小子追上了。

"好吧,我又不是福尔摩斯,我不想去追查事情的真相,这跟我没半毛钱关系。"胡维自言自语,往左侧翻身,没想到金边框眼镜压在枕头下,"呱嗒"一声眼镜脚断了。

胡维迟缓地拿起损坏了的眼镜,心里实在有些舍不得,这眼镜是在日本东京最繁华的地方银座买来的,有一个浙江女人陪他千挑万选才看中的,说:"戴了就像民国经济学家方显延。"方显延宁波人,生意头脑灵得呱呱叫,曾经在耶鲁大学攻读经济学博士学位。他胡维做做小生意,天南海北四处转转,想沾他点仙气当然一点不为过。

原刊于《钟山》2015年第4期

顾小英

二十世纪七十年代生，苏州吴中区人。中国作家协会会员，苏州市吴中区作家协会副主席。在《雨花》《作品》《散文百家》《青春》《西湖》等杂志报纸发表小说、散文和诗歌。出版诗集《唤醒》和散文集《故乡的冬天》。

十三号桥

我最早对于"桥"这种建筑物的意象感知大概缘于一些外国电影,至于影片的名字或者片中的具体情节和所要表达的更深层面上的内容,我都记不清楚了。换言之,我对《廊桥遗梦》或者《魂断蓝桥》之类的名字的获取并不是从一些外国电影开始的,仅仅是缘自闲人饭余的点滴碎语。据说这类影片曾风靡一时,引得无数人唏嘘一片,并且成了一种永恒的经典。其实我今天向你说这些的时候,并不表示我已经记起了很多,这种情形准确地说就像我在追述一个很久以前遗失的梦。无论如何,我能这么长久地记住这个梦,不能不说是个奇迹。这点,连我自己也无法确切地解释。然而,我要告诉你的是,在我的记忆里,一直留存着"桥"这种建筑物的形象,并且成了一种永不磨灭的象征。

所以,当我在某一天,突然听到"十三号桥"这个名字的时候,竟然神经质似的战栗了一下。

是的,正如大家说的那样,我是一个习惯沉默的人。这种沉默和少言使得我看上去始终像是陷于一种回忆里。其实,我一直想寻找某样东西。这样的寻找相当艰难,因为我既不明白自己要寻找什么,又不知道该往哪里去寻找,该如何去寻找。或者,说得更直白些,我只是习惯陷于一种寻找的状态之中。

再来说说我目前的状况。我刚才说了,我始终是处于一种寻找的状态中。我是带着盲目的目的离开A地,然后去向B地的。至于我的B地在哪儿,我没有答案。而我的A地在哪儿,或者说我是从哪儿开始的,显然也已经不重要了。

因为,我始终选择让自己在路上。

我像一只没有翅膀的鸟,穿过了长长的时间的隧道,穿过无边的田野和辽阔的草滩,还有飞翔的风,开始不停地寻找。所有的一切都像美丽的风景一样从我的眼前掠过,褪去。

我在自己的意念里寻找,在森带给我的回忆里寻找。森说,他就是一片无边无际的树林的海洋,而我,只是一只没有翅膀的鸟。鸟儿最终的归宿应该是森林。就像那一刻,森俯在我的耳边,一绺头发垂下来,拂在我纤细的脖颈里,弄得我眼里热热的,然后,他用游丝一样的气息吹弄着我的头发,柔声说:英儿,我爱你!

森说,鸟儿只能住在树林里。森说,我们一定能够再见面。

后来,当我经过C地的时候,我在一个叫"十三号桥"的地方停顿了下来。我累了,渴了,困了,我需要停下来。不知道为什么,我隐隐觉得在这里或许可以找到想要的答案。

当我听到"十三号桥"这个名字的时候,是在一辆拥挤不堪的公交车上。当时,我正处于昏昏欲睡的状态中。猛然间听到这个单词,我神经质似的抽搐了一下,有关那部外国电影的情节,还有一些冗长的画外音,一些模糊的背景,一些缥缈的台词,一些很大的空白,竟然一下子极端清晰地呈现在我的脑子里。

时间已经黄昏。在这个陌生的小镇,时间和空间的坐标交集的一点,是我目前正处于的方位。

我开始沿着一条狭小的街道进入小镇的腹地。空气中充满了灰调的暮色。天刚下过雨,石子铺的小路坑坑洼洼,而那些被雨水洗过的石子则显得更加光滑了。地上到处都是一个一个的小水洼,车轮驶过,溅起的泥水乍看似一朵朵水花。行人匆忙地赶路,脸上涂着各种各样的表情。街道的一边是一条河流,河面上漂浮着白色的泡沫和塑料袋,还有绿色的藻类植物。在这些漂浮物的下面,河水静静地呈现出一种深褐色。在这黑暗笼罩之前的最后一刻,小镇显出一种特别的萧肃。

我停在了一家旅馆跟前。只见门前竖着一块霓虹广告牌,上面写着"住宿请进"。广告牌上蒙满了灰尘,在雨雾蒙蒙的空气里,发出暗黄的光晕。我在门前迟钝了下,抬腿迈了进去。

一个精瘦的中年汉子坐在吧台的后面,他穿一件深蓝的衬衣,一脸的漠然。见我上前,他抬起头,冷冷地:"证件呢?"

我赶紧从挎包里掏出身份证,递予他。他接过去扫了一眼,用笔在一个簿子上写了一下什么,然后把身份证递还给我,同时还有一个门牌号码。

我没有找到说话的必要,就直接按照门牌上面的号码上了三楼。这是一幢老式民房,总共才三层。走廊里的灯光非常暗淡,昏黄的光线照着发黄的墙壁和过道里铺着的晴纶红地毯,发出非常暧昧的暖色,让我有好一刻的头晕和困惑。走廊的前头,放着一个小吧台,一个臃肿肥胖的中年女人在里面嗑瓜子。女人穿一件大花头的连衣裙,领口敞得很低,胸部撑得满满的,脖子里的一根金项链粗得很夸张,使我不得不怀疑它的质地。那眉毛却修得很细,看上去和那张胖脸很不协调。旁边有个女孩,十八九岁的模样,涂着很浓的口红。她斜倚在吧台上,正仔细抠着指甲缝里的脏物。

我递上纸牌:"请问,3207是哪个房间?"

女人接过纸牌,看了我一眼,又看了看手中的牌子,最后眼光又回到我的脸上,直勾勾地在我脸上来回扫视了几趟。我正等着她开口,那年轻女孩接过纸牌,操着普通话说,跟我来吧!

我在她的带领下,穿过长长的走廊,来到靠西头的一个房间前。女孩用手中的钥匙打开了房间的门。

在打开房门的刹那,一种很特殊的气味破门而出。我撸着鼻子走进去,见里面一边靠墙的地方放着一张单人床,床头是一个小柜,柜子上摆着一个十四寸的黑白电视机,旁边还有一个暖瓶。电视机的一个开关掉了,留着的那个小孔倒使人联想到一个无底的黑洞。床底下放着一红一蓝两个塑料盆。唯一让人感到满意的是这是一个朝南的房间,从三楼的窗口望下去,能看见街上的景物。这样的场景让我想起某部小说里的镜头。

我问女孩那个女人是不是老板娘,坐在下面吧台里的是不是老板。女孩笑笑说,是的。她帮我推开临街的窗户,又关照了我几句,就出去了。

我把背包放下,呆坐在床上。那一刻,脑子里一片空白,什么都没有。我突然想起从早上到现在,几乎没进过什么食物。这会儿,饥饿和疲劳又一次强烈地袭来。我需要为自己补充一些养料。

正在这个时候,房门被敲响了。

他立在门口,探进来半个身体,淡淡地笑着说,要不要给你送点什么吃的来?见我不说话,他说,他是隔壁吃食店的伙计,看见我刚进来,就跟上来问我需不需要吃东西。

我很奇怪,他什么时候看见我进来的?!但后来我终于发现楼下吧台的右手边正好就是一家小餐馆,老板就是同一个人,和我住的这个旅馆其实在边上用一个很小的月洞门连着,一般不会让人留心。难怪,刚才进来时我没发觉。

我说不用了,等会儿我自己下楼去吃点什么。他说,好的,那我先下去了。他这样说的时候,又微微地笑了笑。他那样笑的时候,正立在昏黄的灯光里,单薄的形体,穿一件半旧的白色衬衣,挽着袖口,也许本来脸色就有些苍白,这会儿在惨淡的灯晕里,那白显得很难看。

我坐在小餐馆靠窗的座位。此时,店堂里的客人很少了,有两三个人正在吃面,剌溜剌溜使劲吮吸面条的声音很响;还有两个坐在桌边,正等着自己要的东西,手里把玩着筷子,显出一副很无聊的样子。

他见我坐下了,马上走过来问我要吃什么。我说,随便,末了,又说,你们这里都有点什么?他无语,好像对我的这种前后颠倒的说法觉得无所适从,所以还在等我把话说下去。我发觉到了自己的不妥,补充说:"就要一碗清水面条吧。"他"哦"了一声,走开了。

　　面条端上来了。白色的长长的面条冒着一缕缕热气,油亮亮的汤水上面撒着点点碧绿的葱花,香气扑鼻。

　　我一边享受着吃一碗面的过程,一边朝四周看。

　　小餐馆实在有些小,刚能容下三四张桌子。桌子上立着筷子筒,还有牙签盒和纸巾筒。墙上挂着几幅小的风景画,一边的镜框里贴着营业执照和卫生许可证之类。从这视角望过去,对面吧台里的那个男人正低下头去不知在翻看什么,看不清他脸上的表情。偶尔有一两滴雨水从檐上滴下来,落在门前的石阶上,"嗒"的一声,很干脆。那声音不缓不慢,单调又有韵味。潮湿的雾气像蓝色的烟雾,弥漫在街上,有一些从门口飘进来,一切显得更加清寂、倦怠和昏暗。

　　他就坐在离我不远的位置,时候已经不早了,客人吃完了东西就走了,看来不会有什么人来了。此刻,他的目光正投向外面,不再关注我,好像我这会儿的存在已经和他没关系了。那个围单已经被他脱了,身上的那件白衬衣很旧,却旧得干净。

　　他的眼睛一直盯着某一处,又好像是漫无目的。他仿佛刚从几米的画里走出来。

　　我顺着他目光的方向望去。门口的路灯照着马路,照着马路上的那个小水坑,蛾子在灯下嗡嗡嘤嘤地乱扑。偶尔有个行人从门前走过。不知道他们是从哪里来的,又要去哪里。我在想,他们是不是也和我一样,一直行走在路上呢?

这样的时候,我就想起了森。

我把吃一碗清水面的时间拉得很长。

那一天,也是在这样的一个天气里,也是在一个小餐馆里,森就像他那样坐在我对面,看我吃着一碗清水面条。森曾问我,当我写作累了的时候,当风吹散我的构思时,会不会想起他。

那么,眼前的这个男人在看什么呢?他在想什么呢?

似乎有月亮出来了。一轮钩子一样的月冷冷地挂在那儿。

我朝河对岸望去。那是一片很大的绿化地带,种满了各种各样的树木。岸边栽着一排杨柳,细长的枝条垂挂下来,一直垂挂到水面。在细微的风里,杨柳轻轻摆动着,在水面上荡起了一小圈一小圈的涟漪。正对着我的地方,是一个埠口,修着一座白色的九曲桥。虽然我没到过那里,但凭着我的感觉可以知道那是一座很精致的曲桥。在清淡的夜色里,有个男人正倚靠在栏杆上,眼睛朝我这边望着。我无法看清那双眼睛,可我能感受得到那双眼睛,他也在极力朝我这边看。他看到了什么呢?此时,他在想什么呢?

我很想走上去,和他交谈,看看那到底是一双怎样的眼睛。

可我终究没能过去,我们之间隔着一条河流。桥到底在哪儿呢?

我和那个对岸的人,只能是这样远远地相互看着罢了。

我忽然想起了森。我突然觉得对面的那个人就是森。

在扶我上楼的时候,他说,你坐得太久了,你该去休息了,我也要关店门了。

他几乎是搂着我,靠在他瘦削的胸膛里,暖意一点点开始蔓延。一滴泪从我的眼角缓缓地滑落。我不知道这滴泪在我的心里蕴积了多久,我几乎忘记了自己已经有多久没有流过泪了。

第二天,我起得很晚。当我醒来的时候,看见明媚的太阳照耀着窗户。我感觉很惊诧,想不起来自己怎么会躺在这样一个小旅馆里,我甚至不知道这个旅馆叫什么名字,不知道自己目前所处的地理位置。我仿佛做了一个久远的梦。我努力回想昨晚的一些事,只隐隐记得自己看到过一条美丽的河流,还有河岸边美丽的风景。一个男人模糊的身影,在隔岸看着我。

我想到河对岸去,去看看昨晚见到的那些美丽的景色,还有,那个倚着栏杆的人。

简单洗漱了一下,我就收拾好行李离开了。在下楼的时候,我看见那个很粗俗的女人,还有那个喜欢抠指甲缝里的脏物的女孩,吧台后面那个始终木着脸的沉默的男人,由于忙着退房换房和整理房间,他们都显得很忙碌。他们的生活看上去平静而真实,世俗而又充满活力。我的心里忽然有了很多感慨。我很羡慕他们。

当我经过那个月洞门时,朝里看了看。他正在忙活,那个清秀的背影似曾相识,却又是那么陌生。

我跨出门槛的时候,又回头看了一眼这个小旅馆。

眼前依然是那条河流。由于昨晚下过雨，河水涨了很多，那些漂浮物也似乎更多了。它们静静地漂在河面上，被阳光一晒，发出阵阵腐朽的臭味。

我向路人打听这个地方为什么叫"十三号桥"，这个地名的来历是不是也像其他很多地方一样，隐含着一个故事。众人一听都笑笑，说说不上来，好像这里很早就叫这个名字了。他们的意思是这里就应该叫这个名字似的。

过河去的桥大大小小有很多。这条河里的水本来是活水，可现在被远处的一个堤坝筑断了，所以水都成了死水。我朝对岸看去，没有见到昨晚的那些美丽的景色，更没有一个倚在栏杆上的人。我看到我眼前的河对岸是一片正在拆建的建筑废墟。

我忽然不想再到河对岸去了。我决定回去了。森的样子在我的记忆里渐渐模糊。

原刊于《雨花》2008年第2期

蓝　月

本名陈雪芳，江苏省苏州市人，中国作家协会会员。作品散见于《小说选刊》《青春》《北方文学》《四川文学》《小小说选刊》《微型小说选刊》《小小说月刊》《百花园》《金山》等全国各大期刊，部分作品收入各种年选丛书。有作品被选入初中试卷、高中试卷、大学考研试卷。出版小小说集《阳光穿过的早晨》《午后》《寂寞的向日葵》。

神刀

他查完最后两个病房,回到办公室。

办公室里空无一人,本来应该有人的,是一位年轻的医生值班,可能是上洗手间了吧。他脱掉白大褂挂到墙上的挂衣钩上,顺手把杯子里的茶饮尽。他轻轻转动脖子,脖子关节发出"嘎嘎"的声音。

今天他做了三台手术,这要是以前,根本就不算什么。他是一位优秀的外科医生,他技艺精湛,他就是闭上眼睛,也可以对病人身体脏器的每一个部位拿捏得分毫不差。他被誉为"神刀",他和死神做着不屈不挠的争夺战。无数病人在他的手术刀下重新获得生命。他曾经一天中马不停蹄地做了八台手术。在他看来时间就是生命,他必须和死神抢时间。可是现在开始明显的力不从心了。他轻轻叹了口气,习惯性地用左手的五根手指把头发往后撸去,头发稀稀拉拉,几近秃顶。

他走过空寂而狭长的走廊,走廊里响起他"咚咚"的脚步声,间或病房里传出一两声咳嗽,隐隐夹杂着病人的呻吟。他微微皱了眉头,本来有点拥挤的皱纹更加深层次地堆积起来。下楼梯左拐就到了医院门口。风吹过来掀动他的衣角,贴紧他的身子,勾勒出他的单薄。长时间的手术让他的背有点弯曲。

他把手放在背后,不知道从什么时候起他已经习惯了这个姿势走路。

门卫老赵探出身子和他打招呼,葛医生您下班啦。

他微微点一下头以示回应。

医院门口有个水果店,仗着医院这个风水宝地,生意很是红火。店里的水果应有尽有,有着迷人或者晦暗的外表。他在水果摊前站定。他想起张兰打过电话给他,说家里苹果没了,她还说那把刀找不到了……言语中满是懊丧。他的心一沉,不过马上恢复了轻松的口气,没事儿,我重买一把。她说嗯。他说可是我今天晚上有手术。她说改天好了。

他没有说谎,今晚本来是有一台手术的。病人突然发高烧,身体极其虚弱,考虑到病人有可能承受不起手术,就临时改了方案,先用药调理。

水果店老板娘是一位五十开外的胖女人,圆溜溜的脸,圆溜溜的身子,连手脚好像都是圆溜溜的。都叫她胖嫂。胖嫂脸上一天到晚挂着笑,这让她的脸看起来更圆。现在,胖嫂正冲着他笑,笑容里满是巴结讨好。哟,葛医生刚下班啊!是不是想买点水果回家啊?要什么样的,你自个儿挑,完了我照进价给你,一个子儿也不挣你。他的目光没有在胖嫂脸上停留,他不喜欢太精明的女人。他淡淡地说,你帮我挑吧,要最好的苹果,两斤。钱照算。胖嫂说我帮你里面拿,刚到的正宗红富士。胖嫂扭着肥硕的屁股进了里屋。

他抽出一支烟点上,深吸一口缓缓吐出。疲惫似乎也随着烟雾一点一点慢慢消散。

已经有一个星期没有见张兰了。这阵子病人特多,有不少都是慕名而来的。医院有了他这把神刀以后名声大振,经常病房告急。手术台上他忘我地工作,下班回到家浑身酸痛,基本是倒头就睡。有时候索性住在了医院值班室。妻心疼得红了眼睛,私底下找院长。院长说我也没有办法啊,病人都指名道姓要他做手术。老葛的医术一流,人才啊!人才也是肉做的,也需要休息!妻拉下了脸。院长只好赔笑,老嫂子别生气,等空点儿一定让老葛休假。

日子一天天过去,他依然没能休上假。

葛医生,给你苹果。帮你多套了个马甲袋。胖嫂殷勤地递上苹果。他说谢谢,多少钱?胖嫂依然是一脸谄笑,就算你八块钱好了。他付完钱,提着袋子走出去。伸手掏出手机打了个电话,电话里传来妻熟悉的声音。他说,今晚我不回家了,住医院里。妻叹了口气说随你,我煲了汤,给你送来?他说不用了,我已经吃过了。说完就挂了电话。

对于妻,他是有愧的。妻从一个妙曼少女到如今红颜不复,三十年来任劳任怨陪在他的身边,对他的爱一分也没有减少。可是他却背叛了她。其实他一开始并不想,可他就像双脚踏进了泥潭心不由己越陷越深。他常常愧疚自责坐卧不安,甚至无数次想结束那段荒谬的情感。但是张兰说,要是你不要我了,我就去死。他相信她真会这样做。他当然不要她死。如果可以,他愿意为她死。他从来没有这样对一个女人动心,他要给她更多的爱。他不会允许再有人伤害她。可是他只能给她爱,不能给她家。他无法扔掉结发的妻子,他不忍心。这场恋情让他身心俱疲,他亏欠了两个女人,一个深爱着他的,一个他深爱着的。可是他无法自拔。这让他深刻体会到了一句话,很无奈的话——世间唯牙齿和爱情无法自拔。

认识张兰是因为一起意外。

一起交通事故，司机逃逸。一位年轻的女伤者被送进医院，这位伤患就是张兰。他主刀，费尽心力好不容易把她从死亡线上拉了回来。谁知道她醒过来的第一句话却是，你为什么要救活我？我不要活，不是车子撞我，是我撞的车。他骗了我，我那么爱他，他竟然不要我了。我还活着干吗？看着这个泪流满面的女子，见惯了生死的他心里竟然隐隐作痛，甚至对那个有负于她的男人有了一种愤恨。他说，有我在，不会让你死。

　　不知不觉已经到了那条熟悉的弄堂。弄堂里住着那个痴情的女子，现在只对他痴情。他的嘴角不由自主扬起。人有时候真的不可思议，只要一来到这里，他的愧疚就会跑得无影无踪，取而代之的是无边的柔情。他可以舒服地半躺在沙发里，看她用一把精致的小刀为他削一个苹果。他每每会出现一种幻觉他就是那把刀，那把刀就是他。她的手白皙得近乎透明，她的脸幸福而满足。苹果在她手中飞快地旋转，在刀刃的轻吻下，纤细的果皮悄然褪下，露出光洁莹润的身子，然后送进他焦渴的唇。他闭起眼睛细细咀嚼，酸酸甜甜顿时盈满他的味蕾。

　　张兰手中的那把小刀在他眼里不仅仅是一把削水果的小刀，还见证着他们的爱恋。刚才张兰电话里说刀子不见了，怎么会说不见就不见了呢？一丝失落滑过心头。他转身往街上走。街上有一家刀具精品店，店里有很多精致的小刀，上次的那把他就是在那里买的。那把刀有着青铜的外壳，精美的纹饰，薄如蝉翼的刀锋。那把刀古朴典雅，沉稳中锋芒毕现。他当时就喜欢上了，毫不犹豫买了下来。

　　张兰发出一声惊呼，这把刀太美了，简直无与伦比，就像无与伦比的你。

他的脸红了,他说我没有你说的那样好。张兰在他额头亲了一下说你在我心里就是无与伦比的。他没有吭声却笑了,轻轻拥住了她。

他问老板还有那样一把刀吗?就是我上次买的那种。店老板对他记忆深刻,一下子就想起来了。他说没有了。他说哦,满眼失望。老板说这把刀是一对的,一把卖给了你,一把我自己收藏了。他不好意思地挠挠头皮,那把刀我很喜欢。他顿时燃起了希望,他说可不可以让给我?我出高价。老板说看你说的,要是你真喜欢我就让给你,还是老价钱。反正我以后还有机会。那把刀真的和他以前的一模一样,同样的青铜外壳,同样的纹饰,抽出刀身刀锋同样的薄如蝉翼,沉稳中锋芒毕现。

他笑了,小心翼翼揣进口袋,他似乎看到了张兰发出一声惊呼,扑进他的怀里。

他再次拥有了这把美丽的刀子,这让他精神愉快脚步轻盈,他甚至哼起了一支曲子。他的皱纹舒展开来,他的脊背再次挺直,他又恢复了年轻。

不多久,就到了他和张兰的温馨小屋,他掏出钥匙,钥匙相互碰撞发出悦耳的声音,一如他现在的心情……很多时候他都是摁门铃的,他享受张兰迫不及待地为他开门,幸福地把他拉进家里,玉臂缠绕,紧紧地贴附在他的胸口,深深呼吸着他的气息……这一刻他同样是幸福的,他觉得自己已经柔成了一江春水。今天他要给张兰一个惊喜,自己还有那把美丽的小刀……一会儿张兰看见自己会是怎样的惊喜?一准是一声惊呼,像小鸟一样扑向自己……钥匙随着他快乐的心情轻轻转动……奇怪,钥匙居然打不开门,难道自己走错门了?也有可能,单元楼里的住房都长得差不多。他退后一步,确认没有走错门。他皱了一下眉头,伸手摁门铃,没人应。张兰没在?他的心里烦躁起来,手下不由自主地用力……外面谁啊?声音透着熟悉的慵懒,那是张兰和他缠绵时候的语调。

是我。他低沉着声音说。

门里传出急促的脚步声。他更加烦躁起来,狠狠地继续按着门铃。片刻过后,张兰的声音再次响起,你不是说今晚有手术吗?

取消了。快开门,你在里面磨磨蹭蹭干什么?他的语气有了明显的不悦。

门开了,张兰头发凌乱,脸色绯红,鼻尖上爬着一层细密的汗珠。

他没有像往常一样拥抱张兰,而是轻轻推开张兰,快速进了门,像一只猎豹在屋里巡视。餐桌上的碗碟还在,房间里窗帘拉着,床单皱皱巴巴,仿佛对他做着暧昧的鬼脸。空气里似乎飘荡着若有若无的陌生气味。他的眉头开始纠集,怎么?你这么早就睡了?嗯。我身体有点不舒服。张兰跟在他的身后小心翼翼地回答。他板过她的身子,眼睛直直地看着她,家里来客人了?她的唇霎时失色,一秒钟后又恢复了鲜艳,她说没啊。是我吃了没有收。你一定饿了吧?先洗澡,我去给你弄吃的。一会儿就好。说完踮起脚在他额头啄了一下。他明显感觉张兰的唇在颤抖。他看着她说,看来你病得不轻,身体不好就不要做了,我吃方便面得了。她说好我去煮面,你快去洗澡吧。他说好吧。他走进浴室,掩上门。他拧开水龙头开到最大,发出哗哗的声音。他感到异乎寻常地慌乱,是的,慌乱。面对鲜血和死亡镇定自若的他现在竟然控制不住,越来越慌乱。

他猛然拉开门,一个衣衫不整的男人蹿了出去,他下意识地紧追不舍。男人跑到一辆车子跟前,迅速打开车门,他一个箭步扭住了他。男人身材高大,应该是属于气度不凡的那种,可是现在却狼狈不堪面如土色。男人说你放过我。他说凭什么?男人说我们是一样的,她不是你老婆。他一个激灵,被击中软肋。是。她不是他老婆。他有什么资格?他松了手。这时张兰跑了下来,她一把抱住他,她说,你放过他,我求求你。他的手重新抓紧男人,他的脸扭曲狰狞,他说,你——求我——放过他?这几个字犹如牙缝里蹦出来,叮当有声。

张兰点头如捣蒜,满脸的泪水,满眼的惊恐。

他想起第一次看见她,她刚从手术台上醒过来,也是满脸的泪水,眼神中充满了被伤害的无助和绝望……他看着她的眼睛,心猛地疼了起来……可是现在她却在保护一个男人。他从她眼里看到了爱,对那个男人的爱。他有了挫败感,这种挫败感又引燃了另一种情绪,与其说嫉妒不如说愤怒。他说好。他放开男人。男人像一条获赦的狗,躬身往车子里钻,甚至没有看一眼为他求情的女人。他的嘴角浮出一个鄙夷而冷酷的笑意。他摸出那把漂亮的小刀,小刀在空中滑出一道优美的弧线,轻快而准确地从男人的后背刺进心脏。男人闷哼一声扑倒,手和脚做着怪异地划动,像极了一只笨拙的鸭子。他拔出小刀。暗红色的血烟花状喷射而出,涂满车顶车窗玻璃以及他的身体和他的脸。

张兰发出刺耳绝望的尖叫,他追上去,他和她几乎同时进到屋里。他把她搂进怀里,他说没事了,没事了。张兰推开他,脸因为恐惧而变形。不。你是杀人犯!你杀死了他!我要报警!说着扑到电话跟前,抓起了电话。

他扑过去再次抱住她,下巴轻轻摩挲她的头发。他说,兰,看见了吗?这把刀。和以前那把一模一样的。你说它是无与伦比的,和我一样无与伦比的。我喜欢看着你用它削苹果的样子。

可是你用它杀了人,你是魔鬼!我恨你!我恨你!

张兰像被蝎子蜇了一般,浑身痉挛,颤抖不已。

不!你是爱我的,你说过,如果我不要你了,你会去死。我告诉你,我爱你。我真的爱你!

张兰的一声声"恨你"就像一把把尖锐的刀子扎进他的心脏,他痛苦地抱紧她,狂乱地亲吻着……

你这个混蛋,你不得好死!我不爱你,早就不爱你了!你杀了我的爱人,他说要娶我,他说会爱我一辈子。

张兰像疯了一般在他怀里左冲右突拼命捶打撕咬,张兰的尖锐的指甲如刀锋一般嵌进他的肉,抓破了他的脸。

"啪……"他一个巴掌狠狠地扇在她脸上,他大吼,你醒醒吧,他根本不爱你,他在欺骗你,欺骗你,你知道吗?张兰愣住了,停止了挣扎。不再挣扎的她突然变得出奇地安静,她说就算他骗我,他会娶我,你会吗?不会。是不是?那么请你连我一起杀了吧。你杀呀!她挺起了胸脯,她的眼神冷若冰霜,她的声音恍若来自地狱冒着丝丝寒气。

张兰的突然安静让他顿时清醒过来,自己居然出手打了自己心爱的女人。他看着张兰脸上红红的掌印,身子摇晃了一下,手中的刀子无力地掉落……原来张兰一直在介意他不能给她一个家,原来自己一直是一厢情愿。张兰乘势推开了他,抢上一步,迅捷地捡起刀子,他还没有来得及做出反应,刀子已经滑过了她细嫩的脖颈。时间仿佛在这一刻凝固,她缓缓倒下,雪白的脖子上溢出艳丽的花环。她笑了,长长的睫毛瞌上眼帘。

他抱起她,放在床上。她是那样美,那样安然,脸上没有一丝恐惧和哀伤。他俯下身,虔诚地亲吻她柔润的唇,细腻的脖颈,和刀痕里汩汩流出的腥甜的血。他说等我。他拿起那把刀,或者说拿起他自己,优雅地切开左手腕静脉。他躺在她身边,搂住她,他听到血一滴一滴地流走,他的疲惫,他的愧疚连同他灵魂深处的邪恶也一点一点地离开他的身体。他感觉自己越来越轻,越来越轻,他拉住张兰的手飞了起来……

他没有死。他被警察及时救活。他被捕的消息,轰动小城。一片唏嘘惋惜之声。他是神刀,无数人因他的刀子而生。他不仅医术高超,还医德高尚。在他眼里病人的生命高于一切,他甚至为穷困的病人垫付昂贵的医药费。人们联名上诉,人们联名求情。他们说他是好医生,他救了那么多人,病人需要他。他的妻当场晕倒。

站在审判席上,他流泪了。他说,今生我最对不起的人,就是我的妻子。他说,错位的爱情是世上最锋利的刀,我可以掌控手术刀,却掌控不了爱情。

原刊于《牡丹》2010年第10期

李建荣

笔名李明诚,苏州市吴中区甪直镇人。中国作家协会会员。已出版《环保局长》《我是老师》《毕业当村官》《女推拿师》《家教》《除了你还有谁》等长篇小说。

张小民的平凡生活

1. 好事

一天上午,拥挤的上班路上,两辆电瓶车在众目睽睽之下,激情碰撞。车子横躺在地,两位骑车人衣衫不整,在一边痛苦呻吟。路人匆匆,似乎大家都很忙,无暇顾及眼前的这起车祸,对摔倒在地的两人,冷漠地扫一眼,便从他们身旁急急经过。步行的人,也许没什么要紧事,渐渐有人上前围观,但没人报警,也没人扶伤者起来。

张小民骑自行车路过那儿,从围观人群的缝隙,瞥到地上形迹狼狈的车与人,不用说,这是发生了车祸。他二话不说,把自行车往路边一停,挤进去观察情况。那两人看样子摔得不轻,一个劲地哼哼,地上还有殷红的血迹。张小民拦了辆车,把两名伤者扶到车上。

围观的有人议论,刚才救人的那个,可能跟发生车祸的两人认识,或者还跟其中某人是亲戚,不然不会这么积极。

车上,张小民报了警,还给他们家人分别打了电话。其实两人不是不能动弹,打个电话完全办得到,但此刻仿佛要比赛谁伤得重,都做出痛苦不堪的样子。

到了医院急诊室，张小民俨然成了两位伤者的家属，跑前跑后，帮他们办理了相关手续，垫付了拍片的几百块钱。医生说，看两人的伤情，需要住院，每人预交三千块住院费。张小民说，我不认识他们，只是过路的，住院费等他们家属来了再交。医生疑惑地看了张小民一眼，似信非信。

伤者的家属一窝蜂赶来了，叽叽喳喳围着受伤者问长问短。两家人为了行车路线和谁碰撞谁，争得面红耳赤，谁也没多看张小民一眼，更没人向他表示感谢。内中有人问，报警了吗？一名伤者"嗯"了一声。那人说，既然报警了，那就听交警怎么定吧。也有人说，发生车祸时交警不在现场，不了解真实情况，划分责任不一定公正。有人立即反驳说，现在路上到处有监控，又在上班的时候，还怕没有目击者？

张小民站在急诊室门口，觉得无趣，只等他们还钱就立刻走人。然而，两家人把注意力集中在伤者身上，压根没提垫付检查费的事。

急诊室内有人惊叫起来："小弟，你手上的戒指呢？"那个叫小弟的，是其中一个伤者，他听到家人提醒，抬手一看，原先戴在食指上粗大的金戒指不见了！这可是他的订婚戒指！一家人慌张起来，找遍病房的每个角落，不见金戒指的踪影。有人提议，让小弟回忆车祸发生的经过，有哪些人接触过他的手？

小弟若有所思：谁接触过我的手？医生？他们不会那么做！还有谁？他下意识地看了看站在门口探头探脑的张小民，用手一指说："是他扶我起来的，一路送我到医院的也是他……"话虽这么说，却没有感激的神态。

众人怀疑的目光，箭一样向张小民投射过来。张小民浑身不自在，涨红着脸说："你们怀疑我？我怎么可能拿他的戒指？我看都没看到，我没拿！"众人没有理会他的辩护，反而觉得他心里有鬼，要不他紧张干什么？自从南京扶老人被讹事件发生后，社会上还有活雷锋吗？有人掏出手机说要报警。

张小民光火了，气愤地说："你们不相信我是吧？我要是小偷，我会留在这儿等你们来？我要是小偷，我会把他们送到医院来？我要是小偷，我会……"他本来想说"我会垫付几百块医药费"，想想却刹了车，没说出来。哼，别让他们小瞧了，以为我留在这儿是向他们讨还垫付的拍片费，要知道，我救人在乎的不是钱，而是一声感谢，甚至不是一声感谢，而是做人最起码的一点礼貌。

大家听他这么一说，觉得也有道理，如果他是小偷，恐怕早溜了，不会这么傻。小弟的家属悄悄说："就算他拿了戒指，他也发不了财，咱们重新买一只好了。"旁边有人说："是啊，看在他送你来医院的份上，算了吧，别计较了。"仿佛张小民做了错事，他们宽宏大量，对张小民格外开恩。

张小民看这些人没有还钱的意思，不禁苦笑了下。好吧，算了，就当我不小心丢了几百块。他没向他们打招呼，转身离开。刚走几步，他隐约听到病房里有人说："偷了戒指还想充好人，这种人我见多了！"

张小民步行回到事故现场，心凉了半截。自己的自行车不见了。

2. 中奖

张小民收入不高，喜欢每期买上十元钱的彩票，一则玩一玩，给生活增加点盼头；二则搏一搏，说不定会时来运转，中个什么大奖。张小民买彩票没有研究，自己家的电话号码是雷打不动的投注号，别的数字随手写的。反正花费不多，中不中都不伤元气。坚持买了两年彩票，中过两次五百元和几次五元、十元的零星小奖，大多数献了爱心。

这天夜里十点多，张小民正在看电视，忽然一阵电话铃爆响。张小民抓起话筒，里面有人问："你家的电话是5018932吗？""是。""那你买彩票吗？""买啊，干嘛不买？""今晚开奖的这一期你买了吗？""没买，怎么啦？""为什么没买？""期期买，就这期忘了。""哦，太可惜了！"张小民感觉这个电话神秘兮兮，正想问他是谁，打电话来是什么意思，可连着喂了几下，发现那边已经挂了。

张小民回到沙发上，还没把屁股坐热，电话铃声又响了。"喂，你找谁？""我找的就是你，好你个张小民，恭喜你发大财了！""发大财？我怎么不知道？""你小子别装蒜，谁不知道你爱买彩票，这回你发了，鸿运高照，财神降临了！我们也要跟着沾点光啊！""别啰唆，你说的什么意思，我怎么越听越糊涂？""你是真不知道还是假不知道？你家的电话号码这回中了大奖，我刚看的电视开奖实况，5018932，特等奖号码，五百万啊！这回你小子得借点钱来用了。""啊？真有这回事？"张小民差点晕过去——这期的彩票，自己刚好没有买！

张小民刚放下电话,"叮铃铃……"电话又连珠炮似的吵闹起来。张小民想不接,可那铃声特别有耐心,一个劲地响个不停。张小民拿起来一听,果然又是来祝贺自己中大奖的。明明自己没中,说来说去人家就是不相信。这个晚上,张小民一共接了二十八个电话,根本没法睡。

第二天,张小民下班回家,隔壁的陆阿姨告诉他,他家的电话响了一天,从没间歇过,发生什么事了?张小民双手一摊:"什么也没发生,可能是人家打错了。"这些天,认识不认识的都来电话,张小民不堪其烦,临睡前,不得不把电话线从话机上拔下来。张小民去过电信局反映,电信局也说没办法,除非停机。街上传言装有那个幸运号码的机主中了大奖,已经离开了这个小镇,到深山老林隐居去了。有知道张小民家号码的,到他家探听虚实,发现张小民的家门上贴了一张纸条:"我没中奖,请勿骚扰!"人们不相信张小民的"鬼话",说他是"此地无银三百两"。

张小民没有离开家乡,只是停了电话,换了地方住,想清静一下。张小民时常发愣:自己没中奖都饱受折磨,那真中奖了,会是什么情况,无法想象。他还是穿着那身不新不旧的西装,生活在我们身边,只是最近很少看到他了。

3. 开锁

张小民对门的人家,男的姓吴,是环保部门的干部,女的姓金,是名中学老师。隔三岔五地,半夜里会听到外面砰砰的敲门声。张小民开门一看,原来是老吴喝醉了酒,用他家的钥匙开张小民家的大门,自然是打不开了。金老师闻讯出来，一边拉老吴进门，一边嗔道："叫你少喝点，你又喝那么多，喝醉了会出事！"老吴嘟嘟囔囔地说："人家老板请客，我能不去么？我去了，人家才放心嘛。"金老师似乎怕张小民听见什么隐私，赶紧把大门关严实。

张小民并非不谙世面，他知道环保部门衙门不大，但现在每个单位开工建设或扩大生产，必须先经过环评，有的还要取得排污许可证，不打通环保部门的关节，后面的程序不便进展。老吴在环保部门当领导，眼下反腐之风刮得正盛，收受贿赂他是不敢了，但各单位的老板请他吃饭、桑拿、打麻将，他盛情难却，下班后也就忙于应酬，喝得醉醺醺回家，成了家常便饭。

一天晚上，老吴又喝醉了酒，酒店请的代驾把他送回家。老吴掏遍身上，钥匙找不到了。他想不起来丢在哪儿，还是压根儿没带在身上。正好那天金老师回娘家了，她弟弟买了辆新车，家里请酒。老吴不知道金老师不在家，把门擂得山鼓响，把张小民吵醒了。

张小民准备出去看看，他老婆劝道："你少管闲事。"张小民说："隔壁乡邻的，有事照应一下，怎么叫管闲事呢？"

张小民开门一看，老吴跪在地上，双手拍打着大门。张小民说："老吴，您这是怎么啦？"老吴说："钥匙找不到了，我进不去。"张小民说："夜里外面挺凉的，要不你进我家坐坐。"老吴摇摇头："这不就是我家吗？我进你家干吗？"张小民见他不领情，看他醉意朦胧，怕他有个闪失，要是睡着了或摔一跤，结果可不好。

张小民想了想，说："老吴，要不要我帮你把门开开？""没钥匙你能开门？"老吴酒醒了一半，半信半疑地说："那你试试，别把门搞坏。"老吴从地上爬起,站在一边。

张小民原先在机械厂干过钳工,开锁是小菜一碟,只是轻易不显露身手。当然也没机会露一手。他不干坏事,现在的居民又是各过各,住一幢楼不知道邻居姓甚名谁的多的是。

张小民从自己家取来一根细钢丝,一手往老吴家大门的锁眼里鼓捣,一手握住门把。半分钟不到,只听微微一声"叭",那门竟然开了!张小民得意地冲老吴一笑:"请进吧!""好好,不错不错!"老吴人影一闪,进了屋,迅即把门关上了。

第二天一早,张小民听到门外乒乓作响,开门一看,原来,老吴家在换防盗门。旧大门已被装门师傅拆下,新的正要安装。

张小民本想提醒他们,不用换整扇门,换个锁芯就行了。转念一想,人家是防我,我还是识相点,少管闲事吧。

原刊于《文涛拍岸——新原创文集》东北师范大学出版社

魏紫千

苏州人，江苏省作家协会会员。1993年开始创作。17岁出版短篇小说集《未名花》，1998年出版长篇小说《窗间梦》《如我心》，1999年出版散文集《诗意生活》，从事过电视台记者、编辑工作，目前为《姑苏晚报》专栏撰稿。

佟月的钥匙

佟月供职的那家会计事务所下午停电半天,所以今天回家比往常要早了一小时。远远的,她看到小区物业管理的工作人员正在单元楼梯前的公用铁门上张贴纸条。

佟月不由得收住脚,她避开他们的视线,转身很快地往小区大门口走。

一个月之前小区门口就贴出布告,说最近小区陆续有盗窃事件发生,出于安全考虑,单元楼梯下的公用铁门要统一换成电子防盗门,请各家各户去交费,费用收齐了才能装新门和新锁。

佟月住在那栋楼的东单元,由于费用还未收齐,所以成了该小区唯一没能装上新型防盗门的单元楼。因为这件事,物业管理的人员已经上门向佟月催讨多次,甚至一楼的邻居在楼道里遇到她时已经小有牢骚。

佟月尽量放轻脚步,但还是感觉到高跟皮鞋踩在地面的声音正引来路人的注意。

她悄悄抬起头看四周,前面传达室门口那个穿制服的保安很投入地在逗引一位妇女手里抱着的孩子,有位白发苍苍的老太牵着一只愁眉苦脸的贵宾犬正迎面走来。除此之外,路上更多的是来去匆匆的电瓶车和鸣着喇叭的汽车，没人留意谁。

佟月走得很快，随着皮鞋叩击地面的声响，她还听到皮包里的钥匙串发出窸窸窣窣的碰撞声，像是乐队演出时的沙锤和声。

这串钥匙一共有两套，每套三把，一把用作打开楼底下单元公用门，一把用作打开家里的大门，另一把是不常用的自行车库钥匙。

这时佟月的手机响了。来电话的是她的弟弟。

姐，梅梅你见过的吧。

佟月记得上次回娘家吃饭见到弟弟带回一个戴着空框眼镜的姑娘，好像就叫梅梅。

弟弟开始对着手机话筒撒娇，亲爱的姐，我现在有女朋友了，你家客房空着的吧，能不能把宋亮用的那串钥匙给我？

佟月原地站定，停顿一下说，宋亮的钥匙不在我这里，他没有还给我。

那你快去向他讨回来啊！

弟弟提高了音量。

不，佟月紧紧攥着手机轻声作答，我不想去讨。

姐，你该不会是还想着他会回来吧？

听筒里传来弟弟急促的声音，悻悻然又捎着挖苦。

听到弟弟还在说着什么，她揿掉了通话键。然而，听筒里似乎还在嗡嗡响着，会回来吧？会回来吧？……

弟弟过于年轻，也过于聪明，聪明得直接戳中了佟月的心思。佟月懒得向弟弟解释什么，显然，弟弟并不是一个合适的倾吐对象。或许，对于这暗暗所怀的心思来说，谁都不是合适的倾吐对象。

就在两个月前，佟月和宋亮签下正式的离婚协议。事情历时太长，中间的经过太多，拖到那一刻，佟月像被施打了麻药，已经感觉不到疼痛。

按照协议，房子归佟月所有，宋亮应该主动交还手里的钥匙，但是他没有。

宋亮没有主动交还钥匙。这成了佟月心底的谜。不可否认，她的心里总是隐藏着一个关于宋亮回家的梦想。或许有一天，宋亮还会再次使用他的钥匙，像以前每个下班回家的黄昏一样，把鞋子甩在鞋柜外面，把公务员的制服脱下来扔到客厅的沙发上。

当然，佟月也曾不情愿地揣测，或许宋亮仅仅是忘了钥匙这件事，都说男人通常会忽略某些细节。早在新婚的时候，宋亮就曾经粗心地把钥匙锁在了房间里，后来还得借由邻居家的阳台爬窗而入。那惊险悬空的过程曾让佟月紧张得捏出一手心的汗，当宋亮平安地打开房门时，向来矜持的佟月流着泪上前将他紧紧环抱。在佟月的头脑里，这些遥远的回忆都色彩鲜明，生香活色，反而在近期分道扬镳的时刻，许多场面却成了模糊影像，两人相对无言的冷场，以及转身之间陌生的回望，佟月都很少记起。

不管怎样，在关于钥匙的谜底揭晓之前，她愿意沦陷在这段美好的悬案里。然而小区物业突然做出更换公用门的决定让最后一丝微光变得愈加稀薄。有那么一瞬间，她仿佛已经看到宋亮心灰意冷地站在新型电子门前，手里握着那套旧钥匙。

佟月找出诸多借口不去交费，以便让这扇防盗门的更新变得遥遥无期。

当然，佟月并不是这个单元里唯一没有交费的业主。她楼下有一户老夫妻，这段时间正在国外女儿家里度假，他们无意间成了佟月延时交费的同盟。佟月暗自感念这对老夫妻，祈祷他们在国外住得愉快，乐不思蜀。

她有些累，背靠旁边的路灯柱子休息。西斜的太阳变成一只熟透了的大红柿子，缓慢地降落在马路对面的高层楼房之间。

弟弟偏又追来短信，宋亮有什么好？他问。

这和好不好没有关系。她回。

那和什么有关系？弟弟问得执着。

佟月收起电话，直接关掉了电源。弟弟提了一个她无法给出答案的问题。这问题，她也曾问过自己许多遍。也许在内心的某处地方，她比弟弟还要鄙视自己。可是她拿自己没有办法。

天完全黑下来的时候，佟月也踱回了自家楼下。谁家的窗口飘出爆炒洋葱的香味，瞬间激活了她的胃。伴着这洋葱香的还有铲子和铁锅的"嚓嚓"声，她下意识地抬头搜寻香味的来源，蓦地，她看到二楼的窗口亮着灯，这灯光如一道闪电似的击中了佟月，她仰着脖子呆立在原地。

佟月住三楼，二楼正是那对去了国外的老夫妇。他们回来了。这么快就回来了。

有冷风袭来，她的鼻子逐渐泛酸。

她生出一腔怨恨，也明知道这是没道理的。

经过二楼的时候，银发的女主人却开门出来和她客气地打招呼。并且，硬要送她一瓶澳洲绵羊油。

佟月无法回应相同的热情，只是强迫自己说着感谢的话，心里却委屈地在哭。

老太太在佟月上楼的时候，又嘀咕了一句：听说新的防盗门要用密码开门，我跟物业讲，我们老了记不住密码，不赞成用新门。

佟月听到这话，简直有些喜出望外。她返身借着手里的绵羊油，感激又郑重地再三道谢。二楼的邻居再次成了她拒交新门费用的同盟。

佟月在自家门前掏钥匙。楼道的灯暗得仅能看清模糊的轮廓。钥匙插进锁心的一刻，佟月感到有些费力，再使劲，却将钥匙的半截卡在了锁心。

锁被人撬过了！佟月脑子里跳出这个念头，又立刻对应起物业张贴的关于最近有小偷出没的告示。

她疲惫地将一侧的脸重重地抵在门上，贴着钢铁板材的冰冷气息，佟月缓缓地蹲下身去。

直到派出所的民警带着专业的锁匠赶来，佟月才恍恍惚惚从地上站起身。

锁匠告诉她，小偷别断了半截铁片在锁孔，所以佟月的钥匙才会插不进去，并且也卡住一半在锁眼里。

要换锁吗？她突然变得清醒起来，攥紧了一颗心。

一把新锁再加个人工费，一共三百。锁匠打开了随身的工具箱。

我不要新锁！我要保留原来的锁心！可以吗？佟月说着用身体挡住了门锁。

锁匠错愕地看着她，半晌才为难地表示，从技术上来说这个要求可以做到，但是这需要时间，而且这个成本比换一扇门还贵咧。

贵就贵，没关系！佟月转瞬破涕为笑。

尽管从逻辑推理上说，小偷并没有破门而入，但派出所民警仍在例行公事问佟月有没有丢失什么？

佟月环顾室内，所有的家具都是老样子摆着，客厅的红木八仙桌上留着早晨未吃完的半个菜肉包。

佟月喃喃低语，丢了……

民警惊问，什么？

佟月回过神来说没什么。

等到一切收拾停当，已经深夜了。佟月把剩下的菜肉包子放进微波炉里重新加热。她已经很久没有煮饭了。自从宋亮搬出去之后，她对厨房的热情降到冰点。

自家的锁是保住了，但楼下的老夫妇却因为这桩未遂的盗窃案而终于动摇了抵制新型公用门的决心。老太太甚至还跑上楼来和佟月交换电话号码，并且再三叮嘱佟月以后楼上楼下要互相照应。末了，还若有所思地拖上一句，"现在你一个人过日子不容易，更要当心。"

等老太太一下楼，佟月立即把她写着电话号码的纸条揉成一团扔进废纸篓里。

这次她没有想哭，她准备勇敢起来去迎接孤军奋战的日子。从那时起，她每天都在物管工作人员下班以后才回到家里。而对于旧公用铁门上贴满的各式通知告示，她一律视若无睹。甚至当楼道里狭路相逢的邻居向她投来不友好的眼神时，佟月都不再低头回避，她已经不在乎当一个厚脸皮的女人。

直到半个月之后，佟月正在单位里参加一个工作会议，楼下老太太给她打来了电话。

听筒里传来老太太十万火急的声音，小佟，你快回家来看看吧，小宋回来了！

真的吗？这一刻，佟月听到了自己心脏的跳动声，而楼下老太向来啰唆苍老的声音此刻已然成了福音。佟月忽地从座位上站起来，全然不顾领导愠怒的注视，快步离开了会议室。

她坐了出租车往家赶，一路上她浑身抑制不住地颤抖着，她只得紧紧环抱着随身的皮包，借此保持身体表面的平静。每一盏等待的红灯和每一处拥堵的路段都令她又是跺脚又是叹气，终于，出租车司机顶着满头大汗在她不停的催促中如释重负地驶达目的地。

车还没完全停妥当，佟月已经推开车门，她塞给司机一张整钱，连找零都省了，直接飞奔上楼，经过二楼时，她看到女主人开门出来，但她已经顾不上礼貌，更听不清招呼，径直往家赶。

果然，家门的锁孔上插着一串钥匙还没有拔下来，钥匙环上还晃着一只塑料的红色小马，宋亮属马，这是佟月在某个好日子里系上去的。

佟月拢了拢额前的头发，做了个短暂的深呼吸，小心地转动钥匙，她轻轻推开门，可是屋子里静悄悄的。鞋柜外面没有宋亮的鞋子，沙发上也没有宋亮的外套。

佟月跑进书房里，跑进卧室里，跑到阳台上，连卫生间和厨房也寻了一遍，都没有人影。如果不是地板上留着许多灰色脚印，佟月甚至怀疑这屋子里是否有人来过。

突然她的目光停留在餐厅的地面，半晌，她掩面尖叫起来。

餐厅的红木八仙桌不见了！地板上腾出来的那块方正的空面，像是人脑袋上秃了发的头皮，让出一片令人尴尬和疼痛的留白。

佟月整个人贴在身后墙上，她也听到了刚才那一声嘶哑凄绝的尖叫，但那可怖的声音仿佛来自另一个女人，与她无关。

沉默中，佟月的手机响起了短信的提醒音，她颤着手在提包里艰难地摸索，只摸到一袋纸巾、一个钱包以及自己的另一串钥匙。她把提包倒过来，包里的东西呼啦一下散落在地上。她半跪着，终于从中拣出手机。消息来自宋亮，只有简短的一句：这八仙桌是我爸收藏多年的古董，现在我们分开了，应该还给我爸。

手机屏的亮光很快熄灭，佟月的眼前归于一方冷寂的黑。

原刊于《雨花》2015年第7期

汤 雄

中国作家协会会员,国家一级作家。1978年开始业余文学创作,出版有少儿短篇小说集《考卷泄密事件》、中篇少年小说集《泪洒早晨》、长篇少年小说《CS反恐少年》,学生教辅论文集《作文灵感捕捉法》,散文集《天堂风情》等24部作品。

越狱犯

电视台播放新闻的时候,忽然,老婆在外间像杀呛猪似的急叫了起来:"老头子,快来,快来看呀!"

老头正忙着把白天收来的废品分门别类捆扎起来,听见老婆叫就一边很不耐烦地问着"啥事情大惊小怪的",一边磨磨蹭蹭地从里屋踱出来。但已迟了一步,新闻刚好播过,现在出现的是一则汽车广告,一辆款式新颖的轿车呼啸而过。

"叫你快点快点,看,都放过了!"老婆不无遗憾地直跺双脚。

"啥猢狲出把戏呀?"

"赵五,刚才赵五出来了。"

"赵五?"老头一怔,"赵五不是在吃官司吗?"

"他逃出来了,现在警察正要追他呢!"

"逃出来了?"老头疑惑地看看老婆,"你会不会看花了老眼?"

"他就是烧成灰,我也认得出他!"

"真的?"

"还有说新闻的也明明白白地说着赵五赵五的,我听得清清楚楚的。"

"真的？"老头仍一脸疑惑。

"我吃饱了没事做，和你编瞎话、寻开心？"老婆仍后悔不迭地喋喋不休，"叫你快点快点，你就像大姑娘上轿，一步三回头。这不……"

"你急个什么呀？反正晚间新闻等会儿还要重播的。是真是假，到时候再一起看个究竟嘛！"

老婆即恍然大悟："对对，等会儿重播时，你再看！"

说完，老婆开大电视音量，老头也干脆不去打理那些破烂了。老夫妻俩就坐在外间那只捡来的破沙发上，瞪大双眼，耐着性子等着重播晚间新闻了。

赵五是老夫妻俩在走街串巷收破烂时认识的。那天黄昏，老夫妻俩刚骑着堆了满满一车旧报纸废纸板的三轮收工回家，盯屁股就跟进了这个赵五。一进门，就问老头说，废金属收不收？老头知道生意来了，就连忙说收的收的，什么都收的。于是，双方大约谈了个收购价后，赵五就折身从后面的助动车上搬下一个长长的蛇皮袋，重重地扔到老头面前，让老头过磅。

老头拆开蛇皮袋一看，心里直嘀咕，因为蛇皮袋里装的是几十根巴掌宽、一指厚、一端尖尖的铁皮板。老头有经验，一看，就知道这是从哪个有钱人家的护栅栏上拆下来的。因为这些铁栅栏板上喷着的绿颜色，还新鲜着呢。老头就有点不敢收，只怕是赃物，就认真地把面前的赵五打量了一番。

说实话，面前的赵五，并不像小偷强盗，虽说长得人高马大，但面孔和善，一点也没有小偷强盗所有的那种贼溜相与凶杀气。特别是当时他还穿着一套黄绿颜色相间的迷彩服，乍一看，还真像一个特警呢。所以，老头略一思忖后，就收下了这捆废铁片。那赵五不知是年轻没经验，还是天生一副大大咧咧的秉性，反正，老头在过磅时，他就笑眯眯地站在那里，不像其他人那样，脱空了两眼盯着磅秤锱铢必较；老头把钱给他时，他数也不数，就一把接过塞在了口袋里，临走时居然还对老头老婆说了声"谢谢"。

就这样，赵五给老头老婆俩留下了一个不错的印象。

就此开始,赵五就成了老头老婆的供应商,隔三岔五,给老头老婆送来一些不知从哪儿搞来的废铜烂铁。

一年半载下来,老头老婆与赵五不但成了生意上的友好合作伙伴,还成了好朋友。闲聊中,老头老婆得知赵五结过婚,在乡下家里,有个几岁的儿子,还有一双与他们年纪差不多大小的老父母。而且他确实当过兵,还是特种兵,只因为没钱,所以没爬上去,只当了两年兵,就复员了。复员后,就一个人来到这县级市,到处找工作,而且几乎什么工作都干过了,又不知什么原因,都没干长,最后就也干上了收破烂这个营生……

老头老婆之所以能与赵五谈得来,还有一个原因,那就是他俩也曾有一个假如活着也与赵五同龄的儿子。令他们后来一提起就肝肠寸断的是,他们的儿子那年得了一场要命的白血病,因为没钱治,早早地离开了他们。所以他们见到赵五,就很自然地联想到了自己那个苦命的儿子,就与赵五有了一层格外的亲近感。

去年底,赵五找到老头老婆,红着眼圈憋闷了半天,忽地提出要向老头老婆借五万元钱。原来他的儿子得了白血病,急需用钱换命。一听这话,老头老婆就立即想到了自己那个因病无钱治疗而永远地离开了他们的儿子,就立即同病相怜,心酸得双双老泪婆娑了。这几年,老头老婆苦打苦熬地积攒下了一些钱,所以,老头老婆连商量一下都没有,就马上从屋旮旯儿的那个墙洞里掏出了他们所有的积攒。遗憾的是,他俩的全部家当只有四万多一点,凑不满赵五要的那个数目,就只好去掉零头,把四万元整借给了赵五。赵五接过钱,当即就向他俩跪下了,还一笔一画地写了张借条。

然而,老头老婆做梦也没有想到,至多事隔半月,赵五就出事了,他居然在抢劫停泊在路边的一辆豪华轿车时,把车中的一对男女都杀了!警方出警及时,把赵五捉拿归案。当时,电视、报纸都发表了这条震惊全城的新闻。

赵五事发时,老婆首先想到的是他们的四万元,而老头想到的却是那对男女该杀不该杀。报纸上说,那男的是一个大官,那女的是他的姘头。当时,他俩正在车中做那男女苟合的事。赵五还以为车内没人,撬开车门后,就被他俩发现了。为了车内的钱财,赵五就一不做,二不休,干脆把急着要报警的他俩都杀了。没想到别墅前装的监控,把他作案的一幕全部记录了下来。就这样,赵五就稀里糊涂地落入了法网。

老头与老婆都清楚,杀人是要抵命的,何况赵五一下子就杀了两个人。他这回的死罪是敲钉弯脚的。赵五死定了,那他们借给赵五的四万元,这辈子也别指望他会归还了。这笔钱,可是老头老婆俩起早摸黑、栉风沐雨、走街串巷、一分一角地挣来的呀!他俩还指望着用它以防不测与安度晚年呢!为此,老婆又冤又肉痛,哭了好几天。老头嘴上不说,心里自也不舍得。要不是老头后来说出了"譬如当我生了一场大病用掉的"的急话,老婆还不知要到什么时候才想开呢。

闲话就不多说了。只说老头听说电视新闻上有赵五越狱的新闻后,就再也没心思鼓捣那些破烂了,就一本正经地坐在老婆旁边,拎空了双眼直往电视荧屏上扎。经过漫长而又焦急的等待后,老头与老婆终于等到了这一幕,晚间新闻重播时,荧屏上不但当真出现了赵五的人头像,还伴随着主持人的声音,"嗒嗒嗒"地打出了一份通缉令。大体意思是:赵五,男,1985年出生,操××口音;2010年×月×日,越狱潜逃……发现举报者,奖励人民币一万元;活捉者,奖励人民币五万元……

老婆见了,又吭哧吭哧地呜咽了起来。老头知道,她又触景生情,想起了那冤哉枉也的四万元。老头就转移大方向,做出一副高深莫测的姿态分析道,"这小子本事大着呢,在部队时得过什么五项全能的,几十层楼,一眨眼睛就爬上去了。被他逃出监牢,不奇怪……"

"可他还欠我们四万元钞票呢!"

"又来了,四万四万,你一天到晚就是想着那四万元。"

"怎么不想?这是我们一年到头的血汗钱呀!"

"那你去向人家要呀,真是的!"老头终于不耐烦了,气呼呼地站起身,又折向里屋打理那批破烂去了。

老婆被老头呛得两眼翻白,更加委屈了,哭泣的声音更大了,时间也更持久了。

老头被老婆哭得心烦,正要再出去抢白几句,忽听老婆突然不哭了,紧接着是一只碗掉在地下摔碎的声音。老头闻声,起身走到外间看个究竟,只一看,也愣住了——

但见外屋里,木桩子似的站着一个人,不是别人,正是他们刚在电视中见到的赵五!

一时间,小屋里静得连根针掉地上的声音也听得见。

"大伯大妈,你们不认识我了?"还是赵五打破了沉闷,一边笑着问道,一边随手紧紧关上了屋门。

"你、你怎么、怎么现在、现在……"紧张或突兀,使老头一时语无伦次,不知说什么好。老婆更是吓得脸色都白了,浑身像筛糠似的,直愣愣地盯着面前的不速之客,连话都说不出来了。

"我越狱了。逃出来了。"赵五依然无事人一般地轻声笑着,一边自搬凳子自落座,在桌子边坐了下来,"怎么?刚才你们没看新闻?"

这时,老头已镇静了下来,他一边点点头,顺势坐在了赵五的面前,一边示意老婆为赵五沏茶倒水,话语也利索了不少:"你好胆大,满世界正在抓你呢,你还敢到这里来?"

"我逃出来,就是专门来看望你们的。"赵五搔搔头,实话实说道,"因为我还欠着你们两老四万大洋呢!"

"小伙子呀,你怎么会去杀人的呀?你这一来,可就坑苦了我俩啦。"老婆一边呜咽着,一边端上了一碗热气腾腾的茶水。

"啰唆！"老头立即挺大男子似的一声喝，制止了老婆的话头，然后坏笑着问赵五，"看来，你今天是来还钱的？"

赵五苦笑着摇摇头，又点点头，但半天了，就是没有分文往外掏。

"你饿了吧？"老头知道一个从监狱里逃出来的人，是拿不出分文来的，就无奈地叹口气，不无关心地问道。

赵五点点头："逃出来也有几天了，粒米未沾，确实早饿了呢。"

"那就吃点吧。"老头掀开桌上遮着的报纸，亮出里面几碗残菜剩羹。

赵五果真饿坏了，先狼吞虎咽地扒下了一碗剩饭，然后像忽然想起了什么似的，环顾着左右站立的老头老婆问道："大伯大妈，你们不吃点？"

"我们早都吃过了。"

"再吃点吧。看，这里还有酒呢。"说着，赵五从桌上拿起一瓶加饭酒，往一只碗里斟了半碗，双手端着恭恭敬敬地送到老头面前，"大伯，我敬您一杯。"

"唉！"老头苦笑着摇摇头，把碗推到赵五的面前，"还是你喝吧。吃饱了，喝足了，就……"

"我这有。你这酒，我喝不惯。"赵五打断了老头的话头，然后像变戏法似的从胸前掏出一瓶白酒，咬掉瓶盖，握着就往老头面前的酒碗上一碰，"大伯，来，干杯！"话音刚落，他就把瓶嘴塞在嘴中，大大地喝了一口。

趁这当儿，老头看得分明，这是一瓶53度的高粱！老头苦笑笑，只得端起碗，象征性地抿了一口。于是，一老一少，竟杯来碗往，你一口我一口地喝上了。

一边的老婆见了，看看这个，望望那个，又急又慌，双手直往围裙上擦，不知怎么才好。好一会儿，她蓦地想起了什么，拾起了刚才老头没说完的那句话残头："小赵，你吃饱了，喝好了，就赶快走人吧……"

"大妈大伯，你们放心，我不会害你们的。"赵五又猛地灌了一大口，咧了咧嘴道,"我吃饱了,喝好了,肯定要走的。我知道的,窝藏在逃犯,是犯法的,要拖累你们连坐的……"

老婆本来还不懂,现在被赵五这么一说,刚缓过颜色的脸又吓得变白了。老头懂的,但他起先不想把实情告诉老婆,怕吓着了她。想不到赵五却先说了出来,还是吓着了老婆。所以,他不无嗔怪地瞪了赵五一眼,赌气似的往碗里倒了半碗加饭酒,端起,对着赵五一伸:"干杯!"

"干杯!"赵五见状,兴致更高了,抓起酒瓶,直直插进嘴中,"咕咚咕咚"就是几大口,眼看着大半瓶53度就下去了。直看得老头老婆面面相觑,两眼定定发愣。

"五万?嘀嘀,想不到我临死,还值这么多钱呢!"赵五显然喝多了,舌头也肿了,话也没遮拦了,"大伯大妈,我还欠你们四万元呢!你们就不想挣这五万元?我赵五决不会怪罪你们的……"

"小赵,你喝多了是吧?"老头被赵五一句点中心事,不由像被人当场抓住的小偷似的,慌得连老脸都挣红了。说实话,从赵五刚进屋那一刻起,他就想到了这个问题。可是,他明白,这仅是幻想!光凭自己这把老骨头,别说一个了,就是十个八个,也决不是人家特种兵的对手!

"举报,就一万;抓住,可得五万呢!嘀嘀!"赵五似在提醒老头老婆,又像在自言自语,脸上啼笑皆非,两眼中布满了红红的血丝。说着,又要举起酒瓶往嘴边送。

眼见赵五醉了,老婆连忙心疼地上前阻止:"孩子,不能喝了,再喝,你就醉了。"

"谢谢大妈。"赵五神思恍惚,眼中一片晶莹,"你们的救命钱,你们的大恩大德,我赵五就是到了阎王那边,也永远不会忘记的。"说着就激动了起来,不顾老婆的劝阻,执着把瓶中最后一小半酒,全部倒在了嘴巴里。然后一松手,头一沉,就趴在了桌子上。

夜深了，赵五终于醉了，醉得不省人事了。他整个上半身趴在桌子上，耳听着就鼾声如雷似的，一阵响一阵了。这时，隐埋在老头心底的那个念头，再度被唤醒了。他死死地盯着眼前的赵五，一根接一根大口大口地抽着烟，劣质的烟味呛得一边的老婆连连咳嗽。

大概在连抽了三支烟以后，老头才猛地一摔烟蒂，站了起来，然后从口袋里摸出了手机。这时，一边的老婆见状，总算明白过来了，她惊喜而又惶恐地望着老头，用眼睛问：报警吗？

老头痛苦地点点头。然后用充满怜爱的目光注视着趴在桌上的赵五，一步一回头地走到了屋子外……

不一会儿，几个全副武装的刑警悄无声息地出现在老头与老婆的出租屋里，轻而易举地把一副锃亮的手铐，套上了仍然趴在桌上呼呼大睡的赵五的双手腕上。

这时，奇怪的事情发生了，但见手铐刚"咔嚓"一声上锁，赵五就醒了，他不但一点也不见挣扎，甚至还似乎冲着面前的警察龇着牙齿笑了笑。

"跟我们走吧！"为首的警察威严地喝令道。

赵五顺从地站了起来，转身跟着人家就走。

临出门时，赵五又蓦地站住了。他转过身，向着身后呆如木鸡般地站着的老头与老婆点了点头，脸上露出了意味深长的微笑。

直笑得老头与老婆羞愧满面，手脚都不知往哪里放。

……

警察们都带着赵五走了好一会儿了，老头与老婆还像一对泥塑木雕似的坐在那里，面面相觑，久久无语。忽然，老头像被人抽了一鞭子，蓦地惊醒了，一把抓起那只高粱酒瓶，凑到鼻前闻了闻，又把瓶嘴直直地插在嘴里吮了吮。然而，只一闻一吮，他便什么都明白了，顿时，两汪混浊的老泪夺眶而出。

一边的老婆见了，不知又发生了什么事，急忙问道："你怎么了？"

老头终于呜咽出了声:"他这是专门越狱,存心来还钱的呀……"

"存心?"老婆悟出了什么,接过酒瓶,也学着老头的样,把瓶嘴直直地插到嘴巴里,吧唧了几下。终于,老婆也什么都明白了,两汪老泪也盈出了眼眶,"天,原来,都是白开水呀……"

原刊于《雨花》2012年第5期

金 泓

1980年生于苏州,中国散文家协会会员,江苏省作家协会会员,出版有个人散文集《梦里依稀小巷深》。

窗边的思念

"爸,你就出山一回吧,否则,我怎么买房子啊?"丁大厨的儿子丁盛带着哭腔说。

"老丁,不是我说你,你就是七石缸——门里大,只会在家里烧烧菜,上个电视节目有这么难吗?我跟你说,咱们家那点存款,离买新房还悬空八只脚呢!"丁大厨的老婆梅阿姨叹着气说。

丁大厨看了看他俩,又环视了四周,摇了摇头,从口袋里掏出一包皱巴巴的"红双喜"香烟,抽出一根,点燃了,深吸了一口,然后依旧是沉默。

丁大厨不是不知道家里的困难。儿子丁盛三十出头了,仍然单身。按说他长相身材也不逊色,目前在一家外资企业当技术人员,收入也尚可。可就是找不到合适的对象。后来有亲戚提醒丁盛,他家缺一套婚房!丁大厨一家三口始终蜗居在鱼米街的一处老宅里。这些年,苏州城里的老街坊成片成片消失,然而鱼米街却从未等来鲜红的"拆"字。他们住的那座瓦房可有些年头了,丁大厨在那出生、成长,直至后来结婚、生子。

鱼米街本来是一条繁华之街,临河,渔船、货船有专门的停靠码头。街上鱼行、米铺、南货店等应有尽有,瓦房屋檐连着屋檐,就是下雨也不愁,照旧出行，购物。然而，这一切都成了明日黄花。小河已成了臭水浜，鱼虾死绝，原先的商铺都已消失，只剩下一家私人超市惨淡经营着。就连周围的邻居也变了，唱评弹的老张成了明星搬走了，画山水的画家老沈出国归来后也觅了新居，小学教师顾老师过世了……附近的邻居成了一帮操着南北方言不知吴侬软语为何物的匆匆租房客。虽然早已物是人非，可是丁大厨真是不舍得离开这里。他摸了摸早已磨掉了黑漆的椅子，那可是大胡子木匠特意为他新婚打制的，他又瞧了瞧已被烟火熏得发黑的白墙，上面有一条又一条红线，那是儿子给自己量身高划下的。丁大厨早已打定主意，自己最后一定是得在这屋子闭眼的，可是儿子不能在隔壁一间里屈就啊。多少年来，儿子的房间充当了餐厅、客厅、书房，那可真是"螺蛳壳做道场"啊！

想到这，丁大厨猛吸了几口烟，将已经烧得只剩过滤嘴的香烟屁股扔在了水泥地上，然后使劲地踩了几脚。他开口了："我豁出去了，为了盛盛，就去参加那个比赛吧！"

丁大厨踌躇了许久才决定参加的比赛是电视台为了吸引观众眼球搞的一场民间厨艺达人秀。年度总冠军可以赢取房地产商赞助的一套三居室的新房。丁大厨爱露一手，可是只在亲戚朋友面前。除了侍弄些盆景，他也没别的爱好，休息天约了几个亲戚或朋友到自己家来，炒几个菜，沽两瓶廉价的老酒，瞎说山海经，长长短短的岁月就这么过去了。特别是过年的时候，他今天宴请自家兄弟姊妹，明天宴请老婆的兄弟姊妹，后天宴请街坊邻居，大后天宴请单位同事……他一个人忙活，梅阿姨打打下手，也不觉得累。在老房子过年，才有年味，桃花坞的木刻年画张贴在木门上，苏式红灯笼高挂在门口，厨房里煎炒烹炸闷溜熬炖散发出的油烟味四溢。客厅里嗑瓜子的声音、聊天的声音,还有厨房里当当的切菜声、哗哗的淘米声,合成一曲过年交响乐。凡是来过丁大厨家的亲戚朋友,无不交口称赞,夸他的苏帮菜地道,味道好。

大家都称呼他为丁大厨,其实他只是一家事业单位食堂的烧菜师傅。他的师傅倒曾在松鹤楼、得月楼等著名餐馆里当过厨师。上世纪八十年代,丁大厨还年轻,亲戚朋友便鼓励他辞职开饭馆。怎奈丁大厨为人根老固实,说怎么可以抛掉铁饭碗呢?于是开饭馆成了亲戚朋友酒后必谈的话题,但终究只是嘴皮上过过瘾。丁大厨将近六旬时,单位精减人员,他就提前内退了。所以当别人都在忙死忙活攒钱为儿子买房时,他仍旧老酒咪咪,评弹听听,过过小乐惠的日子。

听到丁大厨终于决定参赛,梅阿姨与丁盛立刻欢呼起来。

丁大厨去电视台报名之后,就后悔了,他发现去报名的选手既有像他一样会烧几手好菜的老苏州,也有外地来的正宗厨师;既有像他一样两鬓斑白的老人,也有头发染成一团火的时尚青年。他怕自己烧的菜不被评委认可,那么他在鱼米街的一世英名可就毁了。但既然木已成舟,他得寻思自己烧什么菜,才能顺利拿下周冠军。

想了半天,他也想不出好法子,便把自己的小舅子梅教授请来喝酒。俗话说,天上老鹰大,地上娘舅大。听听丁盛娘舅的,不会错!梅教授啜了一口丁大厨泡的青梅酒后,缓缓地道:"现在的苏州人口味已经不地道了,饭店里的苏帮菜也已经不正宗了,你只有返璞归真,烧最最正宗的苏帮菜,才有机会获胜。"丁大厨笑了:"不瞒你说,我也只会烧我师傅教我的苏帮菜,其他的什么湘菜、川菜、鲁菜,我根本不会烧,而且我这个人,从未出过远门,天天吃的菜就是苏帮菜。"梅教授说果真如此,便已成功一半,说完,频频颔首,大有张良运筹帷幄之势。

丁大厨又问梅教授烧哪个菜。梅教授问"苏"字的繁体字怎么写,丁大厨说草头下面一个鱼一个禾。梅教授激动地拍了下桌子道:"亏你还一直住在鱼米街,没有鱼没有米,就不是苏州了。如今烧菜么,自然是烧鱼啦!"

丁大厨捋了捋袖子,踌躇满志说:"那我就烧大家都说呱呱叫的松鼠鳜鱼!"梅教授却摇了摇头,说:"杀鸡焉用牛刀也!拼个周冠军,火夹鳜鱼就可以了。"

厨艺达人秀节目为了吸引人气,采取现场直播的方式,选手现场宰杀活鱼活禽,对于基本功要求很高,边上有美食家做点评。每天一位选手做菜,周六五位选手齐聚,现场制作之前的菜肴,评委现场打分,决出周冠军。丁大厨在周五出场,他按梅教授所说准备了"火夹鳜鱼"。他看到摄像机的镜头对准了自己,汗毛孔便竖了起来。又看到一位穿着中式对襟的中年男子坐在嘉宾席上预备点评,心里便愈加忐忑不安。突然他看到那中年男子似乎冲他微笑,再一看嘉宾席上的席位卡上赫然写着"陶自冶"。他突然想起,陶自冶是搞文化工作的,是已经故世的顾老师的亲戚,曾经来鱼米街吃过自己烧的菜。这才心安了,他长舒了一口气。于是他娴熟地宰杀鳜鱼,切好火腿、冬笋、香菇。陶自冶似乎说了些夸赞的话,但是丁大厨一门心思都在烹饪上,究竟说了什么,他一点都没听到。

周六,五个选手来到演播厅现场。一个湖南来的小伙烧剁椒鱼头,一个打扮时髦的年轻女子制作西式糕点,一个胖乎乎的秃顶中年男子烧九转大肠，一个苏州本地的老阿姨烧糖醋小排。丁大厨看了看他们，焦虑地搓着手。这时，"丁大厨加油"的口号响起，原来是梅教授带着梅阿姨、丁盛都过来了。丁大厨用手抹了抹额上的汗，又将昨日烹饪的过程演示了一番。结束之后，陶自治开始点评，他说："桃花流水鳜鱼肥，鳜鱼这时候特别肥美。这道菜的口感是鲜咸。苏州人讲究什么时令吃什么菜，这个时节已经没有冬笋了，假如不讲究的人，或许会用春笋代替，但是春笋不及冬笋白、嫩，丁师傅用的是罐头里储存的冬笋，可见他的用心。鳜鱼夹着火腿、冬笋、香菇片，肉质鲜美，色香味俱全，无与伦比。"丁大厨听到陶自治对自己的肯定，悬着的心稍稍放低了一下，但是其他四位评委呢？

最终分数出来，丁大厨果然获得周冠军。梅教授等人冲进场与他欢呼拥抱。丁大厨腼腆地笑着，不知说什么好，当镜头对着他时，他仅仅说了几句："我是苏州人，只会烧苏州菜。大家爱吃，可以到鱼米街我家来。"

比赛过后，没想到的是，好多市民都去鱼米街打听丁大厨的住址，希望能尝尝他的手艺。来者皆是客，丁大厨客气地敬烟倒茶，去厨房忙碌，像与老朋友一样与他们推杯换盏，说说山海经。丁大厨不善言辞，他特意把梅教授请来陪客人。鱼米街丁大厨的老宅似乎又恢复了往日的热闹。

那时候，丁大厨的父亲还健在，他是位吹拉弹唱样样在行的民间艺人，他喜欢热闹，常常在家宴客。那时年轻的评弹演员小张、画家小沈、教师小顾等人都是座上客，他们聚在一起，听丁大厨的父亲丁乾坤说书、唱评弹、演昆曲。丁乾坤说起死话绘声绘色，表演滑稽惟妙惟肖，常常把周围的邻居都吸引过来。更有甚时，邻居们捧着个饭碗，在河对岸看这里的表演。

能回到从前的热闹，丁大厨很是得意与开心，但是丁盛不乐意了。他说来客们无非带点烟酒熟菜过来，他们耗费金钱与精力招待他们，实在划不来，不如开个私家菜馆，倒也能改善生活。一提开饭馆，丁大厨就戳气。开个饭馆，要和工商、卫生各个部门打交道，还可能遇到黑道吃白食的，他想想就头晕。他说，你要开饭馆你自己开去，我在家吃老酒听评弹。说完，打开收音机，去听广播书场了。

梅教授其实也很赞成丁盛的想法，但是他说眼下比赛要紧，开饭店的事不妨迟一步。比赛倒也顺利，丁大厨凭借一道红烧划水拿到了月冠军。接下来便是漫长的等待，丁大厨依旧优哉游哉侍弄花草，咪咪老酒，听听评弹。而丁盛已经辞了工作，租了隔壁的一户人家，开出了一爿"丁大厨"私房菜馆，店里摆放了丁大厨与著名评弹演员老张、著名画家老沈的合影。丁大厨不愿亲自掌勺，丁盛便请来丁大厨的老朋友金师傅。金师傅其实也是半路出家，但大家冲着丁大厨的名头，这里一时食客盈门。

然而，好景不长，个把月后，食客越来越少。丁盛在那里算账，看了看，直叹气。梅阿姨问儿子究竟是什么原因，丁盛双手一摊，摇摇头。梅阿姨急得眼乌珠荡，立刻去找丁大厨。

"老丁啊，儿子那个饭店……"

梅阿姨话还没讲完，丁大厨便摆摆手，道："我说过的，这个饭店是他自己要开的，好好坏坏，都是他自己的事，我不管账。"

梅阿姨一把揪住丁大厨的耳朵，说："你这个人，愁头怪脑的，自己儿子的忙也不帮，饭店叫什么名字？'丁大厨'私房菜馆，现在没生意哉，你的台都坍光了。"

这么一来,丁大厨着急了,急匆匆跟着梅阿姨去了隔壁的菜馆。丁大厨看了看大厅,装潢得古色古香,这里的环境他还是比较满意的。他坐下,丁盛望着他,不知说什么好。丁大厨让丁盛关照金师傅烧两个时令菜。

一盘清炒蚕豆,颜色青绿,葱香诱人,丁大厨夹了一粒尝尝,又夹了一粒品品。忽然脸色变了,大声叱问:"这蚕豆谁去买的?为什么不买本地新鲜蚕豆?这肯定是大棚里的蚕豆,吃起来不鲜洁。"

丁盛回应说是他去买的,由于之前从未去菜场买过菜,所以上当了。

梅阿姨问,为什么之前买的菜都蛮好的。

丁盛说,之前饭店刚开张,他也不懂,去了菜场,专挑贵的买。后来自己算账,发现成本太高,利润太少,所以后来去菜场,总是挑便宜的买。

"难怪啊!"丁大厨在尝了一口清蒸鳜鱼后,叹气道:"这鱼也不新鲜,肯定是已经死了的。我跟你说过的,饭店都是有鱼缸的,带氧气泵的那种,鱼死了,肉木涩涩的,金师傅本事再高也烧不好的。"

梅阿姨请丁盛吃了个"毛栗子",嗔怪道:"侬个小猢狲,怎么可以瞎弄呢?"

第二天大清早,梅阿姨发现丁大厨已经起来了。问他去做什么,他说去菜场买点菜。等他回来后,梅阿姨惊奇地发现丁大厨买了好多菜。问他原因,他说觉得这些菜新鲜质量好,就都买回来了,假如丁盛需要,可以来拿点,反正两个人也吃不掉。

梅阿姨一下子听明白了,那张老脸乐得堆成了花。她把菜都拎到了隔壁菜馆。然后关照儿子明早跟父亲一起去菜场。丁盛喜滋滋地答应了。

于是,丁盛开始跟着父亲,在菜市场逛来逛去。慢慢知晓了一些诀窍:前蹄用来红烧,后髈用来烧汤,螺蛳青壳的好,韭菜叶子窄的香。丁盛又开始留心电视新闻网络报道,知道黄瓜、西红柿有的打了激素,要挑选色泽不能太鲜艳的。

菜新鲜了,味道自然就上去了,"丁大厨"私房菜馆的回头客又开始增多了。

年度总冠军比赛临近,丁大厨便开始着手准备松鼠鳜鱼了。这道菜自乾隆年间便已流传,是苏帮菜的经典名菜。它既考验刀工又考验火候,能烧好这道菜,厨师便算登堂入室了。这道菜的难点在于火候的把握,炸的时间短,鱼肉太嫩,不脆;炸的时间长,鱼肉太老,咬不动。丁大厨的师傅教过他秘诀:下猪油烧至八成热,将两片鱼肉翻卷,翘起鱼尾成松鼠形,然后一手拎起鱼颈部,一手用筷子夹住另一头,放入油锅中稍炸成形,然后全身放入炸至呈淡黄色捞起,待油温升至八成热时再放入复炸至呈金黄色,捞出放在盘中。这样的烹制,恰到好处,入口,外脆里嫩。丁大厨深得其法,松鼠鳜鱼成为其拿手绝活。

比赛那天,除了自家亲戚,老张、老沈都亲临现场为丁大厨加油,引得人群一阵激动,因为二位的粉丝都是极多的。主持人说为了显示选手的综合技能也为了显示公平,先烧一道规定菜,决出六强,然后再自选一道拿手菜,决出冠军。

十二位选手,个个好手,其中有一位年轻的苏州本地厨师,长得英俊,厨艺又好,夺冠呼声最高。只见他频频向观众挥手致意,还抛了飞吻,惹得女观众差点晕厥。他还不时向评委席嘉宾席点头微笑,看来是胜券在握了。主持人公布了节目微信公众号,观众关注之后,纷纷点赞,帅哥厨师的支持率遥遥领先。

那天的规定菜是"响油鳝糊",这菜亦是经典苏帮菜之一。有几位外地选手,在这道菜上栽了跟头。有两位选手,对于备用的笋、茭白、火腿,无从下手,不知如何处置;有两位选手没有勾芡,烹制的鳝糊,汁水太多。就是剩下的本地厨师,要让这菜上桌后还能噼啪作响也非易事。好在,这菜亦是丁大厨之前烧惯的,菜一出锅,立刻淋上香油,"响油鳝糊"名副其实。最终,丁大厨排在第一,顺利进入了六强,帅哥厨师紧跟在后,差了0.1分。

接下来是自选菜,丁大厨准备烧松鼠鳜鱼。可当他去水池取活鱼时,傻眼了。之前的鳜鱼变成了鲈鱼。他立刻找到主持人说明情况,可主持人说原本就是鲈鱼。丁大厨想去调换,可时间已经来不及了。这时,发现情况不对的陶自冶走了过来,将丁大厨拉到一旁,得知原委之后,他悄悄地说:"这冠军早已内定了,房地产老总已经指定好人选了。你因为有可能搅局,所以有人动了手脚。"听到这话,丁大厨立马变了神色,他目含怒火,射向嘉宾席上的房地产老总。

陶自冶一看情形不对,赶紧安慰道:"丁大厨啊,你也不要难过,就当这菜是烧给朋友们吃的,鳜鱼也好鲈鱼也好,都是鱼。那会儿过年在你家里吃饭,你不是说过只要年年有鱼,日子就好过么……"

丁大厨原本心里憋屈着呢,可是想到从前的闹猛日子从前烧菜的快活逍遥还有那始终乐观知足的父亲,他释然了。可怎么烧呢?他突然想起若干年前,他曾去苏州近郊的一个古镇走亲戚,亲戚不在,他吃了闭门羹,饥肠辘辘,找到一家小饭馆。当时已是午后,什么菜也没有,店家只有一尾鲈鱼,本来是想养着晚上自己吃的,见丁大厨疲惫饥饿的样子,便把鲈鱼杀了,清蒸。然后又热了一壶黄酒给丁大厨。丁大厨呷一口黄酒,品一块鱼肉,望着窗外小桥流水人家,顿觉生活无限诗意……尽管他不会作诗。

这一想,他有了主意。于是他从容地取出鲈鱼,举刀宰杀……

六强选手菜都已烹制完成,帅哥厨师制作的是"一卵孵双凤"——西瓜鸡,西瓜表面雕刻了一幅苏州园林的图案,亭台楼阁,栩栩如生,弹眼落睛。鸡是之前刻意散养的童子鸡,肉质鲜嫩,体型微小,瓜里放了两只。鸡肉的鲜美,加上瓜汁的甜爽,真是美味至极。评委们啧啧称赞,现场的观众更是一个劲鼓掌欢呼。轮到陶自冶点评,他说:"鸡是好鸡,可惜瓜还未到夏至。"点评戛然而止,却意味深长。主持人颇为尴尬,只好打了个马虎眼就混过去了。

轮到丁大厨介绍自己的菜了。后援团的成员都捏了一把汗,他们不知道丁大厨为何不烧之前准备好的松鼠鳜鱼,只远远看到他在清蒸。

丁大厨确实烹饪的是清蒸鲈鱼,不过他给这道菜也起了道诗意的名字:窗边的思念。他用萝卜雕刻了一座小木楼,楼上窗扉半启,有一男子似在提箸品酒。楼下便是一条完整的鲈鱼,上面还有浇汁。

观众们看清了这道菜,都为丁大厨精细的雕工鼓掌叫好。丁盛嘀咕:"老爸什么时候还会这一手?"梅教授得意地说:"你老爸本来就会这么一手,打算哪天你找到女朋友了,再显露出来。我让他多多准备,毕竟总冠军比赛,比拼的是各个方面。"

主持人让丁大厨解释下他的雕工,于是丁大厨便把那天吃饭的故事跟大家讲了。主持人点点头,说:"菜么,最关键的是看口味,清蒸鲈鱼,有没有什么惊喜?"

梅教授心里紧张了,毕竟清蒸鲈鱼与西瓜鸡不可相提并论,怎么赢呢?

陶自冶品尝了几口说，这鱼味道与众不同，酸甜苦辣咸都有，似乎用了特殊的调汁。丁大厨缓缓地道："这便是家乡的味道。顾老师离开了谓之酸，大家一起喝酒聊天谓之甜，朋友远离家乡谓之苦，生活艰辛谓之辣，说点风趣的话谓之咸。在鱼米街，我做的这道清蒸鲈鱼，好多朋友都品尝过。我有位画家朋友老沈，曾经到外国去打拼，但是有一天，他说他忽然想吃我烧的鲈鱼了，于是他回来了，现在他就在现场。"观众们的视线都投向老沈，他立刻站起来，向丁大厨鼓掌致意。

陶自冶微笑着说："莼鲈之思，古今同情啊！一道家常菜，一段思乡情，好菜，好菜啊！"于是大家纷纷鼓掌。

最令人窒息的时刻到了，主持人开始宣布自选菜的得分，帅哥厨师得了97.5分。丁大厨的后援团开始紧张了，屏住呼吸等待结果，而台上的丁大厨倒是一脸坦然。分数出来了，丁大厨得了97.2分！规定菜与自选菜两项总分相加，帅哥厨师总成绩反超丁大厨，获得年度总冠军，丁大厨屈居亚军。丁大厨听到成绩后，笑了笑。然后望向帅哥厨师，只见房地产老总满意地与帅哥厨师拥抱握手，把象征性的房子钥匙交给了他。梅阿姨、梅教授都直呼可惜，丁盛生气得拼命跺脚。不过，丁大厨还是获得了10万元的奖励。

回到鱼米街，大家都来为丁大厨祝贺。金师傅掌勺，丁大厨吃老酒与大家聊天。梅教授问丁大厨为何鳜鱼变成了鲈鱼，丁大厨便将原委一一道来。这下那些来祝贺的人，都群情激奋。老张甚至愤愤唱起了评弹："我是想到此恨一回，恨到其间气又来。我是气只气那冠军，竟然早已内定好……"丁大厨啜了一口老酒，呵呵笑道："伲爷在世时，曾与我说过一副对联：山水花竹，无恒主人，得闲便是主人；富贵贫贱，总难称意，知足便是称意。能拿到亚军，还有10万元奖金,我已经很知足了。过几天,让盛盛拿着这钱去付个首付,房子小一点没关系,够住就行。"

老沈的眼睛浑浊了,他举起了酒杯,说:"有傺格条鲈鱼跟这闲话,我就没有白回来。干杯!"

有人问丁大厨:"丁大厨,私房菜馆你什么时候去掌勺啊?"

丁大厨尝了一口鸡汤,这鸡汤里有葱、姜、香菇、枸杞,熬了四五个小时,汤汁黄黄的。他缓缓道:"盛盛,你要是真想开饭店,就要沉得住气,耐得下心,好好跟我学,就像这汤一样,只有花时间,才能熬得好。你的手艺,也要慢慢练。"

然后他举杯向大家说:"还有,这个老酒的味道,我们也要慢慢品啊!"众人叫好,一起举杯。

原刊于《青春》2017年第7期

注:该文(原名《丁大厨》)获得首届冯梦龙杯"新三言"全国短篇小说征文大赛二等奖

第二辑 散文

曾一果

江苏盱眙人，博士，教授，博士生导师；南京大学亚洲影视与传媒研究中心研究员、常州大学等校客座教授；系中国作家协会会员、中国现代文学馆客座研究员，入选江苏省"青蓝工程"中青年学术带头人、江苏省"333高层次人才工程"第三层次培养对象、苏州市姑苏"宣传文化工程（重点人才项目）"等。2014年被评为江苏省优秀中青年文艺评论家、2016年当选为苏州市人大代表。主持国家级、省部级等项目多项，在《文学评论》《文艺研究》发表学术论文多篇。出版《中国新时期小说的城市想象》等著作6部；多次获得各种奖项多项。在《散文》《美文》等杂志发表散文作品多篇。

苏州客录

船

我几乎没有坐过船,大学之前唯一的一次坐船经历是儿时跟父亲去扬州,那时还不知道有"二十四桥明月夜"的感觉,一切的印象都是一片空白,只觉得城里比乡下热闹,街上似乎到处都是人。还有一点记忆的大概就是平山堂青面獠牙的四大金刚和一个穿着僧衣的法师,那时跟着父亲,心中很害怕,但还是偷偷地去瞧那僧人,看他虔诚地点起缭缭的香,那神秘的氛围让人大气也不敢出。

中学的时候,学校就在山顶上,山脚下就是淮河,淮河上整日帆船漂来荡去。那时候学习很紧张,人也寂寞,唯一的娱乐活动便是课间时分站在阳台上眺望淮水;或者下课的时候,夹着一本历史书,到校园后操场上的一个冰凉的台阶上坐坐,那个台阶的位置很高,坐在台阶上就可以看到淮水。我就在那里看书,看累了就抬头看帆船和铺在水中的落日。天有时是那么湛蓝,有时还有美丽的鸽子在山间盘旋,而轮船的汽笛又是那么久远的飘扬。那时特别喜欢看到船,它们从遥远的地方过来时,它们要到哪里去呢?我不禁想。我很羡慕那些能坐船回家的同学。在我印象中，倚着船舷，穿过芦苇荡，看野鸟一个一个地扑叫着飞起来，听一听那寂旷天底下嘹亮的声音，最惬意不过。我时常在脑中勾勒这样的画面：平坦空旷的湖中，一叶扁舟，一个背着破书包归家的少年，船桨击打着水面，溅起雪白的浪花……那时书读得真是太累了。每日的闲暇便是对着淮水里的船只胡思乱想，但就是在胡思乱想中，我仿佛和船只结下了不解之缘，读大学竟然到了江南，你知道——江南可是船的故乡。

江南的船，多得让你无法计算，古代的江南船肯定更多，现在很多运输已经被汽车所取代，汽车取代了船只带来方便，但同时也带走了船的优美、浪漫和传奇。读大学时，每次站在相门桥上，身后是干将路上汽车往来的喧嚣，而桥下就是缓慢的船自在飘荡，它们形成了鲜明的对比，汽车的快节奏是杜绝思考的，船只虽然缓慢却有其独特的魅力，它以缓慢的形式表示生活需要沉静、品鉴和思索。有几次晚上，和同学路过相门桥，就倚着桥栏，默默地望着河水，水和船在灯光和幻觉中摇荡，远处黑黝黝的建筑又融进了"嗒嗒"的马达声，这个场景竟让人不愿意在走开。那景色真是美得让人无法描述，竟使我想起莫奈1872年作的《印象：日出》，虽然一个是日出，一个是傍晚，其情调却十分接近。

站在那里才感觉人类语言的浅薄和贫乏，它永远不能描绘最美丽的事物。

江南的船种类也很多，什么样的类型都有，有的豪华气派，有的小巧玲珑。最让人有记忆的是三种船：一种是"连船"，连船不是船队，船队的船应该是分开的，而连船通常是几只、甚至是几十只船连在一起，连船都是货船，专门跑运输，装载着煤炭、大米和沙子，南来北往，非常壮观。常年的风吹日晒使得船上人的皮肤都很黝黑，但显得很健康。连船的好处是经济，所需要的人并不多，连船也显示了一种团体精神，将这么多船连在一起大概主要是为了节省和整合资源，同时也显示了江南人的那种精明细致的合作精神。通常船头只需要一个人，手里拿着长竹竿，用以导航和指挥交通；船尾还有一个人，专门驾驶船只。其二是乌篷船，以前没有看过乌篷船，想象了很多种关于乌篷船的样子，但都不真切。后来到绍兴去，看到了真正的乌篷船，静静地停泊在水中，很有味道。果然像周作人所描绘的那样，船体很小，篷子是黑色的，显得非常轻巧，几个去的人见了都很喜欢，纷纷站在船上留影，小船摇晃着，荡起了水纹，不仅让人想起"伤心桥下碧波绿，曾是惊鸿照影来"的诗句。留影之际，又想起周作人，周作人的大部分散文其实我不怎么喜欢，过于掉书袋。但他的《乌篷船》和《初恋》却让人很喜欢，写得清新自然，充满江南情调。乌篷船的船体很小，船篷呈乌色，这大概是它得名的缘故。坐在乌篷船里，手可以触摸到船顶，要是在夏天的晚上，乘着月色，坐着这样一条船只，在江南的河道上穿过，那肯定会有另一番滋味。还有一种船，现在也很少了，是那种没有舱的小船，只一个人划的那种，不是旅游景点的那种敞口游船。船很小，往往只容下一两个人，这种船在江南也很鲜见，我在江南只见过几次，其中一次是在学校里，宿舍的旁边就有条河叫相门河，河里的船很多。那天起得很早，从河边的一排铁栏杆经过，太阳照在相门河里，水面上金光闪闪，却又因为太早，空气里都有一种惺眼朦胧的睡意，雾气将远处的建筑笼罩着，河面上几乎没有船，水把靠近岸边的垃圾和水草推动着，所以景色有点沉闷。但这时看到了一只船，就是所说的那种敞口的船，船夫带着蓑笠，船头还有一只捕鱼的鱼鹰，船夫在划船。

在这样一个大清早看到这样的景色,连自己都觉得有点不真实,它们像是从遥远的年代走来的,是的,它们是属于过去的风景。

桥

说到桥,不禁想起卞之琳的名诗:"你站在桥上看风景,看风景的人在楼上看你。明月装饰了你的窗子,你装饰了别人的梦。"这种优美的篇章也只有江南这块土地能够提供,只有在江南你才可以随处见到这样的风景:一个人站在桥边,一个人临窗而立,而卞之琳的这首诗就写的是苏州,他曾经爱上著名的张家四姐妹中的一位,他俩虽未能结为良缘,这首诗却将流芳千年。

苏州的建筑大多临河而筑,很多人家的窗户对着别人家的窗户,中间隔着水,桥将隔开的地方连接着,所以桥就具有了特别的含义,桥是连接两边的中介。我喜欢站在桥的中央看两边的建筑,看两边的建筑如何蜿蜒着伸向远方,构成一种美丽的图案,两边的房屋大都是粉墙黛瓦,暗白的墙上是红得发黑的褐色木窗,瓦楞上也有天窗,从那里可以看到蓝天,这在家乡是看不到的,或许江南人意识到他们人多地少,缺少足够宽敞的地方去亲近自然,所以他们总是想方设法和自然接近,通过天窗,他们让阳光照在屋里。江南的人也喜欢在任何狭小的地方种上花草,他们对土地的珍惜达到了难以想象的地步,只要有一块合适的地方,他们就会建造亭台楼阁、假山小桥,并在其周围种上花草树木。校园南门有一座小桥,从那个小桥可以看到一条悠长安静的水巷,水巷两边都是人家,木窗户边还开着一些花,很多石阶铺到水里,有时会有一两个妇女在石阶边洗衣服。我有时站在那里一看就是半天,有时会有船从你的视线里慢慢飘出来，再从另一个弧形的桥洞里穿过，非常有诗意。

　　第一次怀着浪漫的想象到江南时，最惊奇的不是她的水，而是她的各色各样的桥，是那么多、那么美。在我的故乡也有碧波荡漾的湖水，很多湖泊很开阔，可是除了淮河，大部分湖泊上都没有桥和船，所以空荡荡的，到了冬天就显得有些苍茫。到了江南，你才会知道天下有这么多美丽的桥。很多的桥都让你不知道名字，我都不知道已经走过了多少桥，那些桥都叫什么名字。苏州有的桥名字很好听，譬如宝带桥，第一次听这个桥的名字就忘不掉了。有一年中秋，站在宿舍里看着窗外圆圆的月亮升起来，心里很想家，有同学邀请去宝带桥赏月，于是就一起去了，十几个人骑自行车去，浩浩荡荡的，很热闹。宝带桥离大学大概有几十里，骑到那里人汗流浃背，早没了观赏的劲头，但一见到遥远的铺在水里的桥影，兴致就又上来了。说实话，那天如果不是人太多，宝带桥会更美，朦朦胧胧地见到一个又一个弧形桥孔连环铺在水中，和水中另一半形成了一个个亮晶晶的圆圈，水轻轻地摇晃着，非常的美丽。而且宝带桥周围的水面很开阔，很像故乡的水，所以心中竟产生了依念。可惜始终觉得人太多，没能有心思静下来看升在水面上的月亮，只是盲目地跟着人走。江南的好多风景都是这样，人占据了风景，风景失去了地盘。在大学时，班级里组织去周庄，那里的风景本来很好，是个典型的江南水国，又有很多名胜古迹，可是人太多了，无数的人看着人真是大煞风景，本想看看陈逸飞先生画的双桥，但无数的人站在上面令人望而生畏，所以顿时没有了兴致。可转念想想，自己何尝不是凑热闹的人？

　　说到桥自然要说到枫桥，没有到苏州之前，就从张继那首有名的《枫桥夜泊》中听说寒山寺和枫桥了，"月落乌啼霜满天，江枫渔火对愁眠。姑苏城外寒山寺,夜半钟声到客船。"这首诗从唐朝一直流传至今,写得是多么好。但是第一次去寒山寺却并不顺利,那是个元旦,还是大一光景,成天几乎没有什么事情可做,那时的学生很单纯,班级里谈恋爱的很少,大家每天所想的就是找个地方旅游,学校里每年还发三张免费的园林券,大家拿着园林券到处闲逛,日子过得很是惬意。但第一次去寒山寺却没用得上园林券,因为去的那天是旧年最后一个夜晚,按照习俗,寒山寺那天是要敲钟迎新年,每个人都想去寒山寺听钟。可结果非常失望,骑着车子到离寒山寺一两公里的地方,就见到黑压压的到处是人。一问情况才知道戒严了,不给进去,只有日本人能进去。大家都很气愤,纷纷责问警察为什么只让日本人进去,有些人还想冲进去,差点引发一场暴乱,但是交涉一直没有结果,我们在寒风中等了两个小时还是失望而归,回到宿舍大家议论了半天。至此我对寒山寺就有点不感冒,几次到寒山寺都没有进去。直到有一次同学来江南游玩,提出来一定要去游览寒山寺,于是就带他去寒山寺。去的时候是个晚秋,天气很爽朗。整个寒山寺的色调是暖色的,和想象中的并不相同,寺庙的周围被一大片一大片火红的枫叶包围着,寒山寺的建筑倒和四周的枫叶交相映衬,所有的建筑都是以红黄为主调,寺院的墙不高,涂上了黄色,墙头的瓦倒是青黑色,如此多的暖色调叠加在一起,更显得天空蓝了。

  本来是写桥,居然扯了额外的话题。回到《枫桥夜泊》这首诗吧,第一次到寒山寺看到枫桥,枫桥和桥下的水泊,跟想象中的竟然都不一样,原来以为枫桥是个很舒缓的桥,而桥下的水面应该很宽,但是没想到枫桥那么陡,简直有点险,现实和想象总是有着很大的距离。

雨

江南是雨的故乡,雨在这个地方变得那么多情而缠绵,总是久久不愿离去。曾经到新疆去,在一个叫昌吉的地方待了半年,给一所大学教课,那半年里居然一滴雨都没有下,每天都是晴空万里,当然到了最冷的时候,是雪花飘飘。而在江南,雨是那么的多,一年里似乎三分之二的时间都在下雨。

不太喜欢下雨,没完没了的,被子是湿的、屋子是湿的、天空是湿的。外地的同学都不习惯,研究生时的室友老孙是山东的,他说到了江南才知道什么叫雨,雨使得江南人也变得多情、细腻,甚至有点伤感。不太喜欢下雨,实在是因为下雨太麻烦,即使是晴天,出去的时候都要带上雨具,跟新疆的学生讲这些的时候,他们都感到很惊讶,在新疆几乎没有人家有伞,即使有伞也是为了遮挡太阳,不同地区的差异是那么的大。在新疆的时候,跟一些同事探讨苏童和叶兆言的作品,没有到过江南的人对苏童和叶兆言的作品总是不能理解,弄不明白那里为什么会散发出霉变的气息,告诉他们要想明白,就得到江南走走,他们却还是不太相信。张艺谋将苏童的《妻妾成群》改到陕西地区拍摄,那和苏童小说中的风格已经完全两样了。江南是妩媚而阴湿的,陕西地区则干燥而灰色。张艺谋如果把场景还是移到江南,拍摄出来的效果那将完全不同,而且我觉得会更好,颂莲毕竟是个具有江南情致的女孩,可在张艺谋的影片里,颂莲着实让人失望,过于呆板,缺少江南柔媚的风情。而相比之下,电影《游园惊梦》因为选择了江南拍摄,使得片中的女子也具有了江南风情。

没有事情的时候,坐在窗户下听雨,或站在窗户边看雨,或撑着伞径直地走在雨中，那都是一件宜人的事情。大学时候，就常常孤身一人蜷缩在文科楼的高处看书，太累或太寂寞了，就打开窗户，看窗外的风景；要是下雨，会看到无数的花伞从校园中心路上飘过，各种各样的：红色的、黄色的、绿色的、蓝色的、棕色的，总之五颜六色的组成了奇妙的图案，它们飘动着，像朵朵盛开着的睡莲，漂移着，犹如印象派绘画大师莫奈的名画《睡莲》所表现的情调和场景，喜欢静静地凝视着雨中流动的伞，我知道每个伞下都有一颗灵魂，而这些流动的伞似乎就是流动的人生，人生本来不就是流动的吗？很喜欢印象派的绘画，总觉得印象派的画能把人伤感而孤寂的灵魂表现出来，或许这和我不善于言谈和逻辑有关，我很少能逻辑性地思考事物和生命，总是凭借感性去理解事物，我自感不谙世事，缺乏理性，但有时又觉得过于理性的人缺少对事物真正的理解。我有时自觉领悟了人生某些法则，有时却怅然若失，而雨所带来的朦胧可能正给我以启示，人生的许多东西是无须明晰的。因为常常下雨，所以晚上经常睡不着，就在枕头上听雨声和不远处的船声，渐渐地也就进入了梦乡。

帘外雨潺潺，春意阑珊，罗衾不耐五更寒，梦里不知身是客，一晌贪欢。独自莫凭栏，无限江山。流水落花春去也，天上人间。

这是江南，在梦里也会说。

大学毕业那年，也是雨季，而且雨非常的大，我因为考上了中文系的研究生，不需要着急着回家，心情很悠闲，但是我们宿舍的其他几个人都匆匆的开始准备走。我和另外两个留在苏州的同学先送走了徐州的一个同学，然后又开始送盐城的两个同学,盐城的两个同学,一个为人豪放,善于言辞;还有一个平时似乎很少知道忧愁,他们都不太像我,我看起来笑嘻嘻的,其实不然。但送他们走的那天,他们两个人居然都号啕大哭,真是大出我的意料。盐城的一位刚进学校时成绩最好,大家都认为他考研究生没有问题,但结果却没有考上,他回去要到乡下的中学教书,哎,总之,他很难过。有的人喜欢把悲伤放在脸上,而有的人喜欢把悲伤埋在心里。

或许是雨把在江南的人都变得多情了。

巷

江南的巷子可以分为两种:一种是水巷,一种是陆巷。水巷是水从临河而筑的建筑之间穿过,水巷的特点是对称,巷子两边的屋子是两层,房子的风格都很雷同,青砖白墙,许多石阶朝水里铺展出去,留在岸边的石阶上也往往都长满了青苔。现在很多风景画多是画江南的水巷,看多了有点让人厌倦,觉得太雷同了。但这确实是江南巷子最性感的地方,而且富有古典和浪漫结合的气息。而现在这种水巷正在减少,很多建筑不再临河而建,存在的那些水巷也因为其他建筑的入侵而显得不太协调,很多建筑也因为年代久远而显得岌岌可危,世界上任何古城似乎都面临着处理传统和现代的问题,如何把这些富有诗意却又要被毁灭的建筑保存下来呢。苏州像这种建筑似乎越来越少,有时站在水巷的一个桥上,就忍不住要想这些美丽的风景是否有一日只在画里可以见到。如果有一天河里的水都干了,或者建筑全部被拆除,我们到哪里去寻找历史的记忆呢?图片?文献?但那些事物永远不能提供给我最感性的认知。或许我太杞人忧天,新的建筑不久不也会变成历史和文物,到时它们不也同样会变成富有历史感的风景。是的,或许是那样,也但愿是那样,但现在许多新的建筑着实不能让人满意,他们缺少永恒的和谐与美丽。它们只是夸张地表现着自我,而无法使自己和周围的环境融合起来。

陆巷保存的也不够多了,读书的年代里常常和室友,在下课后的傍晚,漫无目的去钻小巷子。那些深巷非常有意思,有的只能一个走,对面要是来了辆车子真不知道如何让路。也有很宽的,有很多老太太在巷子口做生意。而在巷子密集的地方,有时走走就不知道到哪里了,譬如从学校朝耦园去的那一带,还有盘门和西园的那一带,都保存着这样的巷子。这些巷子看起来很凌乱,有时钻进去还真不大会出来,要么就碰到死胡同,的确左一转右一拐,最后真的你就不知道到了哪里。读研究生时,有位山东的室友有一次和我出去,逛了几个巷子后他就不知道东南西北了,我一会儿将他从狭小幽静的巷子里带到热闹非凡的大街上。他很惊奇地问:"你是怎么摸出来的?"我告诉他其实是瞎摸的,江南的巷子大多数是相通的,无论它如何曲折幽深,只要你走下去,总能摸出来。不过我的方向感大概确实不错。但有一次我也竟然迷了路,那次是带我从故乡来的哥哥游玩,我们在一个小巷子里转悠了半天,都没有摸出来,害得我被哥哥嘲笑了一下。

走在这些巷子里确实很有意思,江南的小巷子大多年代久远,所以会有你意想不到的古迹和事情。很普通的一个居民,所居住的房子很可能就是明朝或者更早的,你的脚下不注意说不定踩着的就是大清帝国残留的石子路。苏州大学后门的甲辰巷里的那座砖塔,谁也没有注意它已经立在那里好几百年了,它比周围任何一个建筑都矮小,但却比周围任何一个建筑都有意味。在很多巷子里,你会不经意的和已故大师的故居相遇,章太炎的故居、沈德潜的故居都在一个个不起眼的巷子里,正是这些日常氤氲的巷子孕育了这些人文大师。

有时喜欢一个人走在深深的巷子里,或许是为了逢着一个丁香一样的姑娘,有时喜欢用手去抚摸那泛着点灰色的白墙,或许是为了感受它传达给我的历史记忆。我不知道它的具体的历史,但知道它会散发出一种历史记忆。使我对文化有一种新的理解和体悟。有的巷子很深但从外面根本看不出来,有一次我从外面出神地朝巷子里的一户院子看,才大大领悟了"庭院深深深几许"的风姿。

现在我终于想说用船、桥、雨、巷来概括江南的景色应该是恰当的。

江南没有了雨,便少了妩媚;没有深巷人家,便少了生命;没有了桥,便少了意味,而这船更是江南的宠物,无论是在宽阔的水面还是在狭小的水道上,只要有了船,这静静的画面就有了灵动。有时真想自己拥有一只船,一个人划在小巷中,划在枫桥边,要是下雪更好,船行在茫茫的水面,耳朵听着笛声和古钟,雪花在伴舞,有什么忧愁不可以忘记呢?

人人尽说江南好,游人只合江南老。春水碧于蓝,画船听雨眠。垆边人似月,皓腕凝霜脂。未老莫还乡,还乡须断肠。

原刊于《散文》2000年第2期

周菊坤

20世纪60年代生于苏州木渎。曾在工厂上过班，在宣传队演过戏，在政府机关当过土记者、管过文化站、做过公务员，自从涉足旅游便难以自拔，二十年痴心不改。业余喜爱写作，1984年开始发表作品，先后出版有《木渎》《冯桂芬传》《严家淦与严家花园》《小院风景》（合著）《知非集》等，主编《姑苏十二娘》等，累计发表文字约60万。现为中国作家协会会员。

逃离漫山岛

外一篇

一直有个想法，趁周末或节假日的时候，去漫山岛。这个想法已经在心里存了好多年，我也不知道自己去漫山岛的目的是什么，总之，这样的想法时隐时现，很难抹去，这几年似乎愈发地强烈而迫切了，似乎已经漫漶成一种病，让人难以自拔。其实，漫山岛离我住的小镇实在是很近的，如果真的动身前往，开车坐船加起来绝对不会超过一个小时。我不知道这么多年来自己一直在忙些什么，以至于如此近距离的一个地方，用了十几年的时间都无法抵达。

十几年前的一个夏天，我与几位文友去过漫山岛。那是太湖里的一个孤岛，距离陆地大概四五里地的样子，很近，但又很远，很远是因为我们对它的未知。那天上午，我们在太湖小镇上买了些肉和蔬菜，在冲山花200元钱租了一条五桅渔船，朝着漫山岛方向驰去。其实我们最初只是想坐船去湖上兜兜风，体验一下渔家生活而已。渔船主人是对老夫妻，还有他们的儿子媳妇以及孙子，全家人以船为屋，以渔为生，当时正值封湖禁捕的季节，渔民们便做起了旅游的生意，让客人坐船到漫山岛上去，收取一点柴油费。就这样，我们来到了岛上。记得在码头附近的水面上有一艘偌大的水泥船改造的船餐，靠山的坡地上有个工地，据说是在建一个宾馆，外边来人投资的，再往里走，是一个篱笆小院，养了许多鸡鸭。看来，这座偏僻的孤岛上已经有了一点旅游开发的端倪了。继续往里走，是密密匝匝的农舍，但没遇见几个人，后来在一处废弃的小学校模样的地方遇到一个打鱼归来的船娘，说有刚打上来的银鱼，还有螺蛳，问我们阿要，我们一看，的确新鲜，就花了大概一二十元钱全部买下，尔后，从所在的西头村，经过好大一片水稻田，走到对面的东头村，再绕回船上，开火做饭。几位女同胞洗的洗，切的切，烧的烧，好一阵忙活，老渔夫的妻子和媳妇也一起来帮忙，我们几位男生则与老人有一句没一句地拉起了家常。很快，香味四溢，在水面上弥散开来，我们坐在船头，打开啤酒，享受着渔家餐独特的味道，尤其是银鱼和螺蛳两道菜，大概是浸润着太湖水自然原味的缘故，显得特别鲜美。酒足饭饱，我们翻身下湖，在清澈的湖水中悠游，或者，仰身躺在水面上，望着蓝天，水天一色之间，竟分不清哪是天哪是水，有些恍惚起来，便回到船上，在船板上躺下，打起盹来。在水鸟的啾啾声中渐渐醒来，渔船已经开到了远离漫山岛的太湖深处，老渔夫说，这里是太湖水位最深的地方，也是水质最好的区域，低头看去，湖水果然碧清见底，鱼儿游来游去，历历可数，绿油油的水草随着微波轻轻晃动，像一支柔曼的音乐。我们向远处望去，夕阳西沉，湖面上洋溢着一片祥和之气。

多少年来，这一段记忆就像电影，经常在脑海里回放，我把这样的感受说给朋友听，他取笑我的天真，又说，一个小时的路程，想去就去呗。可是，这样的挂念终究只是一个没有对象的承诺，无需借口，心里却早已有了无数个原谅自己的理由。现代人已经习惯了都市的灯红酒绿，夜色阑珊之时，却又往往不知所措，心里空空，没有着落，心中想着逃离，脚下却又充满迟疑和留恋，这种感觉倒是与吸毒有些相似。城市在崛起，心却在陷落，我不知道这样的状态是对是错，是得到还是在失去。很近的漫山岛，其实是离我们越来越远了。

今天，我突然临时起意去了漫山岛，上午做的决定，下午二点已经到了岛上。这是完全在我意料之中的，只是出乎意料的是，促使我做出这样决定的原因居然并不是多年来萦绕心头挥之不去的那份思念，而是因为工作。我知道漫山岛几于隔世的原始生态对于现今的城市人群意味着什么，那是开发度假旅游的绝好题材，作为旅游国企的负责人，我梦想着把漫山岛打造成为中国的巴厘岛。

我们在老地方上的岸。还是十几年前的那座简陋码头。小宾馆已经建成，外形看上去有点现代欧式风格，据说生意很好，周末要预定才能入住，只是那艘水泥船改建的船餐已然废弃，留下一副骨架泊在水边。右侧是一座山丘，左手边很远的地方是另一座山丘，漫山岛其实就由这两座不高的山丘组成，还有就是西头村和东头村两个村落，约两百户人家，两座山之间是成片的鱼塘，估计是上个世纪围湖造田的产物，因为我们十几年前来岛上时还是一片浩瀚而绿色的水稻田，如今改成鱼塘，我觉得也算幸运的，换了别处，可能早已经沦落为水泥钢筋的世界了。我们沿着山脚的蜿蜒小径往西头村走去，沿路的沟渠里白色的芦苇花在初冬午后的暖风里摇曳。两侧的旱地里刚刚新栽了油菜秧，可以想见，翌年四五月间这岛上连片油菜花盛开的美丽。西头村里的农舍大多为二层小楼，通长阳台的那种，应该是二三十年前的式样了。很少看到人，即使遇上也是些上了年纪的，年轻人都去外面上班了。我曾经的一位同事是漫山岛人，我随手拨通了她的手机，问她是否知道我现在在哪里，她咯咯笑了起来，说你这样问那肯定是在漫山岛了。我也笑了，问她你有多长时间没回家了，她回答说自从去外面上了初中就基本没有回去过，算算也要二十来年了，再说，回去做什么呢，家都搬到外面去了。我想想也是，回去做什么呢，便挂了电话，继续往村里走。一路上所见农舍基本上呈现出一式的破败寥落的感觉，从屋舍的外观和场院里的杂物摆放情况，可以看出居住在这里的人真的已经很少了，这倒增加了我对开发漫山岛的兴趣，因为如果把这些农舍租赁下来，再稍事整修，不就是很受城里人青睐的特色民宿客栈吗？我兴奋地继续往前走，竟然看到了一幅更让我振奋不已的场景：一条小河由西往东延伸而去直通太湖，河的两侧是石板老街、枕水河埠，还有鳞次栉比的民居，河里有成群的鸭子在游弋嬉水，岸上是两行挺拔的古榉树泛着霜后的殷红。这是一幅只有在周庄同里才能看到的古镇街景，虽然比周庄同里少了些人文气息，但更多的是生命原始野性的真实，这实在是一处现代社会里极难觅得的桃源仙境啊。我暗自责备自己上一次登岛的疏忽遗漏，但又暗自庆幸这样的桃源仙境没有被那些所谓的开发商们觅获。

就在这一瞬间，我突然自问起来，我来这里做什么？我想象之中的未来的漫山岛如果真的成了中国的巴厘岛，中国的甚或世界的游客都来这座岛上度假，那这些宁谧的村子还会在吗？这些白的芦花红的榉树还会在吗，这些无拘无束嬉戏的鸭子们还会在吗？即使还在，它们的角色主体还是曾经的那个自己吗？因为，这岛上的一切都会万劫不复地沦为别人故事情节里的点缀和装扮，开发商对文化再造的承诺永远都是一个谎言，因为他们只会对功利负责。

我们继续往村子深处走去。我看到了熟悉的小学校舍，上面用水泥堆塑出"吴县太湖漫山小学"的字样；看到旁边低矮的房屋，香烟缭绕，里面供奉着岛上村民的精神寄托；还看到尚未翻建成二层楼房的生产队仓库，因为外墙上毛主席的宝像还熠熠生辉地露出慈祥的笑容。有几位中老年人推着手推车经过，与我们擦肩而过时脸上露出憨憨的微笑，车上载着满满的盆碟碗盏和炉灶之类，估摸着明天这村上应该有人家办喜事了。在村子里游走，发现几乎每家都养狗，见我们走近，便远远地狂吠起来，很警惕的样子，就连那些呆头呆脑的白鹅，见了我们也伸长头颈高声叫唤起来，仿佛是在向这房子里面的主人通风报信，那声音直到我们走远，还回响在我们的耳旁。陪同的当地领导问我，东头村还去吗，我悄声说道，没时间了，我们回吧。

这次登岛，终于给了我十多年来的牵挂一个慰藉，但让我意想不到的是，我竟是怀着既踏实又忐忑的心情离开漫山岛的，我生怕我的登临，惊扰了这片纯净的土地。离开的时候，我回望了一下那座萦绕心头十多年的美丽的小岛，我觉得我是在完成一种逃离，这种逃离，反而让我更加清醒，因为，我的心似乎和它靠得更近了。

原刊于《知非集》作家出版社出版

失真的湖山记忆

有一些记忆随着时间的流逝会发生变化，这种变化非常奇妙，有时会让你自己都觉得不可思议。

老家的村子后面有一条河，儿时常在这河里野泳。河很宽，总想游到对岸去，却总是游到一半就赶紧折返，害怕因体力不支而造成危险。河很美，两岸有村庄和稻田，让人想起那首歌来，"一条大河波浪宽，风吹稻花香两岸"。河上经常会驶来大大小小的船只，待满载石料或石砂之后，即匆匆驶离，消失在我们的视野之中。忙碌的河面恢复宁静，回归到空旷与辽阔。

河的西头是连绵的山脉，船上所载砂石即产自这大山深处。山很高，山顶经常有云雾缭绕不去，有一种云深不知处的感觉。山很深，重峦叠嶂，起伏绵延，我们想象着大山深处的神秘与美丽，心生向往和探秘的欲念，却终因父辈的警戒而敬畏胆怯，止步于山前，不敢唐突与造次。

老家的西南方向有一个湖泊，很远，坐船或步行，得花上半天时间。在老家的山顶上眺望，能透过前方两山之间的空隙，望见那湖泊的一片水面，湖水仿佛自天而来，水天一色，横无际涯，那是一片多么浩瀚的汪洋啊！远山如黛，碧水似境，有渔船在缓缓移动，太阳的光斑在水面上闪烁跳动，恍若梦境。

这些都是我儿时的一些记忆片段，或是对一些事物的直觉判断。但是，渐渐地，我的这些感觉似乎越来越虚幻失真了。譬如村子后面的那条河，昔日如天堑般难以逾越的宽阔，在今日看来，只不过是一条细窄的沟渠，一纵身就能跃过；又如，河西头的那道山梁，其实并不是那般山高林深，巍峨险峻，在我眼里，那就是一堆堆山丘土墩，随时可以征服于脚下，毫无雄奇壮观可言；还有，那片遥远的湖泊，现在看来其实也不遥远，坐上汽车只需一刻钟工夫就能抵达，那湖面也似乎没想象中那么辽阔无垠，天晴的时候可以看清对岸的青山、绿树和高楼。这样的变化让我百思不解：河还是那条河，山还是那座山，湖还是那片湖，为什么在今天看来，宽的河变瘦了，高的山变矮了，大的湖变小了？我怀疑我的眼睛是否患上了什么疾病，或是我对事物判断的心理认知正在发生病变。

我陪着已经动迁离乡的老父不止一次回乡，站在桥上凝望那条河流，我发现，河的两岸已不闻稻香蛙鸣，村庄已长成高楼，那条儿时眼中的大河如今委身于高耸的楼宇间，已然瘦成了一条细窄的河沟，静默而无力地流淌，没有人关注它的存在。

我曾经以健康的名义，加入浩浩荡荡的走山大军，多次"征战"于河西头的那片山岭。当我以胜利者的姿态站在山巅，环顾四周，心头却无端涌起一阵悲凉。这崇山峻岭早已被林立的高楼所包围，伫立山之巅峰，伸出手去，似可触碰到远处摩天大楼那炫目的幕墙。高楼压低了山脊，城市的欲望正在吞噬这片最后的绿洲。走山人踏遍了这大山的每一个褶皱，却让大山从此不再有隐私，也不再有尊严。

我如今的工作单位就位于那片遥远的湖泊之畔，当昔日的遥远成为咫尺,当这片大湖的周遭也被许多的新城高楼所簇拥,被高楼里那些窥视的目光所俯瞰,我对这片湖泊的初始印象开始改变。大湖似乎变小了,变温顺了,变成了大户人家豢养在后院的那方池塘,美则美矣,却少了些许的野性和情趣,人们对湖岛深处的想象也随之变得越来越苍白了。

客观来讲,河的变瘦、山的变矮、湖的变小,这是人的心理基于参照物相对关系的一种反应,也是人的心理基于人生阅历的条件反射。这样的变化应是时代前进留下的不可磨灭的印迹,正如道路的修筑,是人类从原始走向文明的一个标志,道路的通达拉近了距离,缩短了时间,促进了商贸的流通,加深了文化的渗透,可是,事物发展的两面性告诉我们,道路在与人方便的同时,也在滋生、刺激和膨胀着人类的欲望,人们在享受与满足中得寸进尺,渐渐变得无所畏惧,肆意妄为。道路把城市与湖山的距离拉近了,却让湖山离开人类渐行渐远。

这样的变化,何尝不是一种悲哀呢?

原刊于《文汇报》2015年12月10日

叶　梓

本名王玉国。中国作家协会会员。鲁迅文学院第二十七届中青年作家高研班学员。曾获甘肃省第二、三、四届黄河文学奖,孙犁散文奖,2008年中国散文排行榜提名奖等文学奖项10余次。现居苏州,供职于吴中文化馆。

著有《穿过》《馈赠》《流浪的诗圣》《天水八拍》《茶痕:一杯茶的前世今生》《客居萧山》。

东山杨梅

外三篇

去年,我写过一篇《杜家杨梅》。其中一段,写得颇伤感:

我只遗憾今年没酿些杨梅烧酒来。这是人在异乡、没有安稳之感的缘故,要不,热爱美酒的我一定会弄些坛坛罐罐,用杜家杨梅酿几坛烧酒,一个人的时候,一边望着月亮回忆往事,一边抿上两口,然后迷迷糊糊地睡去。

前面提到的"去年",是2012年,也是我迁居南方的第一个年头。这一年的初夏,我毫无悬念地吃到了不少杨梅,仙居的、东魁的,好像还有余姚的,但去过的梅园只有萧山的杜家村。今年初夏,跟朋友去苏州东山玩,才知道这里的杨梅更出名,就生出大啖一番的渴意。这次住苏苑饭店,在苏苑街见到不少卖杨梅的小贩。一问,都说是东山杨梅。我心存怀疑,可一介北人哪能分得清,只好听之信之。朋友忙,我一个人待着也无聊,就买了一篮子在房间里吃。一边吃,一边看一册《吴中旅游》的杂志,里面竟然有东山杨梅的介绍。可我还是更愿意在一册繁体竖排的《姑苏志》里见到这样的句子:

> 杨梅为吴中佳品,味不减闽之荔枝。

此书系明代苏州人王鏊所撰。他的故居惠和堂,我去过,在东山镇的陆巷古村。清代的《花镜》也是一册关乎苏州的史地书,里面夸赞东山杨梅是"吴越佳果"。今年春天去东山,恰是杨梅开花的时节,朋友说杨梅花黄白相间,夜间开放,天亮即谢。所以,我是看不到的,不过现在碰上东山杨梅,仍有久别重逢之感——"夏至杨梅满山红",初夏的东山,一定因熟了的杨梅而奢华得像一场甜美之梦。

苏州产杨梅的地方多,除了东山,还有西山、光福,而以东山杨梅为最。东山杨梅品种繁多,若以颜色论,有紫、红、白三种——紫色最好,白色次之;若以品种名称论,有大叶细蒂、小叶细蒂、乌梅、绿荫头、荔枝头、大核头早红等——尤以乌紫色的大叶细蒂的乌梅(又称炭梅)为最,熟了的乌梅,色紫、个大、肉厚、汁多、核小。其实,东山杨梅最大的特点,就是不酸,不少地方的杨梅略有酸意,而东山杨梅不但不酸,而且偏甜,这极吻合苏州人嗜甜的口味。

俗话里有句"一不做二不休",大有荆轲刺秦王的气势。这话用在我与东山杨梅的关系上也是恰切的——离开苏州时,专门在直销店里买了一竹篮。晚上抵杭,赶紧依古法泡了一坛子杨梅烧酒,以了却去年的遗憾。其实,南迁之后的漂泊之感仍在,只是时势易也,至少有了酿一坛子杨梅烧酒的心情。大抵,是稍稍心安的缘故吧。

再后来,从朋友跟前学来了东山杨梅的辨识之法,颇为实用,姑记之:一,鲜红的不好,要红得发紫,但不能是明星们追求的那种大红大紫,而是要呈暗色;二,要仔细观察杨梅柄处是否有凸出的一块绿豆般大小的、颜色较浅的突起物,若有,则非东山杨梅也。

数年前,东山杨梅不是沿街设摊兜售,而是沿街叫卖。那时候的苏州街巷,总有挎着竹篓的果农轻风般地经过,留下一声声古风盈盈的吆喝:

"阿要买杨梅,正宗格东山杨梅,甜得勿得了……"

原刊于《雨花》2017年第2期

香山帮

这不是武侠帮派。

而是发端于苏州吴中的一个建筑学派。

为什么叫香山帮呢?

因为这些工匠大多生活在香山周围一带。这个香山不是北京城里携妻将子去看枫叶的香山,而是苏州西边毗邻浩渺太湖的一座小山。据《木渎小志》载:"昔吴王种香草于此,遣西施及美人采之,故名。"其实,不必刻意追求这样的传说是否属实,关键的一点是,这座山一直以香山名之。

香山帮的范围,如果用今天的地理区域来界定,大致分布在苏州吴中的胥口和光福一带。自古以来,这一带以盛产能工巧匠而出名。春秋战国时期,伍子胥营造阖闾大城以及香山里建造大型离宫,孕育和形成了香山帮的第一次高潮。后来,北宋时期苏州就设应奉局,专门行使征调能工巧匠去东京营造苑囿的职责。为什么要设在苏州?就是因为苏州能工巧匠多。大约到了明代,经过长时间的沉淀,香山一带的能工巧匠形成了一个集木作、水作、砖雕、木雕等多工种的建筑群体,他们之间看似松散,没有具体的组织机构,仅以师徒相称,实际上又有一呼百应"集体作战"的强大力量。当然,这既与明清时期苏州一带的经济发达有关,亦与苏州日渐兴盛的园林之风有关。所以说,香山帮是地域文化的产物,如果说没有彼时的富庶和修建园林之风的兴起,香山帮也就没有如此广阔的舞台。

苏州园林是香山帮的用武之地，但这只是自家门前"耍大刀"，远赴北京修筑皇家园林，是香山帮成功走出家门的重要一步。也许，明朝永乐十五年（1417），随父应征、参加皇宫建设工程的蒯祥并不一定知道，多年后他会成为统率各匠的首领。蒯祥成为香山帮一代帮主，既是个人事业的成功，也让香山帮在偌大的北京城一鸣惊人——普天之下都知道了这样一个建筑学派。

关于蒯祥，《吴县志》里是这样记载的：

蒯祥，吴县香山木工也。能主大营缮，永乐十五年，建北京宫殿。正统中，重作三殿及文武诸司。天顺末，作裕陵。皆其营度。能以两手握笔画双龙，合之如一。每宫中有所修缮，中使导以入，祥略用尺准度，若不经意，及造成以置所原，不差毫厘。指使群工，有违其教者，辄不称旨。初授职营缮所丞，累官至工部左侍郎，食从一品俸。至宪宗时，年八十余，仍执技供奉。上每以蒯鲁班呼之。

一介匠人，能享这般待遇，实在令人羡慕。

蒯祥之后，姚承祖是香山帮里一个承上启下的重要人物。可以说，他是民国时期香山帮的带头大哥。翻检他的人生履历，他在当地组建鲁班协会，并以协会名义创办学校，供工匠的孩子免费读书。在他看来，没有文化的木匠就是一个不合格的木匠，这也是他组建学校的原因。不仅如此，他还应苏州工业高等专科学校校长邓邦迪之邀，站上讲台讲授建筑学，《营造法原》一书就是他当年的讲稿。此书后经张正刚先生增补，成为一册中国南方建筑的宝典。

晚年的姚承祖，在姑苏城里建有"补云小筑"，可惜没留下，只存其卷本于世耳。但怡园里的藕香榭、灵岩山上的大雄宝殿，皆出自他之手。

也许，因了地理特征的原因，香山帮的建筑作品迥异于徽派、京派。在我看来，更重要的还在于文化气息的不同，或者说气场的不同，才使得香山帮的建筑作品呈现出精巧、雅致的特色，这从平面布局、厅式建筑、门楼建筑以及装饰等方面都能体现出来。香山帮的作品总能从小的天地里创造出大的自然情怀,这是别的建筑流派所不及的。其实,对香山帮更深的理解,应该来自吴中大地。我想,哪怕看看雕花大楼前的老樟树,沐浴一场严家花园的风,在邓尉山腰的梅花亭里闲坐片刻,都能体味到香山帮的味外之味。

味,看似简单,实则是建筑的灵魂。

只是,听一位从事石雕的朋友讲,靠这手艺吃饭的人越来越少了。这也是当下任何一门手艺都面临的难题。有一次,我去香山的渔帆村拜谒蒯祥墓,墓以黄石垒砌,墓前配列翁仲石兽,且有亭堂与牌坊,足见其地位之高。可是在这个追名逐利的年代,昔日荣光的匠官已经变成一份遥远的记忆了。

现在,是一个流行CEO的年代。

原刊于《雨花》2017年第2期

手稿的枇杷

一个北人,对枇杷最早的认识,来自"枇杷露"。

小时候,感冒了,不停地咳嗽,母亲就从药房里买来"枇杷露"让我喝。淡淡的褐色稠汁,入口有糖的感觉,微甜,比感冒药好吃,所以,一口气能喝一大瓶。彼时,我还不知道南方大地上还有枇杷这种植物,因为我的视野范围里除了槐树、白杨、柳树,就是果实可食的杏树、桃树、苹果树。及长,才知道枇杷是中国南方极普通的一种植物,药店里那些"枇杷膏"、"枇杷露"、"枇杷糖浆"就取材于它。

再后来,迁居南方,与枇杷才有了真正的相遇。

有一年,去塘栖古镇玩,正是枇杷上市的季节。这是一座坐落于古老运河最南端的古镇,本来就游人如织,枇杷的成熟让游客更加多了——有很多游客加入到采摘枇杷的大潮中。我就是万千游客里的一员,逛完古镇,站在人挤人的广济桥上看了一会儿风景,就找了一户人家去摘枇杷:交了若干小钱,管吃,管摘。最后的收获,不是拎着一篮子枇杷回家,而是见到了枇杷树,且在枇杷园里穿行了整整一个下午,这对于一个北人来说,还是有点纪念意义的。就是这一次,我知道了枇杷树的与众不同,它秋天开花,冬天产蜜,初夏结果,是南方大地一年四季里第一个成熟的水果,拉开了南中国的水果大幕。

渐渐地,枇杷吃多了,也能分辨一二。最后的结论是,我发现自己偏爱苏州东山的白玉枇杷。苏州东山、杭州塘栖以及福建莆田,是我国的三大枇杷基地——这三大产地的枇杷,我已吃过两款,如此一想,人生也没有白活。据《吴县志》载,十世纪中期,太湖洞庭山一带就开始栽植枇杷了。明代王世懋在《学圃杂疏》有"枇杷出东洞庭者大"的句子。而在苏州,最有名的就是白沙枇杷——白沙,原本是一个村名,早在明代之前就以枇杷而闻名,后来,白沙就特指枇杷的品种了。但它又分若干种,皮色稍淡的是青种白沙,呈鹅黄色的叫小白沙,圆而略扁的又叫荸荠枇杷,这种或以形名或以色名的分类,让我一介北人,是有点零乱的。

但我知道,最负盛名的还是白玉枇杷。

听听这名字,就颇有诗意。小满前后,初夏的阳光下,白玉枇杷像是玉雕一般挂在枝头,真是好看。晋书《广志》里说,"枇杷,白者为上",那么,白玉枇杷就成为枇杷中的佳品了。食之,皮薄肉白,汁又多,入口甜而不腻,以致有一个"金银蜜罐"的称呼。尽管这名字听起来有点俗气,但实际上枇杷是清雅之物,经常入画。吴门画派的代表人物沈周画过好多次枇杷,有一幅《枇杷》,他画得简洁,款曰:

有果产西蜀,作画凌早寒,树繁碧玉叶,可叠黄金丸。

读古画，见过不少人画枇杷。吴昌硕的《湖石枇杷图》，齐白石的《枇杷扇》，都是性情之作，能勾起人的美食之欲。但枇杷在苏州东山，已然不仅仅是味蕾之欢，而是一座古镇的历史记忆与胎记。有一次，在陆巷古村的惠和堂的照壁上砖雕之作《九狮图》里，就见到了枇杷和山雀的图案——忘了说，古画里有枇杷者，则多山雀。

吃枇杷，宜读旧帖，亦宜读元曲、明清小品，更宜读清末海派画家的作品。读着读着，日子就过去了。人世间最不可负的是闲散时光，倘若在初夏，一边吃枇杷，一边翻翻闲画，也是一段逍遥的时光。江南的初夏不可错过，因为你一旦错过，迎面而来的就是难耐的燠热了。

去年初夏，有一个下午我正坐在小院里吃白玉枇杷，儿子从北方打来电话，说他养的五只蚕都结茧了。犹记得前些天回乡，还跟他一起去山里采桑叶。时间过得真快。吃枇杷也得赶紧，前前后后也就半个月的时间，枇杷就落市了。枇杷来到人间，短暂得像一场风一般的爱情，常常令人惆怅。

接完电话，忽然想起"五月江南碧苍苍，蚕老枇杷黄"的句子。

原刊于《雨花》2017年第2期

金山石记

1

读小学时，年轻美貌的音乐女老师教我们唱《北京的金山上》，唱着唱着，热血澎湃，觉着祖国就是伟大的母亲。渐长，略识世事，方知祖国之于我无非是辽阔的山川与密布的河流。大抵就是人生开始向后回撤的时候，我与金山石不期而遇。

金山石，顾名思义就是金山上的石头。但不是歌曲里的，它在苏州吴中。

之前，我亦知道以醋为名的镇江也有一座金山。无独有偶，明代诗人杜庠给这两座不同城市的金山写过一首诗："阊阖城外翠微间，扬子江心白渡湾，踏破芒鞋踪迹遍，始知人间两金山。"这是对吴中金山和镇江金山的宽泛式描述。其实，吴中的金山，起初并不叫金山。据《吴县志》记载，金山"初名荣坞山，晋宋年间凿石得金易今名，山高五十丈，多美石，巉巉高耸，皆碧绿色。"之所以易名金山，在当地民间工匠口口相传的记忆里，原因有二，一是他们的祖辈曾在金山支脉荣坞浜田鸡山开采的花岗岩中发现了金光闪闪的矿石，二是当地有人因开采石头而一夜暴富。

金山石作为花岗石的一种，最显著的特点是在它或青灰或青白的颜色之下，晶粒细密，故而质地坚硬、不易风化，是建筑石料的不二选择。有趣的是，邻近金山的天平山、灵岩山、焦山、象山、天池山、横山，都有与金山一脉相承的花岗岩，所以，它们也就一荣俱荣地统被称为金山石。

金山石的历史，其实是一部开采史。

追溯金山石的开采，至少可以上溯到晋代。宋代以后，金山石屡开屡禁，产量甚微，但在元代，就已经出现了金山石料雕琢做细的加工工业雏形，天池山寂鉴寺里的石屋就是典型代表。

2014年的深秋，我来到了寂鉴寺。

这是一座典型的元代石构仿木结构的寺庙，但并没有规守对称的建筑格局，相反，布局自由是它最大的特点。石屋内的佛造像线条粗犷，石殿内顶部的藻井层次丰富，如果说这是研究元代雕刻艺术的珍贵资料，那么，寂鉴寺全部取自金山的石头，就是研究金山石工艺的最初证据。

大约到了明代，苏州园林之风蓬勃兴起，金山石的用途越来越广，金山石迎来了历史上第一次大规模开采。史料记载，嘉靖年间，金山至灵岩山一带的奇峰怪石，采伐大半，后经有识之士奔走呼吁才于万历年间禁止开采——灵岩山马棰府"永禁开采"的摩崖石刻，就是对这一历史事实的记录在案。尽管如此，清代中叶，姑苏城内外的桥梁、花园、府第、寺院、陵墓、城基等各类建筑的石灰石部分几乎全部被金山石所代替。如果说这是金山石开采史里的辉煌过去，那么，民国初年金山石的声名大震，令人有些始料未及。1918年，从金山开采出净重二万五千斤的巨石运往浙江湖州砚山制作陈英烈士墓碑。1926年开始，金山石匠有二百余人，运送十万块金山石料修建南京中山陵工地，建造了中山陵的陵门、墓室、碑亭、牌坊、侍卫室、甬道、地坪、踏步和二百四十多级台阶。之后又建造了南京灵谷寺阁楼、石塔。1937年至1940年，金山石矿的开采和加工进入高峰期，大量的金山石料运至上海。《木渎小志》对这段历史的记载是这样的："金焦两山产区石料遍售江浙，自沪上洋商采办，销路益广。"

1949年后，金山石的开采几经曲折，基本上呈波浪式发展。进入21世纪以来，为了保护宝贵的自然资源，金山石矿已停止开采，2007年，规划禁采区范围内的开山采石矿山三十七家全部关停，仅保留经省政府批准的一家矿山。

靠山吃山，靠水吃水，是人类生存的本能与智慧。

背靠金山的人，自然要靠这里的石头养家糊口。久而久之，金山石的开采形成了以石为业的人。首先，是宕户的出现。他们每天在石头上"舞蹈"，干的是体力活，用汗水、鲜血甚至生命换取不易的生活。我在木渎古镇见过一位年逾八十的宕户，他回忆说，那时候每天日出而起，日落而归，手里离不开的是钢钎、铁锤，还有黑色的炸药。他的耳朵已经不好使了，就是当年落下的病，因为每天听的是震耳欲聋的石炮声。最让他胆战心惊的是，大小不一的石块在腾空弥漫的硝烟中落入山崖下的宕池的场景。

除过宕户，以石为业的人，就是那些在"石作"、"石铺"等手工作坊里从事石雕的人。

他们靠手艺吃饭，在苏州，一般称他们为"细作"，或者"细石匠"。

金山石匠，名人辈出，早在晋代，就有了名匠的记载。但最著名的匠人出现在明代，他就是和香山帮帮主蒯祥齐名的陆祥。他人生中最辉煌的就是参与了营建北京紫禁城的石艺工艺，并因擅于石雕和石料工程建筑而官至工部侍郎。后来，汤根宝、陈根土、钱金生都是石匠里的风云人物。事实上，还有更多的匠人，只是，石雕艺人在当时身份低贱卑微，历史没有留下他们更多的名字。但是，值得一提的是，光绪三十二年（1906），吴锦山、王仁山、顾福昌等石雕艺人发起成立了苏州石业公所，并且设立学堂，兼办善举，这应该是金山石雕史上最为浓墨重彩的一笔。除此之外，民国十五年至二十一年间（1926—1932）南京兴建孙中山陵墓，当时知名的石雕艺人汤根宝承接了这一整体石料工程的雕刻和安装，所用石料和艺人，全都出自金山石。

中山陵的完工，让金山石匠的声誉名扬天下。

其实，手艺也是一条流动的河，金山石雕的手艺之河上闪烁着美丽的波纹——在这个流水线生产的时代里，这样的波纹弥足珍贵。当我们这样认知时，每个金山石匠都是身怀绝技的人，我们需要对他们、对他们的绝技充满敬意。现在，就让我说说这些绝技吧——

劈石。将大料石取出后，按照要求分割成若干小块——当然，现在用切割机来替代了，但在当年，劈石技艺的高下直接决定着出材率以及制作成本。如一块八仙桌大小的大料石切断时，只需选择一个平面，在平面上列作几个"库子"，放上"胀镨"，石匠高举24磅大锤，一锤下去，石料就会齐刷刷一断为二。

1958年，金山石匠徐筱棣曾给苏联专家代表团表演过劈石技艺，引起轰动。

左右开弓。传统的石狮雕刻，最难的是形貌相同，雌雄成对。在没有石膏模具制作工序的20世纪三四十年代，金山石匠盛水大就开创了"左右开弓"绝技，即左右手分别握锤，右手雕凿雄狮，左手雕凿雌狮，并且能达到雌雄双狮一模一样的艺术效果。

"冰梅纹"。即在石块拼接时要求宛若天然地呈碎冰梅花状，不留加工痕迹，这是石匠技艺里的高难度技术活，非顶尖高手不敢问津。吴中灵岩山后花园的西侧围墙保留的若干段比较完好的"冰梅纹"石墙，就是民国时期金山石匠留下的杰作。

除此之外，还有断柱接柱、石拱桥建筑技艺、摩崖石刻和碑刻技艺等多种绝技，都是一个优秀的金山石匠必须具备的看家本领。今天，当我们置身于园林名胜、名宅大院、博物馆，甚至马路广场时，与一座座建筑石雕装饰品、石雕景观、石雕陈设不期而遇时，一种对石雕艺术的敬仰之情将会油然而生。特别是在今天现代化建设的征程中，当许多传统手艺开始被现代化浪潮逐渐湮灭的时候，一种"留住手艺"的紧迫感随之而来。

2015年的秋天，我在木渎老镇，见到了何建青。

这是我与他的第二次见面。他带着我在自己的金山石雕公司转了一大圈，亲眼浏览了一遍工艺流程。还是允许我先来说说他的父亲吧——他的父亲何根金，土生土长的木渎人，生于1939年。何根金上小学时，家境贫寒，不得不辍学进矿，跟随父亲学习石雕手艺。他天资聪颖，心灵手巧，加上刻苦认真，青年时期的何根金就成了金山一带小有名气的石雕艺人。1949年后，他被金山矿区吸收为正式工人。1957年在山东施工时，他向工程技术人员王书高学习绘画技术，石艺从仿制传统产品到创意设计新的作品，迈上了一个较高的台阶。1997年，对于何根金，是一个重要的年份。这一年，他和儿子何建青共同创办了苏州市金山石雕艺术有限公司，并拥有自主矿石开采工场、石材加工和工艺石雕工厂、石雕工程公司。此后的2005年，获得了江苏省高级工艺美术师称号，2008年被评为江苏省非物质文化遗产项目代表性传承人。

忆及父亲，让何建青感到最荣光的事，就是曾经承担过国礼任务：

"1970年，北京雕塑工厂承接了国家下达的为几内亚纪念碑雕塑战士、妇女、儿童等人物的任务。北京专门邀请我父亲北上参与制作，后来他出色地完成了任务，将非洲人民的形貌精神刻画得栩栩如生。1976年，毛主席将它作为珍贵礼品赠送几内亚总统杜尔。"

何根金还有一件作品，堪称他的代表作品：一对重约2吨的蹲狮。这对蹲狮就在何建青的家里，轻轻叩击，竟似古磬般地能发出清脆悦耳的金属之声。这是何根金潜心研究古代石乐原理的结果。

现在的何建青，忙着自己的金山石公司，这种当代意义的父业子承，有着别样的意味。

时光如滔滔江水，一去不返。

多年的开挖，让金山最后变成光秃秃的采石宕口，用自己的空空荡荡，诉说着岁月的残酷与无情。所幸的是，世间万物永远无法摆脱福祸相倚的变化定律。新世纪的到来，官方为了修复几乎被破坏殆尽的生态环境、决定对山体复绿时意外发现，当年挖出的巨大无比的矿坑，因为停止采石而积水成湖。于是，就地建一座城市山水生态公园的动议脱颖而出。恰好，湖边有一座被开采过的山峰，形如寿桃，故名寿桃湖。也有一说，是因湖面形似桃状而名寿桃湖。公园因湖而名，寿桃湖公园就这样应运而生，现在成为古镇木渎最大的城市生态公园。

从光秃秃得有些荒凉的宕口到风景旖旎的公园，时光就像是一个魔术师。也许，这也算是给那些流落天涯海角的石头，安置了一个温暖的梦吧。我相信，每一块金山石都是有记忆和灵魂的，它们在异乡回望自己的身世时，一定会感知到寿桃湖的美丽吧。

有一次，我特意去寿桃湖公园散步。

时值盛夏，一个人在偌大的公园里闲荡，湖水碧蓝清澈，树木绿树成荫，恰逢苏州有了不多见的蓝天，衬着朵朵白云，与不远处的天平山遥遥呼应，也是一方美景。从寿桃湖回来，我坐在小院里喝茶。院子里的石桌就是金山石打制而成的。常常，我一个人坐在这张金山石桌前，喝茶，晒晒太阳，闲翻几页线装的旧书，仿佛石湖之畔一个不问世事的隐者。

原刊于《北方文学》2017年第8期

张志新

1948年生。1970年开始在吴县从事文化工作。经常有论文、报告发表于《文物》《考古》等全国性杂志，并在江苏省哲学社会科学论文评选中获奖。1980年，当选为江苏省考古学会理事；省民文协会会员。1984年担任吴县文物管理委员会主任；同年吴县文联恢复，任首届文联委员，文学、摄影家协会会员。1985年，获评"全国文物系统先进工作者"称号。2015年复评为江苏省"劳动模范"。专著有：《吴史漫考》《吴中散记》《吴地旅情》和《邓尉山圣恩寺志》等。

陪同沈从文先生参观紫金庵

"是金子,无论放在什么地方都会闪光。"这是中国的一句传统格言。我与沈从文先生短短数小时的接触,加深了我对这一格言的认识。

一九七九年初夏,正当我忙完苏州七子山五代墓的发掘,在办公室清理文物时,苏州市文化局的钱勤学同志陪着沈从文先生来找我,要我陪同前去紫金庵参观。这是我与沈先生的第一次见面。

沈从文先生,矮矮个子,胖墩墩的,身穿灰的卡便装,高而宽的额头上,头发几乎已经全白了。他戴着深色边"秀郎架"眼镜,脸部始终堆满微笑。他不擅寒暄,但眼睛不停地观察,脑子不断地在思考。在等车的片刻,他仔细地审视起放在桌子上的出土物。当时,这座墓葬的墓主人和年代还未详细考订,正想听听专家的见解。沈先生与我侃开了:墓葬中出土的俑,体现了唐宋之间的风格,有的肥硕,具有唐代仕女俑的特点;而有的又比较清瘦,双手拇指交叉作揖状,这在宋代比较盛行,《太平广记》中有记载,这叫"扠手示敬"……他的一席话,使我坚信了七子山古墓为五代钱氏家族墓的初断。

我们正谈得起劲,县政府办公室派出的车来了,我们登车启程,往紫金庵而去。

沈先生在我办公室的谈话，使我对他产生了仰慕和崇敬。沈先生作为小说家、散文大家，我是久闻其名的。特别是他三十年代的作品：《边城》《湘行散记》《八骏图》等文章，情景交融，娟秀动人，体现了他良好的文学天赋和抒情气质。读来使人爱不释卷，而他成为文物考古专家，我还是第一次听说。

车出苏州，沿着苏东公路缓缓西行，我们在车中闲聊起来。沈先生告诉我，他去年刚从故宫博物院调到中国社会科学院历史所工作，并正从事《中国古代服饰研究》一书的编纂。这次到吴县来，正是因为听说紫金庵的彩塑罗汉保存得十分完好，而专程来看古代罗汉服饰的。

初夏的东山，仍洋溢着春天勃发的气息，绿嫩红肥，秀色可餐。进入西卯坞后，青山如黛，松竹苍苍，正应了明末顾超"山中幽绝处，当以此居先。绿竹深无暑，清池小青天"诗中的意境。车到紫金庵，文保所的毛所长早就在山门口等候了。

"紫金庵相传始建于唐代，庙宇至今古致犹存。"毛所长边走边向沈先生介绍起紫金庵的情况来，"明郑杰景泰三年（1452）撰《洞庭纪实》中有'金庵在西卯坞内，昔有胡僧沙利各达耶于此结庵修道，（唐）玄宗时诏复修殿宇，装金佛像，焕然重新焉'的记载，说明金庵的创建年代应该不晚于唐代。"

"紫金庵殿内两壁的十六尊罗汉和后壁的观音像，相传为南宋民间雕塑名手雷潮夫妇的作品。这些像比例适度，容貌各异，姿态生动；面部表情细致，富于性格特征；衣折流转自如，能表现质感。观音像神情安详庄严，亦为同类塑像中少见的佳作。它们表现了我国宋代雕塑艺术写实与传神的优秀传统，是苏南塑佛彩画方面的代表作品……"毛所长滔滔不绝地介绍着，沈先生入神地听着，时而微笑，时而点头。他一言不发，直到毛所长把罗汉像一尊尊地介绍完。当我们邀请他到接待室饮茶休息时，沈先生轻轻地说："你们先去，我再看看。"

沈先生于是又仔仔细细地一尊尊罗汉地端详起来。从衣领到衣袖，从泥塑所体现的服装质料到折皱，从服饰的花纹到制作……时而远视整座罗汉，时而细细观察局部，还不停地在记事本上描画，记录着什么，似乎要把每尊罗汉都看个遍，看个透。整整两个多小时，专心致志地看着这些泥塑的罗汉……

一九七九年，是紫金庵修建并正式对外开放的第六个年头。作为佛教寺庙对外开放，还为数很少。当时苏南地区正有一股子"紫金庵热"。除了各级领导，中外宾客到苏州，必来参观紫金庵；关于紫金庵罗汉的年代问题在学术界也正展开着激烈的争论。当时我还是吴县文物战线上的新兵，总想对"家珍"能有个全面的了解。当沈先生看完最后一尊罗汉，我也不管紫金庵工作人员已经清庵下班，拉着他到茶室小憩，并紧追不舍地询问起沈先生对紫金庵罗汉的看法。

"紫金庵罗汉的装銮艺术，保留了苏南民间彩塑的独特风格……"沈先生略带湖南口音，向我谈开了："明清苏南彩塑在民间习惯上有上、中、下五彩之分。上五彩也就是沥粉泥金，花纹以沥粉堆线勾勒轮廓，并在线上用泥金或真金箔补金线，然后剔地填彩，紫金庵罗汉采用的是上五彩的做法……"

"我国佛教雕塑，在宋代便盛行沥粉泥金上五彩的做法。风格趋向写实,手法工整、精细。这种传统一直延续到明清。紫金庵罗汉装銮有这种特点,但明显有后代重绘的迹象……"我证实了他的判断,说:"以前在紫金庵大佛肚中,发现一块木牌,上有墨书:'雍正九年辛亥岁佛开光,三月十五日未时住持觉性记'字样。"沈先生十分高兴,立即拿出记事本,要我将原文抄录在他的本子上。同时又接着说:"紫金庵罗汉虽然经过清代重绘,但在风格上与原作仍有承继的痕迹。服饰多用'宋锦'纹样,采用八卦、六角、扇面、方胜、海棠等几何形,填上多样的变形纹饰,其中包括工笔的人物画、写意的山水、变形的牡丹等等,突破了袈裟单纯的形式,布局丰满,达到了远看色彩近看花的装饰效果。但是这里的彩绘不如宋代的精细,统一和调和,显得有些杂乱,这可能是明清画工由于师承和前代彩绘遗迹等多方面因素造成的。其中还有不少装饰纹样,如千佛衣、耕读、八仙和富有东山地方特色的花果、折枝花卉,都是比较有特色的……"他对紫金庵的塑像赞不绝口。短短几十分钟的谈话,整理出来就是一篇上好的考证文章,有条不紊,有根有据,使我这个去过紫金庵不知多少回的人茅塞顿开。

三十多年过去了,陪同沈先生参观紫金庵罗汉时的情形,我至今难以忘怀,沈先生对学术问题的严谨,对学识追求的执着,以及他知识的渊博,随着他和蔼的音容一起存在我的脑海,时时浮现在我的眼前。

我知道沈先生放弃文学生涯而改从考古,是时代变迁的原因造成的。一个充满抒情气质的文学大家,要改从引经据典,以科学条理来观察事物,追溯事物的本来面目,这种习惯和工作特性的转换,要克服多少困难、障碍。沈先生成功了,靠的应该就是他的执着、严谨和认真。有了这种精神,金子就会闪光，这也许就是我陪同沈先生参观紫金庵所得到的又一收获。回忆我从事文物工作的那些年，以及在转业以后几年的工作中，能得到一点成功，和陪同沈先生参观紫金庵时得到的启迪是分不开的。

原刊于《中国文物报》2016年11月1日

邓 婧

1987年生于江苏苏州,现为苏州市作家协会会员,吴中区作家协会副秘书长。近年来,作品先后在《文学报》《散文》《词刊》《瞭望》《东方收藏》《海燕》《苏州日报》等众多报刊发表。作品先后入选河南省特刊《余留》、散文集《阳澄笔记》《天池花山诗文选粹》等。

江南三叹

启园春晓

三月末,太湖踏春行。乘着画舫游启园,恰遇上蒙蒙春雨。

从东山游客中心码头登上一艘古色古香的画舫,袅袅烟云中,游园赏春之旅正式开启。

对于太湖山水,明宰相王鏊曾在《洞庭两山赋》中这样描绘:"夫太始汤穆一气,推迁融而为湖,结而为山,爰有群峰。散见叠出于波涛之间,或现或隐,或浮或沉,或吐或吞……"启园,是一座滨湖私家园林,藏山纳湖,步移景异,园内厅堂轩榭、廊舫斋馆、花径曲桥,与自然山水融为一体,形成旖旎的风光,令人心旷神怡,既彰显了苏州园林精巧雅致、曲折幽深的特点,又有"脉接七十又二峰,波连三万六千顷"的豪迈气魄。又名席家花园,始建于民国二十二年(1933),旅沪富商席启荪为纪念祖上席启寓在此迎候康熙皇帝而建,享有"江南湖滨私家园林"美誉。悠悠地,约莫三酌茶的功夫,启园已在视线之中。

船泊靠于岸,一行人沿着河埠进园。大家由林荫小道漫步游园,湖风拂面，夹杂着湖水的气息。不远处，虫二亭，静立于水波之上，遗世独立。亭内，有一竖碑：御码头。康熙第三次下江南，于菱湖渚，经余山湖面，驾幸洞庭东山。相传，启园御码头所在地就是清高祖康熙帝御驾东山登陆之处。

园内春和景明，细雨淅沥，游人依旧络绎不绝，兴致盎然。青年结伴嬉戏而行，暮年夫妇雨中相携而游，还有坐着轮椅的游人闲适逛园……

苏州，园林不胜枚举。启园，仿若高士，遗世独立于太湖之滨，你来或不来，它自在。到启园，不见三宝，乃憾事。一宝，便是前面路过的康熙御码头。踏着帝王的足迹游园，寻常百姓，自带一身荣耀，体验一回御游线，心里估摸着，许能沾沾贵气呢。二宝，是见证爱情，象征幸福的古柳毅井。三宝，古杨梅树，康熙手植，距今已有数百年，夏至，郁郁葱葱，枝繁叶茂，寓意安康。

游园赏春间隙，众人停步翠微榭，围坐品茗。一杯清茶，配着小碟酸酸甜甜的青梅果子，十分可口。茶，是太湖人世世代代饮用的碧螺春茶。不过，赶上好时机，品上了今年最时鲜的明前碧螺春。透明玻璃杯，茶叶入水，渐渐下沉，杯中茸毛浮起，如白云翻滚，雪花飞舞，并散发袭人清香。关于茶名"碧螺春"，太湖流域流传着一则佳话。碧螺春原叫"吓煞人香"，清康熙帝南巡吴中太湖，太湖人拿出最好的"吓煞人香"敬献。康熙帝尝了此茶之佳品，便问起茶名，觉得"吓煞人香"一名不雅，遂赐"碧螺春茶"。自此，吓煞人香，便以碧螺春茶之名闻名天下，并沿用至今。

在翠微榭品茶之余，我们还遇到了一件令人感动的事。这是事后，园内工作人员告之的。当天与我们同游园的游人中，还有一位前国家领导夫人。夫人路经翠微榭，本有意想静坐水榭，看看湖光。但得知，翠微榭已有一行采风团预约，便吩咐身边工作人员，大家不要打扰。

归途，斜风细雨，微波荡漾，两岸迷蒙，偶有水鸟从湖面滑翔而过，美极了。

梅子熟了

绿树,荫浓,夏日长。

风夹着温热的气息拂面而来。又一年,邓尉吾家山麓的梅子熟了。

锦绣江南,自古不乏诗情画意。应着这初夏江南梅子黄熟,就连一年一度的雨季,也随带着称呼那么清雅文韵——黄梅时节。

梅子黄时雨。踏着夏泥的轻软,蒙蒙细雨斜飞,不知有多少文人墨客、王侯将相拜倒在梅裙下。梅花绝傲冷艳的花香固然醉人,梅树枝头累累的硕果也极是诱人。或许这就是邓司徒流连忘返,清高宗六下江南的秘事。

葱郁的梅叶下,小小、圆圆的梅子,玲珑可爱。青青的梅子上,却又清晰分明地瞧见微微红晕,就像少女娇羞的颊面。空气里隐隐地流转了一股梅子的清香,似有似无、若隐若现有春季阳光、雨水的味道。

梅子,是桌宴上的佳品。三国,曹孟德宴请刘玄德,以青梅绽放,煮酒正熟相邀。畅天下,论英雄,壶酒一樽,成就了煮酒论英雄的千古传奇故事。就连东坡居士也为青梅留下了"不趁青梅尝煮酒,要看细雨熟黄梅"的诗句。

每年青梅成熟之时,吴中人就有腌青梅的习俗。用新鲜的青梅果制成脆梅、梅子酱、青梅酒……多样美味。为酿青梅酒,有人特意冒雨去摘梅子。我嗜酒,不大能了解这份浓情,然,青梅果配乌龙,享浮生,我倒觉得蛮灵格。

漫走平江路

小巷,仅千米有余。岁月里,默默地沉淀着。

它,紧临市中心,却曾是苏州城"被遗忘的一角",犹似穿着麻布衫的女子,静谧又优雅。然若是对你回眸一笑,那你便整个人都酥了。

从白塔东路进平江路,两旁建筑夹道,窄窄的两米来宽,河街相邻,水路并行,粉墙黛瓦,典型的苏州巷子。

走在长石条铺就的路面上,像是踏着悠悠岁月,它就在这里静静地诉说着数千年来苏州人休闲雅致的生活,一代又一代的传说与故事:贵潘的风致雅量,富潘的浮华气魄,赛金花的幽思暗恨,岳飞的精忠报国,虞姬的刻骨铭心……

如今,修葺过的汪氏义庄,庄严大气;保吉利桥边的牌楼,换了新颜;胡相思桥与唐家桥,这组绝美的宋代双桥依旧,"胡相思"的爱情故事代代传诵;马家桥边,唐纳与蓝苹的身影早已无迹,但任时光匆匆,他们之间的那段爱恨离合事,至今巷里巷外悠悠流传。

史载,宋威果二十八营曾驻扎平江。昔时军营驻扎地到底有多大的范围,"夜深千帐灯"的宏伟壮丽,铁马金戈的恢宏气势,随着历史一起淹没在尘埃里。遗憾,今天的我们目睹不了这一壮阔。而史书也只是模棱两可地用简短几句记载。尽管韩瓶碎片堆出土了,却也只是向我们证实了平江的确有军营驻扎这件史事罢了。黛青色的叠瓦间,瓦穗鳞次栉比,似在吟诵这里的古老与过往的云烟。

菉葭巷与平江路交界处,立着一块"人等至此下马"的碑石。传说是岳飞曾经接"金牌"之处。当地百姓为纪念岳飞的精忠报国,立碑以示瞻仰。

平江路上,以潘宅冠名的宅子,正如"潘"这个姓氏一样,都有着精彩纷呈的史事佳话。现为人知晓的就有礼耕堂、潘世恩故居、潘祖荫故居、悬桥巷潘宅等好几处。潘氏在平江,拥有数百年的历史,在最辉煌的时期,苏州一座城潘氏就占一半。潘氏,亦有"贵潘"、"富潘"之分。贵潘,世代门第显赫,状元、探花、翰林、举人不胜枚举。清同治年间,李鸿章抚苏时曾为潘祖荫所属的"贵潘"家族题匾曰:"祖孙、父子、叔侄、兄弟翰林之家",潘氏望族因此享有"天下无第二家"之誉。富潘,依靠经商致富,积累了大量财富,在苏州拥有无数店铺、作坊、房地产,曾是富甲一方的经商世家。让人不禁觉得,整个苏州的富贵气似是都缩微在平江路的巷弄阡陌里。

原刊于《散文·海外版》2016年第6期

黄霞君

笔名小英,中国作家协会会员,二级作家。

著有散文集《夏夜情思》《点亮心灯》《放飞心灵》。

又见"格斗橱"

当我徜徉在乌镇这条古老的石板路上,被乌镇的质朴、清纯和幽静勾起童年思绪的时候,一排排曾经那样熟悉却又久违了的格斗橱和一只只牡丹瓶映入了眼帘。"格斗橱!"我情不自禁地脱口而出,撇下伙伴,加快脚步朝前走,去端详那朱红色有着铜拉手的格斗橱和放在橱顶的白底青花牡丹瓶。

格斗橱、牡丹瓶中沉积着我童年时的乐趣,也深藏着那不堪回首令我至今难忘的一幕幕。

格斗橱、牡丹瓶是中药铺的象征,占据着半边墙壁的格斗橱,从上到下,一只只抽屉排列得整整齐齐。抽屉上的铜拉手,因为长年累月的摩擦,锃亮闪光。

格斗橱和牡丹瓶也是中药铺的身价,橱和瓶越多,这家药铺的家底越厚,医生的病人也就越多。

一样样中药分门别类地放在抽屉中,贵重点的就放在瓶子里,抽屉和瓶子上贴着用流畅的毛笔字书写的药名"当归"、"杜仲"、"党参"、"黄芪"……

我父亲曾开过中药铺,因而,家中有着一排排格斗橱和大小不一的牡丹瓶。牡丹瓶大的如装酒的瓮,小的状如孩子的拳头。在我出生的时候,父亲的

"人寿"药店和"民康"诊所已经合并成联合诊所,而联合诊所又不需要格斗橱和牡丹瓶,因而,它们留在了家中。

从我懂事起,格斗橱和牡丹瓶就是用来贮存我所认为的宝贝的。所谓的"宝贝",充其量只是发夹、扎小辫的红或蓝的玻璃线、花手帕、小人书,花花绿绿的糖果纸甚至几块石头。

当年,当我突发奇想地要取出"宝贝"欣赏时,就会把一只只抽屉开得"噼里啪啦"响,因为抽屉太多而忘了自己把"宝贝"藏在何方,还没等到把那些抽屉全部打开,就气急败坏地指责哥哥、姐姐们偷了我的宝物,然后,去找母亲告状,然后,母亲再帮我一起找,然后找到那些躺在抽屉中正静静地看着我的"宝贝"。

几十只抽屉排列在一起,犹如一块巨大的屏障,我们围着格斗橱捉迷藏、玩猫捉老鼠,用"剪刀、石头、布"来决定谁做"老鼠"谁做"猫"。然后围着格斗橱"老鼠"逃、"小猫"追,有聪明伶俐的"小猫"追着追着猛地急转身,把"老鼠"迎头捉住,也有憨厚老实的"小猫"只会循着一个方向追,直追得气喘吁吁也没能把"老鼠"逮住。玩捉迷藏的时候,先把捉迷藏者的眼睛蒙住,然后用手帕把他的一只手和一只脚绑在一起,再拉着转上左三圈右三圈。还没开始捉迷藏他已经晕头转向,再加上瘸着腿、弯着腰,稍不留神就会撞到棱角分明的格斗橱上并很快演变成一个又大又红的包。于是,被撞者一把扯下蒙住眼睛的手帕咧开嘴巴"哇哇"大哭,而被捉者则站在一旁"哈哈"大笑。被撞者哭着哭着,又会被伙伴们龇牙咧嘴的鬼脸逗得破涕大笑,摸着头上的包一副哭中有笑、笑中有哭的尴尬相,这张脸就是请来十八个画师也画不像。

当我们渐渐长大,再也不用格斗橱藏宝贝和玩捉迷藏后,它又成了我们的书橱,兄弟姐妹,分享着这只格斗橱,一本本书,在抽屉内码得整整齐齐,最高的属于哥哥姐姐,我最小,理所当然地只能轮到最后几只。

朱红色的油漆映着我们的笑脸,几十年了,栎树做的抽屉没有一丝裂纹,那一只只半圆形的铜拉手闪着幽幽的光,似一双双眼睛看着我们在它的身边嬉戏、玩耍、成长。

由于牡丹瓶容易破碎,因而,尤显珍贵。母亲把它放在高高的柜子上,轻易不允许我们碰。牡丹瓶的图案很漂亮,造型也很优美,它可以贮藏很多东西,印象最深的恐怕要数存放炒熟的蚕豆和黄豆了。那时候,没有别的零食,偶尔有炒黄豆之类的食物,差不多就可以高呼"万岁"了。母亲把炒熟的黄豆或蚕豆放在牡丹瓶中让我们慢慢地吃,但我们就像饿极了的"叫花子",不肯留下隔夜粮。我们抵挡不住那种唇齿留香、回味无穷的滋味,也抵挡不了那一咬"嘎嘣"响的诱人感觉,宁愿吃得肚子发胀连连放屁捂着鼻子互相埋怨,宁愿在被窝中互相踹着脚被姐妹们讥笑,也舍不得把那香喷喷的豆子留到明天。我们会趁母亲不注意,踩在凳上再爬到桌上,打开瓶盖迅速往口袋中装,既想装得多一点,又想装得快一点,但是,越是心急,越不行,瓶子的口太小,手中握的豆子又太多,手在瓶口边卡住拔不出,只能微微松手,指缝中漏出几粒试一试,还是拔不出,再松手忍痛放弃几粒,既贪婪又惊慌。此时,心也会跟着一起添乱,"扑通"、"扑通"狂跳不已,等把拳头从瓶子中拔出来,紧抓在手中的豆子已是所剩无几。

牡丹瓶在家中还起着装饰点缀的作用，柜子上如俄罗斯套娃般一长溜从大到小的牡丹瓶，无形中，给简陋的居室增了辉，它给了我一种满足感，是我幼小心灵上的骄傲，也是我向伙伴们炫耀的资本。

在我似懂非懂的意识中，伴着我成长的格斗橱和牡丹瓶一夜之间成了"四旧"。因为父亲是卫生院院长，是走资本主义道路的当权派，毫无例外地被揪斗，家中也屡次被抄。该抄的被抄走了，该烧的也被烧毁了。最后，格斗橱和牡丹瓶成了造反派们的"眼中钉"，他们异口同声地说要砸烂它。

无所不能的造反派上午想砸谁的"狗头"，这只"狗头"就留不到下午，他们想砸用木头做的橱和几只陶瓷做成的瓶，岂不是举手之劳？容不得辩解，容不得我们把贮藏在里边的东西搬出，在父母的哀求声和我们惊恐的眼神中，所向无敌的造反派，一边高呼"破四旧，立四新"的革命口号，一边噼噼啪啪棍棒乱舞，菜刀、砍刀乱砍一通。但栎树做成的格斗橱似乎也并不容易散架，刀棍只敲掉了它彤红的油漆和闪亮的铜拉手。造反派们被激怒了，在头儿的指挥下，一拥而上，齐心协力把一只只抽屉拔出来用力往地上砸。在一片"掀翻它"的吼叫声中，格斗橱轰然倒下，随即，造反派们纷纷跳上格斗橱，在上面肆意践踏、欢呼雀跃，紧接着又传来牡丹瓶落地时那清脆又使人胆战心惊的响声……

而今，当和给了我童年的乐趣，也给了我终生难忘惊恐的格斗橱、牡丹瓶不期而遇的时候，我怦然心动，虽然此橱已不是那橱，此瓶也不再是那瓶。

三十多个年头过去了，当年玩捉迷藏和偷吃炒黄豆的我已经被岁月在脸上烙下了无数道年轮，但熟悉的格斗橱和牡丹瓶的影子仍然深深地埋藏在心中,那刺入肺腑的一幕仍悄悄地在记忆深处涌动。

  我站在格斗橱前注视着它,又仰起头,看着牡丹瓶,泪眼婆娑中,我似乎又看见了离我而去的父母双亲。看着它们,我仿佛又回到了三十多年前,又闻到了那淡淡的炒黄豆的香味,我下意识地捂着口袋,口袋中似乎还有着黄豆的余温。我又听到了儿时捉迷藏时的欢笑声和格斗橱、牡丹瓶落地时恐惧的尖叫声,一张张充满喜悦的脸和凶神恶煞的脸,全都浮现在眼前,我触景生情……

原刊于《文学报》2004年10月8日

陆建强

1970年3月出生,吴中区作家协会会员。自1990年以来,先后在《苏州日报》《吴县报》《苏州城市商报》《姑苏晚报》《苏州老年报》《苏州杂志》等报刊发表散文数十篇,曾多次在市、区级散文征文比赛中获奖。现担任苏州银行高新区支行行长、党委书记。

茶汛

外一篇

过年返乡，按捺不住满怀欣喜，一路狂奔，径直跑到了老家后山的山顶。今年的春节特别暖和，原来是想见到一番雪景的季节里，却是满眼葱茏。橘子、杨梅、枇杷、茶，这些常绿植被，一派生意盎然，光脱的板栗掩藏其中，不觉得有一点点萧瑟的感觉。叶荫之下，嫩绿的野草野菜已经铺满了一个个树塘。正值枇杷花盛放的时节，整个山里嗡嗡作响，定睛一下，群飞乱舞的小蜜蜂穿梭花间，恣意吮吸着大自然的馈赠。极目眺望，原本稀疏的村庄新楼簇拥，太湖边的商业别墅群接天莲叶般地呈现出来，与村庄、街道、马路挤在一起，颇为壮观。这在美国，完全可以称得上是个不错的城市了。正值天空晴好，视野开阔，整个山里青翠欲滴，芳香四溢。常年经受城市雾霾光顾的我，呼吸一下变得清新舒畅起来。这样的境地，这样的心情，难免触发了久违的诗性。"山青石径斜，湖阔墅葳蕤。百鸟吟春到，丛花惹蜂回。"我喃喃道，尽管文拙粗糙，可也算是直抒胸臆，过了把瘾。

山不算高，但站在山巅，还是有点一览众山小的感觉。从山脚跑到山顶，成片成片的茶树就像久别的朋友一样夹道相迎，朵朵洁白的茶花又似风信子一样诉说着春的到来。我恍然明白，这沉寂了几个月的山村里，一场新的茶汛即将开始。

说起家乡的茶叶,还真的很有来头。老家就在太湖洞庭西山上,茶叶就是美名远扬的碧螺春。据记载,碧螺春茶叶早在隋唐时期即负盛名。相传当年有一尼姑上山游春,顺手摘了几片茶叶,捂在怀里。回去以后,不经意间发现捂干的茶叶"香得吓煞人",故民间流传此茶为"吓煞人香"。到了清代,康熙皇帝南巡时品尝了这种汤色碧绿、卷曲如螺的名茶后,倍加赞赏,但觉"吓煞人香"不雅,故赐名为"碧螺春"。从此,碧螺春成了年年向皇室进献的贡茶。

尽管每年都有朋友送我一些外地的茶叶,但我至今一直保留着喝碧螺春的习惯,或者是草青。每逢开春时节,父亲总会从较远的乡下捎来几罐碧螺春。泡开了,茶叶在杯中徐徐舒展,上下翻腾,煞是好看。待到沉入杯底,氤氲的蒸汽使得茶香四溢,在整间屋子里弥漫开来。这样的片刻,既是一个人静下心来去体悟大自然的时候,也是唤起我从记忆中去回味那些纯真年代的时候。

那时的乡镇叫人民公社,那时的村庄叫生产队。为了多积攒工分,我们这些像碧螺春一样稚嫩的孩子早早地经历了生活的艰辛。每当鸡鸣三遍,我们这些还在上小学的孩子就被父母从温暖的被窝里叫起来,胡乱地穿上衣裤。睡眼蒙眬中,只觉得很快就被父母系上围裙,带上袖套,背上了小竹篮。那时,牙还不时兴刷,能咀嚼到几颗糖果或者饼干可是莫大的激励。天微微亮,上山的路又不平坦,孩子们大多由父母牵着手,浅一脚深一脚地往山上走。沿途鸟语花香,山溪淙淙,稍晚才开的梅花风中摇曳,散落在清澈的溪水中,流露出"花自飘零水自流"的禅境。而此时的山里,早已如排兵布阵一样,人头攒动,采茶的窸窣声在原本静寂的空间里变得如此清脆。偶尔有调皮的草狗跳跃在林间,欢快而轻盈。不一会儿,整个山里热闹起来,寒暄、攀谈、说笑……收音机还不常见,若有个别相对富有的人家能摆放一下,那些好听的京戏或越剧的段子就会婉转于林间,空灵透彻。山脚下,炊烟袅袅,如轻纱如薄雾,萦绕于粉墙黛瓦之间,恰似仙境。东方的天空红晕绽露,暖暖的太阳和着此起彼伏的"喔喔"声预示着新的一天的到来。

"溪水清清溪水长,溪水两岸采茶忙。"这种情景,仿佛置身于世外桃源。整个茶汛,一般要持续两个月左右。茶农们每天起早摸黑,夜以继日地干活,非常辛苦。但那个年代,几乎没有富贫,没有贵贱,互帮互助的民风充斥着人们的劳动与生活,"路不拾遗,户不掩扉"的景象也是司空见惯。茶汛里,茶农们一般天不亮就上山采茶,中午时分下山吃个饭或者啃一把自带的点心。下午半晌时刻,生产队里的锣鼓就会敲起来,"采茶叶的人下来啰——"吆喝声伴之雄起。于是,茶农们开始从四面八方的林子里钻出来,陆陆续续下山,爽朗的笑声一路跟随。因为要称分量,淘气的孩子们跑到山涧边,掬一口水喷在茶叶上,并不停颠簸,以增加茶叶的重量。这时,不知哪个促狭鬼冷不丁投来一块石头,溅得小伙伴们山水涟涟,不知所措……这是一段最累也是最快活的时光!

采回的茶叶必须马上进行精心挑剔,茶梗长的,有老叶的和不符合标准的都要剔除,以保持芽叶匀整一致。通常拣剔一公斤芽叶,需要2~3小时。拣茶的时候,一家人围坐在八仙桌旁。未经拣剔的茶叶倒在桌子中央,然后每人做一遍,右手方摆放拣好的茶叶,左手方则是摆放剔除的废叶。拣茶的过程中,手指竟如定制好程序的机器一样,一剔一放,娴熟优雅,"哆哆"的拿茶声好比鸡啄米一样整齐。由于是与各种果树间种的缘故,老家的碧螺春就连青叶也是奇香无比,沁人心脾。拣茶的环节倒是最安静的时刻,说话也是轻声轻气,或许是枯燥,或许是累了。

傍晚时分,拣好的茶叶不断被送到生产队的制茶坊。坊内几十个土灶一字排开,正值青壮年的父辈们赤胳膊卷裤腿地靠在灶沿上专心制茶。制茶的工艺十分讲究,要历经杀青、揉捻、搓团显毫、焙干四个环节。一锅茶,大体只能放入1斤左右的青芽,芽叶多了出不了好品。杀青时,灶火要旺,铁锅的温度要达到200℃左右,锅底甚至可以看到发红。芽叶一放入锅内,便会如炒菜一样发出"滋啦滋啦"的声响。为了不影响茶质,父辈们杀青都是徒手操作,手如铲,不断翻炒,抖散、杀匀、杀透,以保证无红梗红叶和烟焦叶。由于长年劳作,父辈们的手布满了老茧,厚实又粗糙。这情形,往往骇得我们幼小的心灵隐隐生悲。但父辈们全然不在乎制茶的艰苦,他们脸上堆着笑,身上冒着汗,酣畅淋漓。杀青只需3~5分钟,但揉捻的时间很长,锅温也要降到70℃左右。父辈们左臂靠在锅沿上,右臂腾空,双手不停抖、炒、揉。随着茶叶水分不断被挤干,茶的条索形状也慢慢形成。当茶叶干度达到六七成时,茶锅再次需要降低温度至50~60℃,以便搓团显毫。这时揉搓的力度也必须均匀适度,并边炒边将茶叶搓成数个小团,再抖散再搓团,如此反复直至条形卷曲,茸毛显露。当茶叶到达八成干,锅温保持在30~40℃时即可稍揉焙干。整个制茶过程需要花费40多分钟的时间,而1斤上等的碧螺春则约需7万颗的叶芽,可见其中蕴含的工艺和劳力是多么的弥足珍贵。制茶讲究的是火候的变化,所以烧火与制茶的人必须紧密配合,否则会前功尽弃。一锅茶出炉,每个人都会张望和比画一下茶功的好坏。整个茶坊间,就像一个摆擂比武的地方,热闹非凡。而每一锅茶,就像父辈们每个精心呵护的孩子。黄昏时,村子里到处弥漫着碧螺春的清香,让人觉得再舒心的日子也不过如此。茶汛里,每个人都醉了。

"碧螺飞翠太湖美,新雨吟香云水闲。"春暖花开的日子里,能静下心来,了却浮躁,喝上一杯尚好的碧螺春不妨是件很惬意的事。如果能去连空气都带着果香的西山走一趟,着实感受一下茶汛里的生活,我想,此生足矣。

原刊于《苏州日报》2014年3月23日

摇雪

昨晚六点左右,给远在农村的父母打了个电话,可一直没人接,心里不免咯噔一下。外面下着大雪,天寒地冻的,年迈的父母该不会有事吧?一阵胡思乱想后,突然想起父亲那个不常用的"老人机",于是拨了过去。好一片刻,电话总算有人接了。从父亲喘急的又因听力不好而变得吼吼的语气中得知,父母上山摇雪去了。

苏城的冬天,几十年没下过大雪了,冰天雪地的场景大概还是我六七岁时候的事了。摇雪这件事,如今亦仅仅是小孩子出于好玩,在冬天偶尔落过一阵小雪后拨弄一下稍有积雪的树枝而已,这样的景致也是稀罕的。但今年的冬天不一般,雪一下便没完没了,鹅毛般的、棉团样的、密集型的应有尽有。只一两天的功夫,整个世界就沉浸在皑皑白雪中了,一如天毯飘落,铺天盖地般厚实的很。

如此景况里,父母承包地里的果树是最容易受伤害的。由于积雪过甚,长满树叶的树枝往往不堪重负而会折断乃至倒伏。因此,及时除雪十分的重要,这便是电话那头父亲描述的"摇雪"。

摇雪是件艰苦的事情,要是晚上作业更有危险。农村的承包地大多比较分散,方圆十几里,各种果树长在不同的地形、不同的地域,少则几棵、几十棵,多则上百棵。那些落叶果树一到冬天便秃秃的积不住雪,可大多数农村赖以生计的常绿阔叶树就易因积雪而折断,譬如枇杷树、橘树、杨梅树等等。在我的印象中,20世纪70年代中期,家乡也下过一场大雪。

那是个挣工分的年代,生活很艰辛,一个鸡蛋、一颗糖果都是奢侈的食物。但那时人的思想特别的高尚,特别的纯,只要生产队里锣声响起,哨子一吹，村民们便"呼啦"一下集合在一起，听候生产队长的分工部署，那种号召力和凝聚力简直就是上帝安排的。摇雪天通常是下雪的时候，得讲时辰，定期进行。因此，生产队会安排两班制，轮流干。摇雪的时候得带上竹竿、铁锹、竹剪等工具。锣声过后，山野中顿时热闹起来，"噼里啪啦"的打雪声弥漫着原本停止了呼吸的世界。用竿捣、用脚蹬、用手摇，实在高大的树得爬上去摇。已经折断的树枝要用剪子剪掉，以免伤了树皮。积雪厚到灌鞋了，还得用锹铲出一条道来……村民们有说有笑，全然不知雪溜进袖管里了、脖子里了、鞋子里了。轮到晚上，便可以借着明晃晃的雪色上山下地，连手电都不打。晚上的雪出奇的白，出奇的静，踩在脚下"嘎吱嘎吱"的响，清澈空灵。寻声过去，准会找到摇雪的人。生产队里的摇雪是算工分的，出一人算一工。为了挣工分，村民们往往倾巢出动，有时放心不下家里的小孩子就一块带去。孩子们自然不懂得父母的用心，只管在漫天雪地里尽情放肆，有的用冻得红红的小手捏个雪球到处乱甩乱扫，要是有的不小心打滑了，摔下去爬起来，爬起来摔下去，如此反复。雪软软的，好舒服，孩子们的这种乐呀，仿佛置身于童话般的世界里，天真纯洁。

摇雪归来，每个人的衣裤都湿漉漉的，得赶紧换。那些体魄强壮的男人在换衣服的时候，索性把内衣也脱了，趁着浑身上下积聚的热量擦把身、揩把面，然后一骨碌钻进被窝里了。而女人们还要整理一下摇雪的工具，然后把男人换下的衣裤归放在脚盆里，端放到院子外面洗刷。

多少年来，摇雪只能作为一种回忆放在心里边。不想今年冬天的雪来得如此厚重，以致年长的父母经不住对果树的担忧而在这样的夜里出门摇雪。想及此，我不免隐隐生出几分悲哀来。要是我能在家，是无论如何也不会让他们去的。

第二天早上，母亲打电话来了，说不要担心，大家都在摇，热闹得很。又说，某某摔了个跟头，嗑掉两颗牙；某某掉进贮水池，成了个落汤鸡；某某一直摇到天亮,家人说以为失踪到处找……听得出来,母亲乐着呢。

瑞雪兆丰年,但愿父母今年又有个好收成。

原刊于《姑苏晚报》2008年2月29日

施美风

笔名与秋。1971年5月生于苏州木渎。苏州市吴中区作家协会会员。制造企业管理人员,热衷于公益事业,爱好文学写作。崇尚简单生活简单爱,我手写我心,做一个在文字中捕捉幸福的女人。先后在《中国当代文学》《西部作家》《东吴杂志》《苏州日报》《姑苏晚报》《城市商报》等报刊发表散文、诗歌近百篇。2015年由北京团结出版社出版个人散文集《简单,爱》。

老墙·桂花树

秋风习习，飒飒爽爽，吹落了枝头的黄叶，拂起我飘飘的长发。习惯性地用手捋了捋发梢，在抬头的瞬间，蓦地又瞥见那堵老墙，风蚀老人般的老墙，站在那里，孤单落寞，流露出斑驳痕迹，上面写满人间沧桑。在老墙的边上，两棵桂花树满树金黄，秋风拂来，裹挟着沁人肺腑的甜香，犹如一根光滑的丝，直入心脾。循香望去，让我惊叹的是桂花树下那一地黄花，星星点点，密密麻麻，散落地上，有点寂寞，有点冷清。

目光无法游离，思绪开始涌起。这里是吴家的老宅。这堵墙是何时有的我也不清楚，我很小的时候，它就在那里了。砌在吴家的院子前，如一道屏风般与隔壁邻居家间隔了起来。长辈们说那是吴家有钱，讲派头，喜欢独门独院，图清静。可在我的记忆中并不是这样的。吴爷爷、吴奶奶待人很和善，我们村上一群孩子经常会去他们家院前的空地上玩耍嬉闹。这里有个独特优势是吴家在村的最东头，那堵墙正好能挡住父母找寻我们的视线，让我们可以痛快地玩个够。

墙角边有一条二米来长的石条凳，料子不错，用的是上好的金山石。我们小时候最喜欢坐在石条上嬉戏玩闹了。夏夜，满天的萤火虫飞来飞去，一群小伙伴们在一起追啊疯啊叫啊笑啊，捕捉好多亮晶晶的萤火虫，把它们装在玻璃瓶里，最后还来个评比，看谁捉的多。时常，吴奶奶还会拿些糖果、瓜子等零食给我们吃，作为奖赏。看得出来老人们也很喜欢热闹。无忌的童声给小院带来了欢乐，也赶走了孤寂。

　　院子空地上有两棵桂花树，是那种很香很香的金桂。每当秋风送爽时，满树的桂花在秋阳下星星点点发出诱人的光芒，借着秋风的吹拂把花香飘满整个小院，散满整个村庄。民间有"每到桂花开，夜半摘金桂"的习俗。人们把采摘下来的桂花浸在白酒里，放上糯米，到冬至时拿出来，就是一壶醇香的冬酿酒了。吴爷爷也会趁着天不亮就早早起床，把桂花采集好做桂花酒。吴奶奶则把飘落的桂花收集好，和在面粉里做成桂花糕，等我们去玩耍时拿出来让我们解馋。

　　童年的记忆总是美好的。慢慢地，随着年龄的增长，大家都忙碌于学业，奔波于生活，相继成家立业，各奔东西。我们能在老墙边上坐坐的时间越来越少了，对老墙的情感也渐渐淡漠了。每年也只是在萤火虫纷飞和桂花糕飘香的时候才会偶尔想起在吴家那个小院玩耍的情景。后来吴家的房子也翻造过一次，那堵墙和桂花树因为不碍事而逃过了一劫，至今依然在那里。老墙依旧，只是好像没了昔日孩子们的吵闹声而变得冷清了许多。

　　去年的一个秋日，村上出嫁的阿珍回娘家玩，我们一起散步聊天时，不知不觉走到了吴家的院子前。那堵墙越来越老了，而那两棵桂花树倒是越来越高大了。我们看到吴爷爷、吴奶奶坐在墙边的石条凳上，有点黯然伤神的样子，就上去打招呼。两个老人看到我们很高兴，非要拉着坐下说说话。吴奶奶告诉我们说，再过几个月他们家要搬了，这些房子也会被拆掉。因为他们的儿辈向政府提交了自动拆迁的申请，在镇上另买了别墅楼。我听了马上附和说："这是好事呀，像我们这山村多偏僻，谁不想跳出去呀！"吴爷爷说："你们年轻人有年轻人的想法，我们这把老骨头，都在这座房子里住了快八十年了，真要让我们看着这房子被推土机推为平地,心里痛啊。再说老都老了,还要孤零零地住到人生地不熟的地方,真是不习惯呀。"吴爷爷说这话时,我看到了吴奶奶的眼睛有点湿润了。

看着这对老人,我们除了说些无关痛痒的宽慰话外,真的找不到更好的言辞去抚平他们对岁月的留恋和不舍。一阵秋风吹来,头顶飘落几朵桂花,有的轻轻地落在老人手里。老人木然地捧起桂花,已然没有了当年那种酿桂花酒、做桂花糕的心情。

今年的秋日,吴家已搬迁出去数月。吴爷爷吴奶奶有时也会回到这座老房子看看,但这毕竟已不算是他们的家了,老墙边也长出杂乱的野草,石凳上依稀洒下了点点青苔。或许明天政府就会派人把这房子拆了。此时,当我再次站在吴家小院,靠着老墙坐在这条石凳上,看着这一地的落花,心情莫名多了些许惆怅。眼前依稀看见两个蹒跚的老人,踩着落地的花瓣,走在这暮秋的午后,与老墙的距离渐行渐远。

原刊于《中国当代文学作品选》中国文联出版社出版

卢月龙

江苏省苏州市吴中区人,笔名苦石,号抱朴斋主人,毕业于南京师范大学美术系,苏州大学中文系,结业于中国书协书法培训中心书法研修班,现为中国书法家协会会员,友声书社社员,苏州市书法家协会理事、学术委员,市青年书协学术委秘书长,吴中区政协常委,吴中区书法家协会主席,吴中区政协书画协会副会长,陶文书社副社长。

擅长书法创作并兼书论研究,师从苏州名家葛鸿桢先生,于行草研究较深,上涉魏晋,下叩明清,书法作品、书论多次入选全国重大展赛。

一代才人唐伯虎

苏州人说起唐伯虎这三个字并不会很陌生，市肆中无论男女老少似乎是家家都知一二，你要是问起沈周、文徵明、祝允明是何许人也，大家未必会熟悉地说出个所以然来，这主要因了苏州评弹《三笑姻缘》《唐伯虎点秋香》广泛传播民间的缘故。老百姓平素关注都是接近他们生活的艳情散事，而唐伯虎点秋香则刚好满足他们饭后闲聊中的谈资。因此，唐伯虎在苏州人的印象中就是个风流才子的形象。前阶段香港影艺界拍了一部《唐伯虎点秋香》的电影，这无形中更加提高了唐伯虎在中外老百姓心目中的知名度；可不，现在唐寅园每天都是人声鼎沸，慕名而来的各方游客更是络绎不绝。

然而历史上真实的唐伯虎原名为唐寅，字伯虎，贫困潦倒一生，哪来的秋香可点！真实的唐伯虎身世坎坷，怀才不遇，仕途艰辛，靠卖画为生，晚景极为凄凉，唐伯虎点秋香尽管是人们的杜撰，但依然流播民间，那是民间老百姓同情他的缘故啊！

怀着对唐伯虎的崇敬，我来到了唐寅园。唐寅园位于平江区解放西路和西环快速高架桥交界的地方，它坐北朝南，东面是横塘，北靠著名的胥江，而南面较远处是石湖景区，至今已有四百余年历史。走进园区，正中通过石铺的主道,抬头就能看到巨大的牌坊,上书"一代才人",为已故苏州著名书法家谢孝思所书,一代才人道出了唐寅的身份和才华,历史上真实的唐寅是个聪明绝顶,才华横溢的人物。

唐寅生于明成化六年(1470),死于嘉靖二年(1523)。出身商人家庭,父亲唐广德,母亲邱氏。据清嘉庆年间任吴县知县的唐仲冕刻印的《六如居士全集》记载,唐寅的祖籍在山西晋城一带,远祖唐辉是东晋南北朝时期前凉的陵江将军,一直到北宋皇祐年间,唐俭的后裔唐介,官至侍御史,但因犯颜直谏,被贬官到河南,于是唐氏家族南迁。到了明代,唐氏家族分成几支,有一支居住在南京和嘉兴之间,唐寅就是这一支的后裔。

祝允明在《唐子畏墓志铭》云:"其父广德,贾业而士行。"唐寅父唐广德在苏州吴趋里开设唐记酒店。据唐寅写给文徵明的信上说他自己年轻的时候"居身屠酤,鼓刀涤血",又说自己"参杂舆隶屠贩之中"。唐寅有一妹一弟,弟名申,字子重,根据考证,可能与唐寅差六岁。唐广德虽是从商之人,年轻时也读过一些书,他决心让唐寅好好读书以此光庭耀祖,于是专门聘请了老师在家里教唐寅读书。唐寅也很用功,他十六岁时参加秀才考试,三场下来高中第一名案首,当时文徵明的父亲文林特别欣赏唐寅的才华,常带唐寅到他家来,于是文徵明和唐寅结成了一生的好朋友。二十九岁的时候,唐寅又高中乡试第一名,被时人称誉为"天授奇颖,才锋无前"的"江南奇士"。如果不出意外的话,他应该在日后的京城会试中获得第一名。唐寅风流潇洒而又才气横溢,他擅于诗文,与祝允明、文徵明、徐祯卿并称"江南四大才子(吴门四才子)",画名更著,与沈周、文徵明、仇英并称"吴门四家",又称为"明四家"。

走过牌坊我来到了桃花仙馆,桃花仙馆是三间堂屋,唐伯虎因科场泄露案的牵连被放逐回苏,从此绝意仕途,作了一次千里壮游,书画艺术的水平得到了极大的提高,在三十八岁的时候,靠卖字画积攒了一些存蓄,在苏州城北桃花坞原宋人章庄简别墅的废墟上仿照陶渊明所说的桃花源，造了一座有几间雅致草堂、几个竹亭以及竹溪厅、蛱蝶斋的所谓别墅。园外一曲清溪蜿蜒流过，溪外种了些柳树和桃树，又辟了药栏，疏浚后的双荷池，种了荷花，养了池鱼。桃花坞别墅落成以后，唐伯虎对自己的这种生活非常知足，取名为"桃花庵"，自号桃花庵主。当然，现在这里是些仿筑，巧的是，今年市政府进行的桃花坞文化片区的改造中，唐寅故居即在其中，因着这个机缘，我特意去过桃花坞历史文化街区寻迹访胜，准备对唐寅故居一探究竟，但遗憾的是我终究认不出唐寅故居所在地的旧街痕迹，整个区域变化很大，造了很多新的亭台楼阁，漂亮是漂亮了，但少了许多深沉的历史风韵；幸运的是唐寅祠没有被破坏性改造，可是唐寅故居却没找到，凶多吉少啊！据说政府准备扩建唐寅故居成为苏州旅游线路上一个重要的景点。

告别了桃花仙馆，我来到了靠北后一进的梦墨亭，唐寅在科场失意后的三十一岁时曾经有过一次千里壮游，其游遍江苏、安徽、江西、湖北、湖南、福建、浙江七个省，饱览了祖国南方的大好河山，对他日后在艺术上的成就有着非同小可的影响。据说唐伯虎在福建境内仙游县九鲤湖畔九鲤祠休憩时九鲤仙子给唐伯虎托了个梦，梦中没讲什么话，可是赠送给他宝墨万锭，自此以后唐伯虎无论是写诗、作文还是绘画都如万斛泉源，不择地而出。为了纪念这个梦，他在桃花庵别墅中专门建了一个梦墨亭。这里虽然是个仿造移筑，可以想象在当时桃花庵原址上唐伯虎画出不知多少的杰作啊！

六如堂是因唐寅的号而来，金刚经里有这样几句话："一切有为法，如梦幻泡影，如露亦如电，应作如是观。"中年后，唐寅人生失意，生活又连遭打击，他的父母妻子妹都死得很早，他在《祭妹文》中记载了这场剧变与自己悲痛的心情："呜呼！生死人之常理，必非有赖而能免者……"最后只剩下唐寅和其弟弟唐申两人，再加上此前的科场泄露案使得唐寅对人生日惭心灰意冷，他叹息人生如梦，常常陷入及时行乐的消极情绪之中。祝允明在《唐子畏墓志铭》中云"子畏罹祸,归好佛氏,自号六如,取四句偈旨",可见他其时的心境。

最后一进闲来草堂在20世纪80年代刚建园时本来是陈列唐寅书画仿作的,那时我还是少年,经常来这里欣赏学习唐寅的书画艺术,可惜不知为何现在闲置不用,没有一幅唐寅的书画。唐寅的山水画主要学习宋人的院体风格,特别是南宋李唐一路,他的老师周臣对他影响很大,而另一位老师沈周的画风是元人风格,于是在唐寅的山水作品中有了当时院体风格中少有的湿润书卷之气,这就赋予了唐寅山水不同于众的文人特色。当时有人问周臣为何画不过他的学生,周臣认为"少读唐生千卷耳"是有一定道理的。唐寅也擅画人物、花鸟,人物画多为仕女及历史故事,师承唐代传统,线条清细,色彩艳丽清雅,体态优美,造型准确;亦工写意人物,笔简意赅,饶有意趣。其花鸟画,长于水墨写意,洒脱随意,格调秀逸。除绘画外,唐寅亦工书法,他的书法取法赵孟頫、李北海,清劲秀雅。唐寅诗文近人平易,不拘成法,大量采用口语俚句,通俗易懂,对人生、社会常常怀着磊落不平之气。由于唐寅长期接近民间,以卖画为生,所以跟同时的沈周、文徵明等艺术家的书画相比,他的作品雅俗共赏更深得普通老百姓的喜爱。

现在到了我最想去的圣地——唐寅墓,唐寅墓处于闲来草堂后面的高墩上。唐寅大概在嘉靖二年(1523)去世的,时年五十四岁,英年早逝,他的好友祝允明、文徵明、王宠等集资先把他葬在桃花坞故居的后面,后又迁移到横塘王家村的祖坟上,祝允明写了墓志铭,由王宠手书刻在石上。明崇祯十六年(1644),文人雷起剑、毛子晋等人见唐寅墓地荒芜,乃出资整修。清嘉庆六年(1801)长沙人唐仲冕来苏任吴县知县,以唐寅族裔身份再修唐寅墓。碑书"明唐解元之墓",覆以石亭,立石纪念。1955年,政府对唐寅墓进行了整修,次年唐寅墓被列为江苏省文物保护单位。1957年和1958年,苏州市文物管理委员会重修唐寅墓,当时,唐仲冕所立之石亭及墓碑尚存;除整治基地外,新建石坊一座于墓道起端,上刻"唐伯虎墓",背刻"名名传万口",并种植桃花数十株、松柏二十余株。但在"文革"期间,唐寅墓地遭毁坏,墓碑、石亭、石坊等荡然无存,只留荒冢一堆。1985年,苏州市文物管理委员会再次修复墓冢,次年又在墓南建起六如堂、梦墨堂等厅堂,辟为唐寅纪念陈列室,并正式对公众开放。2008年5月起,苏州市区文保所对唐寅园进行了一场更为彻底的大修才基本成为目前的面貌。

今天的唐寅墓大体上保持了唐仲冕修墓后的格局,墓葬的正面覆以石亭,里面竖一块上书"明唐解元之墓"的石碑,石亭的两根石柱上书"花坞孤村双丙舍,春风秋月一才人"的对联,墓冢的背面,密植着一片水杉,高而挺拔的树干,稀疏清新的叶子,衬托得墓冢更加醒目,地上开着不知名的诸多花草,郁郁葱葱的松柏围在墓冢两边。来凭吊唐寅的游客很多,他们在唐寅墓前静静地站立一会儿,点一支香,磕三个头,然后若有所思静静地望着墓冢发呆,而从不远的围墙外,隐隐约约传来尘世物欲所带来的熙攘的嘈杂声,然而有这难得的清净之地,我想在九泉之下的唐寅应该感到欣慰的。

原刊于《中华书画家》2014年第11期

徐　凰

原名徐建明，1972年生于苏州吴中。
吴中区作家协会理事。从事中学语文教学。作品散见于《散文选刊》《三联生活周刊》《太湖》《意林》《苏州杂志》《文艺报》等。

第二辑 散文

太爷的花园

天井就是花园。四四方方,铺地是砖棱,长满青苔,但绝不打滑。西墙有窗,木格子的花窗,四扇展开,每扇半截镂空,有梅花的图案,半截是浮雕,都是讨彩的故事,故事的内容已经记不得了,大致花样是耕读传家、多子多福。

我打午觉的房间,推门就是整个天井,闭门还是整个天井,门是镂空的,隔而不隔。天井中央是一棵玫瑰,我故乡的人,称其为大香水。这个名称很不靠谱,但玫瑰这个名称好像太洋气。玫瑰长在圆圆的花坛里,那是我们村上最大一棵,一树玫瑰最旺的时候,关了门窗走动在灶屋和房间的连廊,一袭的香气就追随着你,墙缝里、窗台上、袖管里、步伐里都是一缕缕香。香就像梅雨天午觉的梦,又像黄昏时红红的暖暖的烛光。邻居的女孩闻着香气,穿过客堂,走进灶屋,踏响连廊的水磨方砖,拘谨地探着脑袋,不和我商量就猫进来,跳进花园,采一朵刚开苞的插在及肩的辫尾。然后就不理不睬地笑着蹦跳着出去,留下一路的香。

农历二月十二是花朝节,百花仙子的生日,天井里最大的事情就是给玫瑰披上鲜红的绸带,花枝上裹上红纸。花是树,树里住着神,花仙子每天以树为家。我的太爷在花朝节一早,就给玫瑰洒上一点隔年的雪水,顺带给墙角紫薇缠上红色的头绳。太爷说，待花好，孩子就长得标致、灵巧。太爷坐在天井望天，天空就是他的全局，全局里有清人、长毛、国民党、东洋人、共产党，还有那树玫瑰。太爷说，园里的玫瑰是天生的，在有老宅之前它就长在那里，那树野地里的玫瑰定了我们这座老房子的全局。玫瑰是蜜蜂的家，是蝴蝶的家，是小鸟的家，有了它们，这个园子的春夏一直很热闹，有时候太爷穿上竹裙坐着，面对园子里的景致陶然出神的时候，他像极了西园寺里的罗汉。

梅雨天，我最喜欢搬个小杌子，坐在卧室，对着天井，看手绘的连环画。情节单调的时候，就会走神，听落雨的声音。有时，雨不大，粉粉轻轻飘飘地洒下来，雨在滴水瓦舌端，挂不住的时候，就掉入檐下的凹氹，一滴雨在一个瞬间，会盛开一朵洁白的兰花。天色昏暗的时候就着红红的摇曳的烛光，那兰花就有出神入化的感觉。细雨中，天上的小鸟看见这个四四方方的天井，还会斜飞下来，叽叽喳喳，抢着跳上跳下，其中一只找到一条虫子的时候，就有两只把脑袋挤过来，它们会悬停在行将凋零的花丛里欢快地"吵架"。雨大的时候，天井里就有了四幕雨帘，嘀嗒嘀嗒，不停地落。每片滴水瓦的口舌里吐出一串串银色的珠子，雨水冲刷着铺地，冲刷着铺地砖棱里的青苔。雨水多了，青苔就咕咕地往上冒。灰色的老墙上，爬山虎水汪汪、油亮亮，把老旧的花窗衬出了只有少妇才有的韵致。江南在这个时候，雨常常是喋喋咻咻无休无止的，那些时候，太爷就会把他一整套木工的工具搬到我睡的卧室，就着天井的光，做杌子，做凳子，做花窗。镂空的花窗，有时要用钢丝的锯，咯吱咯吱，绕着弯弯拉，拉出一朵花，拉出一朵云，拉出一个拐弯抹角的篆体的万字，木屑的香就萦绕在湿湿的空气里。有时候，我可以帮他给凳子打眼，他就做凳脚的隼，隼正好，眼也正好，一张满是木香的凳子就挂在了墙上。在园子的天光里劳作是愉悦温馨的，那悠长的雨也变得缠绵而富有情味。

园子里的常客是一只黑白相间的猫。我还小的时候，那只猫就已经老了，太阳出来的时候，它就晒在花坛上，咕噜噜，咕噜噜……懒得很。它睡醒了，养足了精神，在风里，玫瑰枝摇花动的时候，它调动前爪，不停地跟花和叶戏耍，有时，玫瑰树和叶在地上的影子也可以和它逗一阵子。墙角的紫薇树上经常会有几只麻雀光顾，它们叽叽喳喳闹个不停的时候，猫会猫着脚步，伸长脖颈，拉长身子，轻轻地，轻轻地，挪过去，挪过去，然后脖子一缩，身子一躬，嗖地蹿上紫薇，麻雀们便扑扑地飞到园子外的天上去。乌龟也是这个园子的客人，它们好像只在雨季出来，从阴沟里、墙脚里爬出来，多的时候有十几只，它们匍匐在地上，无聊地在地上爬，有几只会爬到溜檐前的石条上，我现在都不知道它们是怎么爬上去的。那些乌龟给过我很多谜，我一直会想，阳光灿烂的时候，它们蛰伏在哪个幽暗的世界。千年的王八万年的龟。它们凭什么能活那么长。我的太爷说，靠的是心情，乌龟没有本事像猢狲一样上蹿下跳，所以长寿，人就不一样，人比猢狲更能蹦跶，任你怎么大富大贵，山珍海味，也难活一百年。但园子里的乌龟也有不幸的时候。村里有人得了心口病，太爷说，这病就是心绞痛，西施好像也得过这种病，得这种病的人，今天就不晓得明天了。治这种病最好的灵药就是吃乌龟。雨天的时候，得心口病的人就会到我们这个园子里问乌龟借命。那时候，我是很生气的，我总觉得，乌龟的命比人的命更金贵。下雨天的时候，一个得了心口病的人守在园子里，有四五只乌龟被人吃了，后来其他的乌龟在雨季里就不再见到了，最后老房子拆掉的时候，我都没见到它们的身影。它们消失在一个幽暗的世界里，我有时会傻傻地想，它们是不是去救西施的命了，我居然到现在都很怀念它们。

  园子是太爷的世界，在这个小小的世界里，太爷把我看大，我陪太爷变老。老房子拆的时候，我们把天井的那棵玫瑰移走了，地下的筋脉盘根错节，拉拉扯扯，伸展到哪个幽暗的世界，也说不明白了。在地下这个幽暗的世界，我们发现了两块砖雕。两块砖雕，两个故事。可惜，我们都不懂，匠人不小心把砖雕上那个明代官员戴着乌纱帽的脑袋给磕掉了。官员掉了"脑袋"，砖雕就残破了。

园子从此就没了。

太爷在新房里住了两年。有一天给人家杀过年猪，太爷衔着刀脊，运气提神，那猪居然擒不住了。太爷老了，我陪他坐着晒太阳的时候，他见着明晃晃的阳光就打盹，那只老猫也只咕噜噜地睡觉。太爷没啥病，七十八岁那年，就走了，他的猫也莫名地消失了，也许他们到了一个幽暗和光明共存的世界。

我一直这样想，在这样的世界里，也有一个花园吧，有玫瑰，有猫，有鸟，有天空，那时候幽暗的世界里消失的东西都会在天光云影里吧。

园子是太爷的，却是我的整个世界。童年的现实，成了未来永远的痴心梦想。

原刊于《中国艺术报》

第三辑

诗歌

长 岛

当代诗人,资深出版人,书籍装帧艺术家。1967年10月生,江苏太仓人,大学毕业。20世纪80年代中期开始发表诗歌,作品散见于海内外百余家报刊及数十种诗选集,并被译成英、日、俄等国文字。系三月三诗会发起人之一。现居苏州。

苏州我记(外二首)

我对这座城市知道得不多。薄绿的流水
和随处可见的小石桥(宛如情人节的玫瑰)
一再被我忽略。谈论它的人
也仅仅在远处随便将它谈论
并且说,他们对这座城市还很陌生

饱经风霜但是安闲,有一种美
蕴含古老的气息:仿佛许多老人的回忆
聊起天来,那些往事就恍如昨日——
"这座拥挤、充满了迷梦的城,鬼魂
在大白天也抓过路的人"*

自从我跌跌撞撞地侥幸踏入
这座城市,一晃十多年过去了
爽风吹动,薄绿的流水
也在我的额头漾起了波纹
我的唇齿间,烟叶焚烧留下了垢痕

但是我对这座城市还是知道得不多

在曲径通幽的回廊一隅,我只不过
让难以更改的土语继续着
他的自言自语:流逝的彗星,浓密的阴影,
新建的民居尴尬地
远离了小桥和流水……

时尚变了,再固执的人也只好听从
我收获了许多,唯独没有感动
建筑粗敞的美术馆可以无人光顾
昏迷的宴席上,有人把空虚与甜点一同吞咽
眼前灯红酒绿,心中漆黑一团

在漆黑的夜里,我偶尔也会
想起一个古人:他叫唐伯虎,传说风流成性
我偶尔假想:倘若我是唐伯虎,那么这个时代
谁是秋香?我去爱谁……眼前漆黑一团
我拽了一下床被,接着便呼呼入睡

1997年12月

*波德莱尔诗句

画中游

我等待了很久,为了和你同作这画中游——
这画,是青绿山水,是光风霁月,悠然如水墨
这山水,是时间酿作的酒,在明耀的阳光里两两相望
也在明媚的月色下清白地缄默。我等待了很久

湖光,仍然是青山古寺最美的镜子,仍然是
白鸟归林,姹紫嫣红的想念,仍然是
浮生里的烟尘梦,与人间有别的晨昏
每一出晨昏,时光,上演着流传与遗忘的戏

尘世,就在须臾里,在烟雨花开的一瞬里
也在惘然的天光里。钟声响了,从拂水岩畔的
僧舍梵宇,一直落在破山寺的空心潭上
你在那里有多少个千年,等待着与我的相遇?

有多少个千年,你和我一样
在遥远里呼吸,在梦境打开后,迷失在时间里
在紫色环绕的孤寂里,你用一幅愁容
替我爱上了这片湖山的波光与山影

世间退后,唯只余你。当你安静地沿河流散步
一种从容嵌入我空阔的生命里
我等待了很久,为了和你同作这画中游——
那画中人是你,一袭布衣素颜,从青绿山水间走过

清风,从读书台的老石阶,一直吹至维摩山庄的旧庭院
你在清风里叹息,将柳如是墓碑上的字念了又念
"浅深绿水琴中听,远近青山画里看"
一缕尚湖的波光映照你,而我们的手一直在阳光里紧握

趁时光未老,与你细说这一曲华丽的章
这一幅时时念念,永不相忘的画。仿佛尘埃
散落在灯火里,阑珊便是迷醉
仿佛爱,唯只有爱,是世间唯一的幸存者

这山水,是时间酿作的酒,在明耀的阳光里两两相望
也在明媚的月色下清白地缄默
这画,是青绿山水,是光风霁月,悠然如水墨
——我等待了很久,为了和你同作这画中游

2009年3月4日

现在

现在不一样了。春天接纳了飞翔
却也带来了目光的迷乱,仿佛道路
在增多,但脚力在衰退
赶路的人,还必须摸着石头

过河——虚妄的先锋派却急于宣称
已经抵达彼岸。河流哗哗流动
"但河岸在哪里?"一个诘问
使倾斜的暮色有了严峻的脸色

缓缓的钟声这时飞出小教堂的彩窗
仿佛灵魂,已有了落脚的地方
只是星辰照旧沉默,它全然理解
并且学会了不发一言

我们知道,要使走散的羔羊迷途知返
是多么困难!但现在不一样了
恶棍们轻易就参破了一切,于是
他们摇身一变,又步上了嘉宾席

金钱替代了屠刀。它的利索
不足以影响睡眠——一根头发般
劈下了,美女与官吏,有人担心
它还会劈倒时代的良心

诗人的发言于是危言耸听,他写着
"一只苹果的腐烂过程",但由于
时尚变了,诗人已不属于时代精英
有人趁机讥讽:诗人尽作些鸡毛蒜皮的抒情

舞台上出现了裙裾的歌咏,美女
一个比一个显露,而其中一位
我们始终未见——她曾在暴政下退隐江湖
现在时光已老,她仍没有归来

是的。是有过宏伟的构图,和非凡的演出
也许,那曾经的演员们还在
期待,却又有一语告诫:"那危及
我们社会的不是不信,而是信仰"*

1998年11月2日

*萧伯纳:《安多克勒斯和狮子》序

车前子

原名顾盼,1963年生于苏州,现居北京。诗人、散文家、水墨工作者。新时期文学横跨三代诗歌的代表诗人之一,代表作《三原色》。21世纪文人画的代表性画家之一,多次参加国内外画展。著名作家,创作《好吃》《苏园六记》等有特点的闲适文章,被誉为"当代丰子恺"。出版有诗集《纸梯》《怀抱公鸡的素食者》(英文版)、散文随笔集《明月前身》《手艺的黄昏》《偏看见》《缺一块的拼贴画》《江南话本》《云头花朵》等18种,另有话剧剧本《南方》《鸡狗》《一边的走马灯》等若干部。

河（外二首）

第一，河是第一的。

大地上独居的河……

你们在岸上，看河，它画着减号，
咄咄逼人："－"

我说的是大河。

一个种族用减号联络。
甚至没有影子。
甚至荡漾身体。河的身体比风无形：
风，占有照片中的墨水之树。

河被流过，你们在岸上，
我河"一刻"居无定所，这淡水之家，
一个不造住宅的种族。
沙流入水中。

……河平静。

（虽然，滔滔不绝的乐趣）

不推理群山——到尽头；

在平原，搬来的部分，

河放弃雄辩。

沙流入水中。河，不发出邀请，

只带走有所准备的客人——

沉没的。没有，我说的是大河，没有亲戚往来。

有毛线的山水诗

树也深红没有午休的一花一叶

从日本海漂到诺曼底。

琴腰而且汤色。故国——乌龙被黄金镶嵌以致

超标。如今，我变化多端，睡狮也可以

睡狗。

是段枯木。蓝毛线自由

散漫，像个人样还需要

母亲之夜，端正

怀胎的耐心编织针眼，安排精确空洞；

从日本海漂到诺曼底;

(从菖蒲河流到昆仑山!让时间——

(像个人样,
需要母亲之夜。

有中国人的山水诗

一次次他还魂,
带着小块墓志陨石,
定居下巴。

闪烁的、刺亮的彗星蚕食天空。

胡须四处包围嘴,
舌头永远雏鸟,
等待归来——
紧叼一条蠕动的思想家:
妈妈。

(会给它晚餐,
尽管很晚。

彗星蚕食天空，

茧子结到另外的污秽的宇宙，

眼不见为净：

人，蓦地成人。

就这样被去除，唐突成人，

闪烁的、刺亮的道路，所有痕迹……

破瓜浮出村庄，

年纪东一块西一块，

远在地平线：

地平线上口红的峰巅。

脑袋忽然很高。

（会给我交代，

尽管断交。

李德武

诗人,诗歌批评者。1983年开始写诗,1984年开始发表作品。著有《李德武诗文集》,现居苏州。

回到原处（组诗）

天黑之前

天黑之前，有些事要做
锄草，给园子浇水
用竹竿把丝瓜的藤蔓引向高处

一些老家什摆在那里
当初渴望丢弃的
如今亲切无比

农活中有一种欢喜
就像锄头的光亮
散发着大地的温度

这里并非世外桃源
只是我把自己的心
开辟成了一个菜园

2012年9月

夕阳与湖光

夕阳将落时
它投映的湖光是紫色的
不全面
山的倒影是黛色的
而光线和水面接触的区域
是金黄的,向外依次是
玫瑰红、胭脂红、淡紫、深紫、靛蓝……
我全然看不清湖水的面目
而我要准确说出光
又是如此之难

2012年10月

过一种简单的生活

素食、持戒,怀着对众生的恭敬
谨言慎行。从一片落叶或是
一丝蛛网上寻找光源
看不清就划一根火柴

我感觉到宁静的力量

正由心底升起
那种欢喜自在的力量
让我不再厌弃和焦虑

当下即永恒。虫鸣的短暂
雨滴的微光都令人赞叹
回头,我看到自己的背影
融进了泥土

2012年10月

50岁,我重生为孩

成长使童心愚钝
而成熟意味着死亡
人之一生,有几次出生
婴孩源于母体
青春源于欲望
50岁,我重生为孩
源于一根白发

时间滤去了炫目的光华
一根白发竖立在头顶
我用它感知天高地厚

感知四季冷暖

我用它读。听。写。笑。

没有路的时候，我用它架桥

甚至我想登天

就把它当成云梯

           2012年10月

我行走在世俗的路上

我行走在世俗的路上

吃。睡。应酬。我保持内心的清醒

喧嚣越多，我离内心的宁静就越近

当独自坐下来，我就会把目光

投向细小的事物，墙角的蜘蛛、草丛的蟋蟀

因干燥裂开的天花板、灰尘，或者一只猫……

我长时间观察一株丝瓜枯萎的过程

倾听它内心的平和。你看，

它枯萎的藤蔓盘曲在竹竿上，依旧那么有力

像一根金丝闪闪发光

它显示出生命的纯粹，不依靠声名和财富

也不靠夸夸其谈，它安详、自足

尽管它不知道纯粹的意义

           2012年10月

我想走得慢一点

我想走得慢一点，赶不上火车、飞机
因此使一项计划搁浅。特别是聚餐
我希望赶到时聚餐已接近尾声
我来就是欣赏大家酒足饭饱的喜悦
就是和大家问声好
和熟悉、不熟悉的朋友握手道别

每天，我都在匆忙的人流车流中穿梭
像一粒被波浪裹挟着的泥沙
我多么想走得慢一点，脱离波浪
一个人在岸边或石头旁逗留
我多么希望自己是一个落伍者

2012年11月

交谈者

他一本正经地说着自己的体会和感悟
对着镜子
当他点头，镜子里的人也点头
当他转身离去

镜子里的人也转身离去……

这一生，更多的话应该说给自己听
却常常找错交谈的对象

                    2012年11月

独处

有一小会儿也好，足够了
一个人独自待着。不说话。
熄灯。喝茶。静坐。
把内心腾空，交给天空
任云来云去、流星陨落
我且闲度

                    2012年11月

果而默

本名何光炎,江苏省作家协会会员,苏州市吴中区作家协会副主席,现供职吴中区民政局,出版个人诗集《水清木青》。

斜坡（外二首）

斜坡上的流水，
携带着齿轮滚动，
形成通道，刻蚀出一个沟槽。
水滴里含着一群马的细胞，
两边是苹果树。

"你可预测的
你不可预测的。"
苹果树继续生长，
水滴里含着一些机械零件。
"你是必然的
你是偶然的。"

原刊于《诗选刊》2008年5月号

葵花

之一

带上你的符号
像母羊
点亮一块玻璃
以及玻璃内部的水分子
胜过周游列国
从反射的视频看见自己的影像
被一茎葵花的叶子
签订终身合同

之二

蓝色肖像
在"安魂曲"中摇曳

中间有葵花的叶子
滴水

仿佛许多美妙的问候

好天气一般

脱去你的衣服

原刊于《诗歌月刊》2012年1月号

片段

仆人的甲虫

是他回收的嗡嗡作声

头脑里的灰尘

是一架老式相机的发票

两个小时一晃而过

两年一晃而过

不断变幻颜色的地平线

白渐渐大于绿

原刊于《诗歌月刊》2012年1月号

许　强

1973年生于四川渠县,现定居苏州。硕士。中国作家协会会员,江苏省作家协会第五届签约作家,曾参加《诗刊》第二十六届青春诗会。在《诗刊》《星星》等一百多家报刊发表作品。作品入选《中国年度诗歌》等各类年度选本。

每走一步都是对这片土地缓缓的抚摸（组诗）

我只想听听，乡村的心跳

让我回去吧，还是在子夜
那个叫渠县的小站，匆匆下车的人群
像风一样　被瞬间吹散
夜色　是一滴巨大的墨水
那些恍惚的路灯　在加速着
轰隆轰隆向夜晚的深处驶去

让我回去吧，还是在子夜
让那一条乡村公路，让那些高一脚低一脚的犬吠
来接我就够了，那些灯光啊，你们都睡吧
你们曾经陪着我的母亲，在凌晨四五点起床

这些年　始终有一个人　在我眼前
涮洗着那些刚从菜地拔回来的
沾满露水的白萝卜
一分一分为我积攒着学费

夜色啊，你再浓一些吧，黑色你再重一些吧
让整个乡村都睡得再踏实一点
让那个被我们叫着母亲的人睡得再安稳一些
一个人的脚步是那弹着琴弦的天籁
每走一步都是对这片土地缓缓的抚摸
每走一步都是对这片土地的一次亲吻

只有夜晚的耳朵　能听出这片土地
此起彼伏的心跳……

鸟鸣

我一直认为鸟鸣，就是一滴透明的露水
那些鸟起伏的欢笑一朵一朵，寂静地盛开着
在茂密的树林，我是它们其中的一棵
静静地站立着。
我多渴望承受更多的露水
而忘了自己是一棵树，不由自主伸出了双手
那蛋黄般柔软的鸟鸣，在我的手心滚来滚去
既温顺，又让人怜爱
像一只稚鸟　在微笑

我的每一根头发，就是一根伸出的枝丫
每一片树叶都蓄满深情的浆汁，

雀跃不已。无法抑住内心的歌唱

阳光的手把那些嫩芽从地下噼噼叭叭地
拉了上来。这些天籁般的音乐
只有诗人跳动的脉搏可以感受，听到

阳光金黄的蜜，铺满了大地
巨大的满足淹没了树下一颗蚂蚁小小的心
这个卑微的世界，在二月漫长的晌午

天空，是一个巨大的湖泊。蔚蓝，水一样
荡漾着

斑鸠

它就这样叫着。它的声音从四面八方传来，
又从四面八方消逝

它的鸣叫把乡村的天空洗得更加蔚蓝。明亮
农历在土墙的阴影中，像那棵柳树一点点长高

这是五月，小麦被新打镰刀扶着刚刚躺下。秧苗绿油油的
赤脚的舅公在秧田中，弯腰拨着稗草
松软冰凉的淤泥把季节的凉涌上他的全身

他不经意打了一个寒战

他缓慢地移动着一个农民七旬的勤劳
那些没过小腿的秧苗在一阵阵轻风中,起伏
斑鸠叫着。把一个晌午叫得深不可测
水田洞穴中的黄鳝和泥鳅听得如痴如醉
他走在生活的深处。一小滴汗水,滴落在水面
把斑鸠的鸣叫无限扩大

斑鸠的指针从春天移到了初夏的天空
这大地的民间歌手叫声越快,
这天空中的白云流动越快

原刊于《诗刊》2015年2月上半月刊

贡才兴

1968年3月18日出生于苏州，大专学历，中国民主促进会会员，江苏省作家协会会员、吴中区作家协会副秘书长、吴中区政协委员。从1986年开始写诗，先后发表诗作、散文五百余篇，出版诗集《月光中的水滴》。

禅境花山（外二首）

（一）

六月雨水琴弦般划过
花山鸟道正被立体音响共鸣
从前的光景穿越过山的皱褶
白鹤归处 隐成云屏上的绝句

这方净土 遁迹世俗外的桃源
从月光中寻找风月 以同样的贞洁
达成禅心透明的默契
浮日半生 叩响另一个世界的门

（二）

岁月的波浪已涌上额头
走入空空山中
冒失的松果
跌落风尘的界限

在这群鸟的栖居地
说出梦与星星的语言
让一切过往的行囊装满朗月与鸟鸣
境由人造 空山可留

（三）

莲花开在盛世之巅
五十三参连接天地一尘
穿过那道门 佛在那里坐禅
在那个属于自己的符号是安身

百步潺溪 爬山虎越过墙头
禅不是花木和流水
寂鉴寺的香火里 审视另一个自己
浅浅的日光 照亮七级浮屠

（四）

一山隔凡
如赴灵魂之约
在山水中呼吸星辰
空气干净 溪水干净 往来的人心干净

打开心与花朵相通的路径

帝王将相 隐士高僧 布衣草民

遇见在这静候的时光里

如同那些藤蔓 木荷 菖蒲与和合树

彼此相依在朗朗空明间

（五）

因禅结缘

静默于这远清之中

苔藓掩隐下的摩崖碑刻

浸透几个世纪前的暗香

空山寂径 幽林清泉

翠岩寺边的小鸟 为未竟之渡羽化

就隐山中独善其身

寂寥于一个朝代的落花流水

原刊于《城市商报》2016年8月13日

院子

"铁栅栏外的树木 行人都汗水淋漓了"！

我在院子浇灌一畦绿草

小草疯长 结成一络络旷野的草穗
天边的跑马云经过院门
我用所有的草穗做成夏的盛筵

"我内心的火焰 诗行都燃烧了"
一个早已痛失远方的人 入定成达摩
一支檀香 一盏绿茶
把松涛的声音 溪流的声音……滤清一遍
再把禅院的钟声 樵夫的晚唱……传诵一遍
"穿过树木和行人"来到清清河边
撒网 收获满湖的金子

原刊于《诗歌月刊》2014年第11期

在文庙聆听一种鸟鸣

文庙的一种鸟鸣响起 呼应了身体内的草木
那怯生生的悲鸣 受惊的双眸
借你的沉默与你说话 如同礼佛
隐没于此 远离红尘的脉象和欲念

此刻 道德经伦在青烟中拂过庙堂
辕门外 是光 是空气 是太多虚妄与伪装

一只安静的鸟儿 用切切的声音呼唤着
灵魂的自白 与内心深处的暗伤

文字从圣书上跌落成功利的米粒
最后的救赎 来自鸟儿声声轻唤中
"尘土淹埋之时 请记住那些
没有名字的名字 没有面孔的面孔!"

那如同母语的低微苍凉 把生者与亡者召唤
你从了然见性中浮现 低微平复的回音
让凡尘间踯躅的游子
成了一个踱步走向"明伦堂"的书生

原刊于《姑苏晚报》2016年8月26日

徐海龙

网络名今朝。二十世纪出生,务过农,学过工。下海经商小有成功,觥筹交错中,时念心中缺憾。2016年重拾诗语,作品散见《苏州日报》《姑苏晚报》《中国诗歌网》及地方性报刊。

月季（外三首）

在一个春天
开花
开得很灿
开得满山遍野
开得只有她和蜜蜂
二个人的世界

满心的流蜜

下一次
开放，会不会是
在一个酒后的黄昏
香淡了
花瘦了

在一个风骤雨疏
早晨，卷帘

满眼绿色
满檐流泪

我只想看一朵
盛开着的月季

　　　　　原刊于《苏州日报》2016年5月30日

雨一直下

雨一直下
仿佛要把所有污秽洗净
我也想
来一个彻底清洗

其实不需要太多
一盆，从头顶淋下
汗水，尘埃
汇到脚尖流走

像露，点在新柳上
像母亲的手，颤抖
帮我拨去

一根白发

在这个雨季
有个记忆
逐渐清晰

原刊于《姑苏晚报》2017年4月2日

胥门望江

斑驳书写着过往
火烧窑变的砖
用风化表述重回泥土的决心

五月举着端午的风
不停地拷问
柳枝醮满环城河水
绕过血腥的盘门
书写天问
继续东去
城墙石缝中长出老槐树
开满白花，等着雷霆
要下一场夏天的雪

城门下,穿行君子
用粽子祭祀着伍员的石像
留下仰望,心念清明
遥对胥江,举杯
洒下心中敬畏的黄酒
思念寻找久旷的浦团
从此岸掠向彼岸

　　　　　原刊于《姑苏晚报》2017年5月12日

第四辑　非虚构

施晓平

1972年生于吴县郭巷（今属吴中区），大学毕业，曾任中学语文教师、报社记者，现为苏州市文艺评论家协会理事、市作家协会会员、市政协文史委专家组成员、农工党苏州市文教工委副主任、吴中区文联副秘书长、吴中区作家协会副主席兼秘书长。

2001年8月起参与多部纪实类文学书籍的编、撰工作，个人负责撰写并被书籍录用的文字超过60万字，并担任《娄葑镇志》副主编，《山水的款待——品味苏州吴中太湖旅游区》《书香苏州》编委；个人独立著作《苏州城门城墙那些事》2015年3月由古吴轩出版社出版。参与的《情调苏州》系列散文获2011年度江苏省报纸优秀作品一等奖；主撰的报告文学《追梦美丽岛》获2012年度江苏省报纸优秀作品一等奖。

追梦美丽岛

太湖三山岛对人类的记忆是1万年的厚厚大书,他用30年,在这本大书里写下了最美丽的一章。

题记

这天是三山岛村民吴亚芬的儿子结婚大喜,老书记吴惠生当然要来敬酒。

新郎是从三山岛上走出来的医科大学生,吴惠生看着他长大。如今已在外地工作,娶了杭州新娘,可婚宴还是摆回了老家。小伙子心中,美丽故乡三山岛的分量一点不比大城市轻。

吴惠生端着酒,一桌一桌巡过来。婚宴上来了很多乡里乡亲,当中不少人曾经耐不住孤岛寂寞,搬离三山岛,可近几年又回来了。大家脸上红扑扑,酒杯满满的,争着要和老书记喝。

62岁的吴惠生,"村官"当了30年。

30年,他成了村民公认的三山岛"定海神针"。

30年,他用一生中最灿烂的年华,带领村民破了"交通闭塞但要赶上现代文明,不能搞工业但要生活富裕,发展经济但不能破坏生态环境"的题。

这是三山岛1万年人类文明史中最难破的题。

窗外,目击上万年人类活动史的板壁峰在夜色里巍然矗立,新建的太湖三山岛湿地公园象征新的生命在绽放。桌旁蹒跚学步的孩子稚气地叫着"阿爹"。吴惠生抚摸着三山岛的下一代,笑得开心。

初梦:"请"国电,让三山岛亮起来

通电,这是三山岛人多少年梦寐以求的心愿!

电是什么?是现代社会的血液。电线是什么?就是社会进步的血管。这可是小孩子都懂的道理。

但是,直到1999年,世纪之交的前一年,在距苏州观前街直线距离不过45公里的三山岛上,还没有接通真正意义上的"现代社会血管"。

这是华东地区最后一个还没通上国家电网的行政村。每到夜晚,村民只能用柴油自发电,迎来两三个小时的短暂光明。而许多地方,都已经对密如蛛网的电线厌烦,开始"三线入地"了。

这就是文明的差距。

这种差距,与三山岛特定的自然环境分不开。

面积1.8平方公里的三山岛是太湖中的孤岛,与东面的东山半岛、北面的西山岛,都隔着3公里以上的水面。岛上五个自然村,全属于同一个行政村三山村。考古发现,这里是长三角地区最早出现人烟的地方,1万年前的旧石器时代,就有人类在这里活动。历史上,地处苏州到湖州航道上的这个岛也曾商业繁荣、人丁兴旺。但随着陆路交通的兴起、水路交通的衰落,三山岛逐渐失去优势,魅力不再,很多村民陆续搬离,岛上人口一度从最多时的3000多人减少到500多人。登上小岛,荒草齐腰,小路泥泞,房屋破旧,似乎时间已经忘却了这个地方。

1983年，33岁的吴惠生成为三山村村委会主任。

吴惠生是个土生土长的三山岛人，1969年参军，1975年复员。部队6年，他养过猪、烧过饭、赶过毛驴车、当过汽车驾驶员、造过房子，还学过自发电。复员后，他又当过生产队长、采石矿宕长、村治保主任、供销社下伸店员工……年纪虽轻，却已练就了一身好本领。上任之后，无论是村庄治理、防汛抗旱、道路修建，还是公共卫生、计划生育、民事调解，吴惠生"十八般武艺"样样拿得起。

唯一让他头疼的，就是通电。

单独为这座孤岛架一路电线，代价要好几十万元，这在20世纪80年代的公共财力条件下，几乎是天方夜谭。

在部队学过自发电的吴惠生决心自己干。经过几个月东奔西走，村里筹集了1万多元，买了套50千瓦的旧发电设备。在人大代表的呼吁下，三山村又从当时的吴县计划委员会那里申请到了每月1吨平价柴油的指标。可那点柴油，只够每天发3个小时电，只够村民们点点灯，压根拖不动电视机、电冰箱这些新生的大家伙。

电不够，冰箱只好用来囤米，冰柜当作衣橱放棉衣棉被。老教师朱能养守着儿子送来的洗衣机，6年都没有拆封。到了外面，这能当笑话讲，可在三山岛村民家里，却是让人心酸的现实。

自发电成本高，村民付的电费不够换油钱，买油要靠村里贴补。到1997年，村里连贴钱都贴不起了。眼看着发电机就要成摆设，吴惠生逼着妻子拿出了家里仅有的1000元存款，村委会其他干部也跟着垫钱，这才好不容易让发电机每天转上一两个小时。

1999年，上海媒体刊登消息，称华东地区已经实现"村村通电"。看到这一消息，吴惠生大吃一惊：三山村这样也算通电？

不行，一定要把国家电网"请"过来！

吴惠生连夜给媒体写信。当这封饱含深情、寄托着全体三山岛人心愿的信摆上媒体记者案头，记者也惊讶了："真的吗？我们采访时得到的信息不准确？"

几经周折，这封信转到了华东电力部门。不久，电力部门派人来三山岛核查，发现果然没有通国电。

眼看"来电"有戏，吴惠生激动起来，拉着来人问个不停。

一算账，三山岛通电需要投入600多万元。按当时的物价，可以买下20多幢别墅了！为了区区几百人，就要砸这么多钱下去？有人提出疑问。

吴惠生针锋相对，据理力争：哪个老百姓不是政府手心手背上的肉！眼看着一脚踏进21世纪了，经济发达的长三角地区还有村没通国电，说得过去吗？

上船，下船，出湖，进湖……吴惠生一趟又一趟奔走于各级政府机关，用三山岛老百姓的苦衷打动人，用三山岛人特有的热情感染人。终于，三山岛通电工程在当时的吴县市和苏州供电局的共同努力下，摆上了议事日程，甚至被列入了苏州市政府实事工程。

电要来了，大量前期工作要做。配合改造岛上自发电时代的低压电网和一户一表安装，动员村民腾出地方让电缆经过，与电力部门管理人员、施工队伍沟通协调……几个月里，吴惠生几乎跑断了腿，有一次甚至累得晕倒在路上。

2000年1月28日，农历新年前，一条穿越太湖、长达3.5公里的1万伏水底电缆，终于把华东电网的国电源源不断送到三山岛上。这个有上万年人类居住史的孤岛，终于迎来了第一缕高压电的光芒。

桥头理发店的秦香源放下手中的理发刀，第一次拿起电推子；蓬莱旅社的黄老板从阁楼上搬出了尘封的录像机；74岁的王惠莲，取出了柜子里的电热毯、电熨斗；朱能养6年没拆封的洗衣机，终于欢快地转了起来……

再梦：搞旅游，让三山岛百姓富起来

在让村里亮起来之后，让大家富起来，成为吴惠生的又一个梦。

比起富庶苏州的其他地方，当时的三山岛还是贫穷的。

其实，三山岛人也搞过不少"富民工程"：发动村民养长毛兔，卖兔毛赚钱；办过村办企业思梅食品厂，将岛上盛产的优质梅子加工成蜜饯出口到日本等地。但这些产业终究昙花一现，都因交通不便、信息赶不上市场变化而失败了。

面对着贷款20多万元兴建的两个排球场大小的腌梅池和配套设备，面对着堆积如山的梅子产品，吴惠生欲哭无泪。一盘点，这一年思梅食品厂亏损近50万元。当头一棒，打得吴惠生晕头转向。最后，村里连银行的贷款都还不出，只好把仅有的厂房抵押给了银行。"惠生啊，看来这条路走不通！"村里的老人看着焦头烂额的吴惠生，也在一边着急。

俗话说，无工不富。但太湖当中的三山岛，偏偏就是个不允许搞工业的生态禁区。难道三山岛人就只能一直和贫穷厮守？多少个夜晚，吴惠生踽踽独行，苦苦思索。

他想到了曾接待的一位赵姓海外客人。见多识广的客人对三山岛非常感兴趣，还在他家住了两天一晚，聊了许多。客人说，旅游业是当今世界方兴未艾的朝阳产业，被称为"无烟工业"。三山岛地理位置独特，景色秀丽，空气新鲜，风貌古朴，要是搞旅游，一定呱呱叫。

不久，客人把自己公司的董事们拉到三山岛，详细考察磋商。虽然这个合作项目没谈拢，但吴惠生已经从中深受启发：对！不能搞工业，我们就搞"无烟工业"。三山岛的经济出路，就在旅游业！

三山岛搞旅游，除了"风景牌"，还可以打张"文化牌"。三山岛在人类文明史册和文化人圈子里，名气也是响当当。这个由北山、行山、小姑山"一岛三峰"相连而得名的小岛，有着被称为"三山文化"的旧石器时代遗址，在长江流域人类文明史中占有很重的分量。考古工作者在这里随便一找，就能搜罗到一堆旧石器时代先民留下的生产生活工具。

从《诗经》里"鸡栖于埘，日之夕矣，牛羊下来"到《桃花源记》里"黄发垂髫,并怡然自乐"所描述的文人隐士向往的"理想之国",在吴惠生脑海里渐渐成形。

1993年,担任三山村书记的第12天,吴惠生就找到了一家合作伙伴,洽谈三山岛旅游开发事宜。不久后,"三山旅游俱乐部"项目破土动工,三山岛迈出了旅游开发的第一步。

好事多磨。1997年,因合作伙伴企业倒闭,三山旅游俱乐部也跟着关门。吴惠生琢磨了一宿,觉得自己搞旅游的路子没有错,跌一跤,爬起来,继续干,怕什么?

2001年的9月28日,三山村成立了自己的旅游开发公司。头一件大事,就是亮出大手笔:游客上岛要收门票,单价是物价部门核准的15元。

这一来,原来岛上一家一户自然经济式的农家乐饭店不答应了。

用上国电后,脑瓜机灵的村民陆陆续续开出10多家农家乐饭店。虽然游客不多,但用的是自家的房子,不需要交房租;烧饭师傅、服务员就是房东夫妻,又省了人员工资……这生意,包赚不赔。"三山岛交通闭塞,亲戚也不愿来,好不容易招来个游客,你还要收钱?客人还敢来吗?农家乐饭店还会有财路吗?"刚刚尝到富裕甜头的村民气冲冲地找到了吴惠生。"你们别急,收门票不但不会吓跑客人,相反还会让更多客人知道这里搞旅游了,来的人只会越来越多!"吴惠生好言解释。

有人不吱声了,但也有人扯起了嗓门:"你这什么逻辑?你以为游客都是傻瓜啊!本来摆渡过来就要一笔钱,再收门票,双重收费,他们不会去别的地方啊?这门票坚决不能收!"吴惠生解释了半天,一些人还在骂骂咧咧,甚至动手动脚。

吴惠生已经记不清是怎么回到家里的了。躺在床上,他鼻子不由发酸:一心为村里造福,却遭到如此对待,这"乌纱帽"不要也罢!

但蒙眬中,他似乎又看到了更多村民的期盼眼光,"当村官,就应该有担当,为全村大多数老百姓谋利益,就要坚持下去!"

门票,坚决按既定方案收了。事实也正如吴惠生预判的那样,客人不但没有减少,反而越来越多了。当年的3个月里,三山岛迎来游客4000多人,实现门票收入6万多元。

当初反对收门票的农家乐饭店老板纳闷了。问问来吃饭的游客,回答是:三山岛离大城市不远,却保持着周边地区少有的原生态,有这么好的风景,还有长三角地区唯一的旧石器时代文化遗址……15元门票一点也不贵!

收门票的成功,使三山岛真正实现了马克思在《资本论》里所说的从商品到货币的"惊险一跃"。从此,三山岛亿万年亘古不变的山水资源不仅转化成了旅游产业,而且得到了市场的价值认同,这可是三山岛产业史上,不,这是三山岛1万年人类文明史上的一件大事。

初获喜悦的吴惠生,开始把精力重点放在旅游开发上。他知道,只有不断开发新景点、新项目,才能吸引新游客、拉住回头客。几年工夫,三山岛的山头、湖滨被吴惠生走了个遍,许多能开发成旅游景点的地方,他更不知去了多少次。村里的老人被请来出主意,壮劳力被召来修桥开路。一线天、板壁峰、花石纲遗址、狮身人面石、十二生肖石、三峰寺、旧石器博物馆、秦少游纪念馆等新老景点,一样一样被开发或恢复出来,内容多得让游客一天时间看不完。在纷至沓来的游客眼里,三山岛就如安徒生童话里的小人国,精致而小巧,让他们流连忘返。

旅游旅游,就是要让游客吃、住、行、游、购、娱样样舒服样样有。吴惠生在开发旅游的同时,加大全岛旅游基础设施投入,先后建造了环岛公路、游客中心、自来水厂,让游客在太湖当中也能享受现代化的生活配套。为解决交通问题,除了加开原来的老式渡船,吴惠生还购置了现代化的游船,定时开班,方便游客登岛。

村会计那本账清楚地记着:2002年,三山岛门票进账60万元,2003年比

2002年翻了一番,2004年又比2003年翻一番……2011年,三山岛游客接待量已达30万人次,门票收入900多万元,村级收入超过1000万元,成了限制工业开发的环太湖地区为数不多的千万元村。"国家地质公园"、"国家ＡＡＡＡ景区"、"全国农业旅游示范点"等响当当的牌子,一块又一块捧回了三山岛。

旅游业成了全村的支柱产业。到2011年为止,全村开设的农家乐饭店已经超过100家,人均年收入2.57万元,比苏州市农民人均年收入1.7万元高出了一半。

三梦:建湿地,让三山岛变得更美丽

当淳朴的三山岛人意识到,旅游业效益比办100家果品加工厂还要好,正捧着这个"金饭碗"笑得合不拢嘴时,吴惠生却发现,"无烟工业"也有环境污染问题——小岛最多一天要接待五六千名游客,随之而来的就是村前村后游客丢的可乐罐、塑料瓶、废纸片;农家乐的餐厨垃圾堆成小山;拉客人的小三轮突突地冒着黑烟……

针对这些问题,吴惠生组建了环境清洁队,增设了垃圾分类集纳箱,淘汰了冒黑烟的小三轮,换上干净清爽的电瓶车,还带头捡垃圾,引得村民争相效仿。

岛内整洁了,可新情况又出现了。

随着太湖水质的富营养化,夏天的三山岛常常遭遇蓝藻侵袭,而且愈演愈烈。被波浪推上岸的蓝藻有时厚达一二十厘米。蓝藻死亡后,经过酸性水体氧化,产生酸解酶,再经发酵,发出了强烈的臭味。

上岛的游客连连叫苦:三山岛风景好是好,但蓝藻一来,让人受不了。居住的村民忧心忡忡:搞乡村旅游富是富,但蓝藻不除,旅游长不了。

怎么办?

发展旅游业的过程中发现的新问题,向吴惠生发起了更高层次的挑战!

三山岛的命运抉择,再一次摆在他的面前。为此,这个"摆平"了许多问题的老"村官",多次从梦中惊醒,辗转反侧。

和远在澳大利亚的女儿女婿的一次交流,点亮了吴惠生的思想火花:从农村跳到小城镇,从小城镇跳到大城市,从发展中国家跳到发达国家,叫"人往高处走";反过来,带着现代化的内核,回到原生态,叫"逆向回流"。这是一种螺旋式上升,而要实现这一上升,路径就是"生态文明建设"。

是的,三山岛旅游需要走一条更高层次的生态之路。一个让村民生活健康舒适、让游客享受"清心涤肺"环境的计划在吴惠生心中酝酿。

请来的专家给吴惠生支招:要搞好三山岛的生态,一个很好的办法就是造湿地。湿地有着"地球之肾"的美誉,可以起到净化水质的作用,水干净了,蓝藻自然就折腾不起来了。

同时,湿地也可以给三山岛旅游增添新亮点。话说到这里,专家话锋一转:不过,造湿地投入大,许多湿地都是靠县级、市级财政来支撑的,你们三山村……

为了三山岛的未来,这湿地一定要建起来!吴惠生开始了他的第三次追梦。

资金哪里来?吴惠生想出了三个"一点":村里出一点;向上级争取一点;施工队那边欠一点,搞个分期付款。

就在许多人还不知道湿地是什么的时候,2008年夏,一条挖泥船开进三山岛水域。太湖底的淤泥被挖了出来,原来的芦苇荡梳理出弯曲的小河汊。清出的淤泥被堆砌成五道堤岸,在用堤岸分隔的水面上,还陆续种上了荷花、茭草等水生作物,堤岸上则栽上了一排排柳树,架设了游廊木栈道……2000多万元砸下去,一个面积达2000亩的美丽湿地景观,像母亲伸开双臂,把半个三山岛团团围住。

鹭鸟飞舞空中,野鸭嬉戏水面。湿地引来了多年不见的鸟类,三山岛有了环湖新景观。村民们生活和搞旅游业产生的污水,经过湿地层层过滤再流入太湖,不再污染湖体,而湖中的蓝藻,再也无法冲上三山岛,为害一方。

如今，这片全国唯一由一个行政村建起来的湿地景观，被命名为"苏州太湖三山岛湿地公园"，还挂上了"国字号"，成为国家级湿地公园（试点）项目。

生态建设，吴惠生还有很多因地制宜的新点子。为保持空气的纯净新鲜，他还计划着动员岛上的农家乐饭店全部换用电磁炉。

三山岛变富变美了。人与自然和谐相处的生活，引得一度"逃离"三山岛的村民纷纷"回流"。经商的查仁鸿告别城市回来了，开服装店的许建亚也从开发区回来了……2012年，全村人口已经恢复到了800多人。他们通过"无候选人直选"，让本该退下来享受天伦之乐的吴惠生继续担任村书记。

吴惠生仍像原来那样，每天6点出门，半夜收工，继续着他的"美丽岛之梦"，也迎接着更多的考验。

今年8月，最大风力14级的强台风"海葵"在浙江登陆，狂风裹挟着大浪冲毁了三山岛湿地公园的两道堤坝，好几百亩湿地遭殃，损失了100多万元。

看着辛辛苦苦建起来的湿地被风吹雨打去，吴惠生心痛莫名。但倔强的他仍组织人手一点点地重建，一点点地恢复。

冬天来了，部分湿地植物需要打捞上岸，否则烂在水里，还会污染水体。但每亩打捞成本起码800元，2000亩的维护费用就是160万元……

有人不理解吴惠生："水草烂在湖里，自古正常的，你花那么多钱，费那么大劲，犯得着吗？"

也有人说："老书记年纪大了，糊涂了。"

吴惠生连连摇头：我没糊涂。只有营造好了一个良好的环境，提高了大家的生活质量，三山岛才会永远成为人人向往的美丽岛，成为美丽中国的一份子……今年召开的十八大，更坚定了他的信心。

原刊于《苏州日报》2012年12月30日，施晓平与王晓宏、弓玺合撰

第五辑　评论

胡笑梅

浙江宁波人,教育、文学双硕士,中学高级教师,区学科骨干教师、教育科研带头人,吴中区作家协会理事,苏州文艺评论家协会会员,江苏省作家协会会员。主要从事文学评论,也写散文、小说、诗歌。苏州市首届"金圣叹"文学评论奖获得者,多次荣获"吴中区优秀作家协会会员"称号,出版文学评论集《楼梯上的三重奏》《梅花怒放的盛宴》,作品多发表于《文艺报》《文学报》《文学界》《民族文学》《朔方》《江苏作家》《苏州文艺评论》《少年文艺》等报刊。

当代儿童文学的相悖、交叉与融合

首届周庄杯全国儿童文学短篇小说大赛
获奖作品选集《一条杠也是杠》评析

儿童短篇小说因其短小精悍、情节紧凑、形象突出、结构精致而深受少年儿童的喜欢,尤其是它能以小见大,见微知著,每个小篇章里都蕴含着"大情感、大情怀、大哲学",总会"给人和给自己一点儿也不小的吃惊和感动"。首届周庄杯全国儿童文学短篇小说大赛,秉持"贴近心灵,追求纯粹,拒绝平庸,创造精品"的原则,评选出一批适合少儿阅读、符合少儿审美、贴近少儿心灵的作品。这些锦绣华章不但折射出优秀儿童文学工作者的灿烂童心和独特文风,也体现了主办方为儿童文学事业所进行的不懈努力。

儿童文学是以爱为本、以善为美的文学。它的主题和基调是讴歌和弘扬真、善、美;它的任务是播撒爱与希望的种子,引导少年儿童的心灵健康成长和精神完整发育。众所周知,小说靠情节抓住读者,并以感人的细节和人物形象给阅读者带来心灵的震撼。本次大赛获奖作品很大程度上避免了"可以用一个句子表达出来"、以"类群"淹没"个性"、"表现一个简单的意念或特性"的"扁平人物"(plat characters),创造了一批鲜活、生动、富有独到文学价值、审美取向和社会意义的"圆形人物"(round characters):

任永恒《燃烧的诺言》中的少年小树，为了"有我在他不会有啥事"的承诺，独自上山寻找天天，凭着"大山之子"的常识和机敏，勇敢地与火魔、野兽和饥饿做斗争，最终将天天毫发无损地背出了火海，用实际行动颠覆了世人对少儿"年幼无知，没有处世经验，乳臭未干办事不牢"的传统印象。庞婕蕾《有些秘密要藏起来》中的乔琪，一改过去同类作品中孩子孤独、落寞、敏感、无助、阴郁等性格特点，她早熟、懂事、沉稳、明辨是非，对父母的离异和再婚，没有怨恨、嫉妒和纠结，始终保持客观的同情和理解，这是当代孩子难能可贵的思想境界。

高尔基说："艺术的伟大任务——使人变得强大和美丽。"同样，朱山坡《卖鸡记》，透过山村孩子艰难的生存境遇，发掘他们苦而不怨，难而不馁的精神内涵。也许，他们卑微如乡间草木，但是生活的困苦不但没有泯灭他们对父母亲人的厚爱和体恤，反而激发他们更加从容地面对物质生活的艰辛，努力超越精神世界的困境，为家庭无私牺牲和挺身担当的勇气。

社会在进步，孩子在成长。儿童文学作家，只有用发展的眼光注视、关怀、了解孩子，才能给成长中的孩子以教育和指导。李秋沅《唯有时光》，按照"天真—受挫—迷惘—顿悟—长大成人"的叙述结构，浓缩了"我"从初二到高中毕业的五年光阴，在时光的流逝中，再现一个"不知道自己啥时候能成男子汉"的少年，从领悟"英雄"这两个字是由碾碎的血肉与钢铁的意志一点点拼接起来的，到领略"生如夏花之灿烂，死如秋叶之静美"的生死意义，最终悄然成长、成人的蜕变。两色风景《妹妹》中的燕子，情感上不舍得妹妹果子回到"不负责任"的生母身边，理智上从"她的眼泪，她握住我手的温度，她哀伤的笑容"，相信"她也是爱果子的"。在认真思忖"永远不让果子知道，好吗？"之后，决定"总有一天我会告诉果子。她有权利知道"。这是小主人公思想成熟和飞跃的标志性语句，她能冷静地换位思考，并做出正确的判断："现在，我们都还没成熟到能承受这件事带来的一切后果。"两位作者都不约而同地"着力表现稚嫩的年轻主人公历经各种挫折、磨难,得以顿悟,最终长大成人的心路历程","在一定程度上成为他们成长之旅中的精神导师,完全可以看作是另一种'成人式'",帮助他们健全地走向青年,走向未来。

  该作品集中的大多数作品都诗意地书写和表现"青少年在这个时代转型中所经历的精神与身体的双重阵痛",起到了以爱化人、以情感人、以美育人的艺术效果。相形之下,张成新《杀鱼弟》少了一些诗意的再现和"圆形人物"的塑造,但它却是一篇视角独特、寓意高深、让人心灵震动的作品。作者将人文关怀的视角投向外来打工者,用直观生动的比喻事半功倍地刻画了生海这一"个"人和这一"群"人的生活境遇:"生海刚满十岁,一放学就去老爸的鱼摊边上,黑黑瘦瘦的,像条滑溜溜的小黑鱼。同学没人理睬他,老师也把他扔在一边。在学校里,他就像一只没精打采的小螺蛳。"行文中灵活穿插"中国达人秀""晒微博""游戏机(卡)""网络明星""爽"等富有现代气息的电视、网络等语言,吻合少年儿童追求新鲜感的性格特点,容易被孩子们接受。小说最为出彩之处在于:将好事之徒的无聊和媒体的炒作披露得体无完肤,他们有心或无意的言行,严重破坏了一个普通家庭平淡、平衡的生活,"一夜成名"带给小人物的不是喜悦和幸福,而是莫大的麻烦和困扰。尤其是那个漂亮女记者很和蔼地"走到蜷缩在一边的生海旁,亲切地问:'小朋友,杀鱼冷不冷?'"让人情不自禁联想到汶川地震时某位记者走到被楼板埋压多日、奄奄一息的孩子身旁,貌似同情地问"小朋友,痛不痛啊?"很有点"往伤口上撒盐"、明知故问的嫌疑。江南的冬天,杀鱼能不冷吗?八级的地震,压着能不痛吗?面对弱势群体,面对天灾人祸,才是真正考验公众良心和道德的时刻,新闻媒体和无冕之王应该以身作则地呼吁大众从精神上、发自内心地关怀弱小,而不是一句隔靴搔痒、轻如鸿毛的问候作秀了事!作者用冷峻的笔触,揭示了复杂沉重的社会现实,以及个人生存其中的渺小无助和平凡无力,并对当下社会浮躁、世故、追求感官效应的冷漠心态给予了深刻批判。

纵观整部作品集,能够真实反映本次大赛的艺术水准,避免了"童年回忆式"创作的局促和"远离儿童写儿童"的弊病,抓住少儿生活和时代发生关联的部分,关注他们的心灵成长,或诗意柔情,或直面现实,或不畏困苦,或敢于担当,塑造了像小树、徐超逸、燕子、李爱球等人物形象,展现了当下少年儿童丰富多彩的生活面貌和精神追求,以其独特的审美价值成为少儿心灵养料的精品典藏。透过这些个性独具的作品,让我们看到了当下儿童文学作家创作意识的自觉和书写理念的进步,其作品凸显了当代儿童文学相悖、交叉和融合的特点及思维方式,即用富有个性化的语言、感染力的细节和奇峰突起的结构,还原儿童文学创作审美的理性、当下的现场和原始的完整。

一、审美的理性

人类从精神上把握世界的主要方式有两种:一种是逻辑的、理性的方式;一种是艺术的、审美的方式。前者追求严密和精确,后者追求感性和朦胧。前者直奔所要探索的目标,后者纯粹是一种漫无目的的心理感受。前者用来阐释问题、指导行动,后者用来表现自我、宣泄情感。前者瘦骨嶙峋,后者血肉丰满。前者匆匆忙忙,后者慢慢悠悠……一般情况下,二者相异、相悖、相离。但是,在一些优秀的文学作品中,审美和理性常常相互融合,"你中有我,我中有你",达到"审美的理性"的境界。这是"心理处于活跃状态的主体,在特定的心境时空中,在有历史文化渗透的条件下,对客体的美的关照、感悟、判断"。恰到好处,就能悄悄影响人类的精神生活,成为照亮人类理性的精神明灯。詹政伟《轻轻对你说》以"离家出走"事件为引子,将失去母爱的叶冲和空巢老人周春莲之间的相互陪伴写得温馨感人。小说不仅写出了单亲家庭孩子爱的缺失及其对家的渴望,而且烛照出城市白领以各种理由忽视父母感受的通病。诚然,金钱可以表达情感,但却永远无法替代家人团聚、儿孙绕膝的天伦之乐。小说蕴含了一个发人深省的命题:快节奏的时代,我们应该怎样做子女？这和九十多年前鲁迅先生在《新青年》上发表的《我们怎样做父亲》不谋而合，且有点遥相呼应的味道。显然，其"审美的理性"，比单纯的审美或单纯的理性更深刻、更超前。

二、当下的现场

"当下"是时间概念，"现场"是空间概念，当代儿童文学应该书写的是"当下"和"现场"的时空交叉点，展现当代少儿三维的生活。徐玲《千里马等待伯乐》，彰显当下语文课堂的多媒体教学、探究式学习方式、课代表轮值制度以及师生间的平等对话理念。这是现代科技的成果，更是教育思想与时俱进的结果。小说结尾，卒章显志："其实，每个人心里都住着一个伯乐，只不过有意无意忽略了他的存在。在别人眼里，你可能是微不足道的，而在你自己心里，你是自己的全部，没有人比你自己更了解自己，更明白你想追求什么，也没有人比你有更多的时间提醒自己、帮助自己。所以，你就是你自己的伯乐，发现自己、举荐自己、培养自己；你也是你自己的千里马，为自己千里驰骋，不知倦怠……"这是对"每个人都是自己的上帝，只有自己可以拯救自己；每个人都是自己的敌人，只有自己可以打败自己"的巧妙换喻，画龙点睛之功不言而喻。

当然，多元社会呼唤多元文学，书写当下的现场并不排斥书写玄幻、神魔、穿越等题材，当代儿童文学也应百花齐放，百家争鸣。但是无论怎样书写，有一点必须谨记：艺术源于生活并高于生活，最终回归生活、指导生活，它不能脱离实际天马行空地恣意而为。

三、原始的完整

"原始的完整"是人类的天性，是真正的童趣，是人作为自然的观照。因为"童年正是人生中最为本色、自然而完整的阶段，它既让人发笑，却又令人留恋。童趣所带来的审美愉悦中，暗含着人类重现自己完整性的美好意愿"。

也许，在业已长大的孩子眼中，童年的动作、语言、思维是多么幼稚可笑。那些羞涩的、有点"不堪回首"的往事，偏偏被"别有用心"的儿童文学作家捡拾起来，他们如获至宝地用自己的方式想象、打磨、雕琢成一件件神奇的、具有审美价值的艺术品，展示给正在成长或者已经成长的孩子们。于是，孩子们都笑了，那是一种会心的笑；于是，大人们都笑了，那是一种喜爱的笑。正如马克思所说："一个成人不能再变成儿童，否则就变得稚气了。但是，儿童的天真不使他感到愉快吗？他自己不该努力在一个更高的阶梯上把自己的真实再现出来吗？在每一个时代，它的固有的性格不是在儿童的天性中纯真地复活着吗？"

因此，儿童文学"原始的完整"，要克服"儿童成人化"和"成人儿童化"的陋习，力争能够本色、完整地再现童年情感和生活。它不是断章取义，不是异想天开，更不是低级趣味的插科打诨。本次大赛特等奖——冯与蓝《一条杠也是杠》，将"当下的现场"和"原始的完整"糅合在遣词造句和谋篇布局中，非常适合孩子阅读，让人忍俊不禁，但又不是那种"刻意蹲下身子"，"低就、俯就，搞幼稚游戏"的庸俗的快乐。主人公徐超逸"整整一个下午，我都感觉左手臂不对劲。有点酸，有点麻，还有点痒兮兮"，"我猜这是因为妈妈念书时也没戴过一条杠的关系。她自己说的，她上学比别人早，成了班里年龄最小的学生，别的同学上课坐得笔挺，她一个人坐在第一排吃手指头"。小说行云流水顺势而为，没有夸张渲染，乍看可笑实则严肃，在一定程度上呈现人类"原始的完整"这一天性。笔者以为，这部作品不是靠炫技或人为的装饰，而是靠故事情节的完整、人物精神的完整和作者理论水平的完整脱颖而出的。它的审美意义在于"以'童趣'这一人类的自然的天性，给读者以深邃的愉悦，使之不知不觉滋生一种走向'完整'的愿望"。

推开21世纪的门窗，映入眼帘的是光怪陆离的网络时代，是轰轰烈烈的大众文化狂欢，是"文学的深度和高度被图像削平、真实的生活世界被电子网络虚拟化"。因此,当代儿童文学作家任重道远。如何在"变"与"不变"的平衡中吐故纳新,像川端康成《伊豆的舞女》一样剪辑本民族传统文化,工笔镂绘小说意象和人物对白,用细腻简约的"川式"文字抚慰人心,成就清新、唯美、诗意的传世佳作?如何在相悖、交叉、融合的矛盾中,在"审美的理性"引领下,用动人的故事和高尚的情操再现少年儿童"当下的现场"和"原始的完整"?如何创作出更多如:辛巴(美国,电影《狮子王》),阿童木(日本,手冢治虫《铁臂阿童木》),美人鱼(丹麦,安徒生《海的女儿》)等具有生命宽度、情感深度、精神高度的典型人物形象,捍卫儿童文学的真、善、美,是我们当下应该认真思考和努力实践的方向,因为"文学的高贵处,不仅在于让读者全身心地获得愉快的美的享受,更重要的是在于以先进的思想启示人生道路,促使人做出道德范畴内的高尚行为,推动社会前进"(陈伯吹《卫护儿童文学的纯洁性》),所以来不得半点的马虎和敷衍。

原刊于《文艺报》2012年11月8日

图书在版编目（CIP）数据

烟水漾中 / 查伟峰主编. — 苏州：古吴轩出版社，2017.12
ISBN 978-7-5546-1071-8

Ⅰ. ①烟… Ⅱ. ①查… Ⅲ. ①中国文学 — 当代文学 — 作品综合集 Ⅳ. ① I217.1

中国版本图书馆CIP数据核字（2017）第308813号

责任编辑：王　琦　韩桂丽
装帧设计：韩桂丽
责任校对：靳晓虹　孙佳颖
图片提供：苏州市吴中区旅游局

书　　名：	烟水漾中
主　　编：	查伟峰
执行主编：	葛　芳　叶　梓　施晓平
出版发行：	古吴轩出版社
	地址：苏州市十梓街458号　邮编：215006
	Http：//www.guwuxuancbs.com　E-mail：gwxcbs@126.com
	电话：0512-65233679　传真：0512-65220750
出 版 人：	钱经纬
印　　刷：	苏州市越洋印刷有限公司
开　　本：	700×1000　1/16
印　　张：	19
版　　次：	2017年12月第1版　第1次印刷
书　　号：	ISBN 978-7-5546-1071-8
定　　价：	58.00元

如有印装质量问题，请与印刷厂联系。0512-68180628